光文社文庫

傑作時代小説

青玉の笛
京都市井図絵

澤田ふじ子

光 文 社

目次

青玉《せいぎょく》の笛

京都市井図絵

因果な茶杓《ちやしやく》

一

「ようやく京に近づいてきたぜ――」

老坂《おいのさか》を越え、丹波《たんば》街道を東に向かってきた七蔵《しちぞう》は、首筋の汗を拭きながら、ほっとした声で手下の女衒《ぜげん》の菊助《きくすけ》と弥吉《やきち》にいった。

遠くに東寺《とうじ》の五重塔や西本願寺などの伽藍《がらん》が、小さく見えていた。

かれらに見張られながら、篠山《ささやま》城下から旅をしてきた五人の若い女たちの顔にも、安堵《あんど》の色が浮んだ。

昨夜は摂津広瀬《せっつひろせ》の安宿で泊った。

若い女の一人にでも逃げられたら、十両ほどの金が無駄になる。一部屋で雑魚《ざこ》寝しながら、三人のうち菊助と弥吉のどちらかが、部屋の柱に背をあずけて見張りに付いていた。

小さな風呂敷包み一つを抱えた若い女たちは、それを枕にして薄布団に横たわっていたが、五人ともぐっすり眠っているようすではなかった。

これから行く京の北野遊廓《きたのゆうかく》で、自分たちを待っているのはどんな暮らしだろう。どの目も、不寝《ねず》の番《ばん》に付く菊助や弥吉の姿を薄布団の中から不安そうにうかがい、中には目から獣に似た光を放っている若い女もいた。

道中で着ていた粗末な膝切りのまま横になり、その恰好でまた安宿を出発する。髷《まげ》など結っていないに等しく、破れた菅笠《すげがさ》の下の汚れた顔に髪が乱れかかり、汗で貼付いていた。

彼女たちは丹波街道を旅する老若男女にも、京の遊廓へ買われていく女たちだとすぐに察せられた。

物珍しげに足を止めて見る者もいたが、気の毒そうにその目を背ける者が多かった。

「兄貴、ここまできたらもう大丈夫やわ」

「ああ、稲刈りもそろそろ始まるようで、これからほんまの秋やなあ」

蜻蛉《とんぼ》が街道のあちこちで群れて飛び、空気は澄明であった。

赤い彼岸花が方々に咲いていた。

「そやけど、こうして歩いていると暑いわい」

「すぐそこの鎮守の森の木陰で、一休みしていこか。女たちも大分、疲れているみたいやさかい――」

中年を過ぎた七蔵の声に、若い菊助と弥吉がへいとうなずいた。

五人の女たちは、無表情のままかれらの指図に従った。森を囲む低い石垣に疲れた腰を下ろし、破れ笠を脱いだ。

「さあ、順番にこれを飲めや」

弥吉が下げていた竹筒を腰から取りはずし、近くにいた女の一人に手渡した。

それには水が入っている。

五人の若い女たちは、代わるがわるその水を飲み、隣の同行者にそれを手渡していった。

誰の顔にも表情がなく、篠山城下を発《た》って以来、ほとんど互いに口を利いていなかった。

竹筒の水をごくごくと飲んだ後、背後の小笹の中にひっくり返る女もいた。

彼女たちはいずれも丹波篠山六万石・青山下野守《あおやましもつけのかみ》の領内から買い集められ、北野遊廓に遊女として売られるか、六年から十年の年季奉公に行かされるのだ。

そこでの暮らしを考えると、誰もが気持を滅入らせ、口を利く気になれなかったのである。

絶望的な目で、森からの木漏れ日《こもび》をじっと見詰めている女もいた。

七蔵たち三人の女衒は、休息しながらもそんな女たちを油断なく監視していた。

ここで女たちに逃げられたりしたら大事《おおごと》。一、二年の稼ぎがふいになる。田舎育ちの彼女たちの足は、いざとなれば鹿のように速いに決まっていた。

追い詰めても、先程渡ってきた桂川にでも身を投げられたら、大袈裟な騒ぎになり、自分たちが困った立場に立たされる。

そんな最悪の事態を危惧《きぐ》しながら、ふと街道を見ると、京のほうから網代笠《あじろがさ》をかぶった一人の僧が、錫杖《しやくじよう》の鐶《かん》を小さく鳴らしながらゆっくり歩いてきた。

身にした墨染めは汚れてところどころ綻《ほころ》び、頭陀袋《ずだぶくろ》も古びていた。

僧形《そうぎよう》は七蔵たちが休息しているそばまでくると、足を止め、網代笠の縁《へり》を左手で持ち上げた。そこに並んでいる膝切り姿の若い女たちの顔をざっと眺め渡した。

かれは六十を過ぎており、まばらに生えた髭《ひげ》はほとんど白くなっていた。

「ちとたずねるが、この女たちを連れているのはそなたたちか――」

網代笠を脱ぎ、七蔵たちに問いかけた。清瘦《せいそう》な顔に穏やかな笑みを浮べていた。

「お坊さま、答えるまでもなくこのわしたちじゃわ」

「男が三人か。さてはそなたたちは女衒じゃな」

「へえ、お言葉通りで、わしが頭《かしら》の七蔵どす」

「女衒頭の七蔵か――」

「そうどすがな。お坊さまはそれをきいてなんといたされますのや。この女たちに値付けをして、買い取らはるんどすか」

「高《たこ》う買わはるんどしたら、売らんでもありまへんえ」

菊助が調子に乗って横から口を挟んできた。

「菊助、おまえは黙っとれや」

七蔵はかれを叱り付け、あごをしゃくった。

急に険しい雰囲気になり、女たちはひと塊《かたまり》に集まり、菊助と弥吉がそんな彼女たちを護《まも》るように身構えた。

「そこにいる五人の女子《おなご》を、まとめて買うほどわしは粋狂ではなく、また銭など五文ほどしか持っておらぬわ。それはそうとして女衒頭の七蔵、そなたにだけちょっと伝えておきたいことがある。わしの近くにきてくれまいか」

「お坊さまの近くにどすか」

「ああ。少し外聞を憚《はばか》る話でな」

七蔵にこういいながらも、かれは若い女たちをじっと見詰めていた。

「お坊さま、お坊さまはそばに近づいたわしを、手にした錫杖でぶすっと刺し殺さはるのとちゃいますやろなあ」

「何を案じておるのじゃ。かような破れ衣を着ていたとてわしは僧侶。そんな不埒《ふらち》はいたさぬわい」

「ほんまどすか」

「疑うのであれば、錫杖をこうしてとらせる」

かれは七蔵の不審を晴らすため、右手に持った錫杖を道端にひょいと投げ捨てた。

鐶がじゃらっと鳴り、錫杖は草の中に横たわった。

「そうまでしはらんかて、お坊さまがどうしてもといわはるんどしたら、近くに行きますわいな」

「そういいながらも、そなたはわしが懐に短刀でもしのばせているのではないかと、案じているであろうが――」

かれは快活に笑っていった。

どうやら七蔵はそう疑っているようだった。

「そ、そんなん考えてもいいしまへん。それより外聞を憚るお話とはなんどす」

七蔵はこういいながら、三間余り離れた老僧に近づいた。

それでも何か少しでも不審を覚えたら、飛び退く身構えであった。

「わしはそなたの敵ではない。さように警戒するには及ばぬわい。わしは京の南禅寺・金剛院の外坊夢魘庵《むえんあん》に住する月窓《げっそう》ともうす坊主じゃ」

「南禅寺の外坊にお住まいの月窓さまどすか。それはご無礼をいたしました」

七蔵は僧形から身許を明かされ、いくらか恐縮の体《てい》をみせた。

南禅寺は臨済宗南禅寺派の大本山。亀山《かめやま》上皇の離宮を、無関普門《むかんふもん》を開山として禅寺に改めたのに始まり、足利義満《あしかがよしみつ》が五山の上としてから寺運が隆盛し、今日にいたっている。

尤《もっと》も南禅寺に金剛院は存在していたが、夢魘庵という外坊はなかった。

この庵室名は、月窓の口からひょいと出た戯言《たわごと》で、無学な七蔵にはありがたげにきこえたが、「夢魘」とは恐ろしい夢をみてうなされることをいうのだ。

「月窓和尚《おしょう》さま、それでわしにだけ伝えておきたいとはなんでございまひょ」

月窓の口許に七蔵は汗臭い身体を寄せた。

「そなた、あそこの石垣に腰を下ろす五人の中に、長い髪を後ろでひとまとめにし、頭上で玉に結んだ娘がいるであろう」

かれの言葉に従い、七蔵は若い女たちに目を這わせた。

「へえ、いてます。丹波篠山の野尻《のじり》村から大枚八両で、八年の年季奉公に出かけるお佳《けい》という十八になる女子どす」

「なにっ、八両でだと――」

「へえ、百姓をしている両親が病み付いたうえ、幼い妹と弟がおり、あちこちからの借金も嵩《かさ》んでどうにもならんさかい、わしが預こうてきたんどす。大して器量も身体付きもええわけではありまへんけど、素直そうで気丈なのか、これまで他の女子たちを何かと励ましてくれましてなあ。こっちは助かりましたわ。あの娘がどうかしたんどすか――」

「あの娘、人目には素直そうとしか映るまいが、ふと見ただけで、一口には伝えられぬ異相をしておる」

「異相でございますか」

「そうじゃ。七蔵とやら、そなた金を急ぎ、あの女子を滅多な楼主に預けてはならぬぞ。あの娘、やがて時期がまいれば邪悪を退け、多くの人々に幸せや益をもたらすようになる。おそらくそなたたちは、北野遊廓へまいるのであろうが、北野には何百軒かの妓楼がひしめき、その中には変人の楼主もいるであろう。さような楼主に、道中で出会った南禅寺の坊主が、念を入れてそうもうしていたと伝え、是非三十両であの娘を引き取ってもらえ」

月窓は七蔵の顔を食い入るように見詰めていった。

「三十両、三十両どすか。それは大金どすなあ」

「北野遊廓の大楼ともなれば、三十両ぐらい端金《はしたがね》だわ。あの娘、それだけの値打ちはある」

「遊廓には妓《おんな》たちに酷《むご》い仕打ちをして、阿漕《あこぎ》な稼ぎを強いる強欲な楼主もいてはります。その一方、妓たちを温かく扱う人情深い楼主もいてはって、さまざまどすさかいなあ」

「そうだろうが、その中でそなたが特にこのご仁だと思う楼主に、引き受けていただくのじゃな」

「南禅寺の月窓さま、やがてあの娘が邪悪を退け、多くの人々に幸せや益をもたらすといわはって、そんなん一目見ただけでわかりますのかいな」

七蔵は冗談をきき流すようにいった。

「これ女衒の七蔵、修行を積んでこの歳になるとな、人には見えぬものまで鮮明に見えるのじゃ。たとえばそなたの左肩には大きな黒子《ほくろ》が二つあり、臍《へそ》のそばにも一つある。またそなた、七つのとき井戸に落ちたであろうが。わしとそなたは今生《こんじょう》で今、初めて出会《でお》うたわなあ。ともかくこのお人だと目を付けた廓《くるわ》の楼主にそれらの事実をいい、頼んでみるがよい」

左肩と臍のそばに黒子があることや、七つのとき井戸に落ちたことまでいい当てられ、七蔵は狼狽《ろうばい》して顔色を変えた。

「それにな、これはそなたの胸に留め、誰にもいうてはならぬが、あそこからこっちを鋭い目で見ている若い男、あの男はこの数ヵ月内に水に溺《おぼ》れて死ぬぞよ。止めたとてどうにもならぬ経緯《いきさつ》からじゃ。人とはなるようにしかならぬものじゃでなあ」

月窓は身をかがめ、道端の錫杖に手をのばしながらつぶやいた。

それを摑み取ると、網代笠をかぶり直し、西に歩き始めた。

七蔵は呆然としてその姿を見送った。

いきなり頭蓋《ずがい》を殴られたような衝撃を受けていた。

「七蔵の兄貴、あの坊主は兄貴になにを囁《ささや》いたんどす」

この数ヵ月内に溺死《できし》すると予言された菊助が、かれにぐっと近づいてたずねた。

「いや、なんでもない。南禅寺のお坊さまで月窓と名乗らはり、ちょっと西国のようすをきかれたまでのこっちゃ」

「なんや、それだけのことどすか。それにしては、兄貴は何やら真剣にきき、えらく緊張してはりましたで」

「わしがそう見えたのか――」

「へえ、誤魔化してはりますけど、兄貴はほんまはよっぽどのことをきかされはったんとちゃいますか」

「そんなことはあらへんわ」

「わしには兄貴のようすが深刻そうに映りましたけどなあ」

菊助が真面目な顔でつぶやいた。

「わしがおまえたちに嘘をいうて、得になることでもあるのか。まあ、そんなことはどうでもええわ。疲れも幾分取れたやろし、ぼつぼつ発つとしよ。今からやったら夕刻前に北野遊廓の会所に戻れるやろ」

かれにいわれた菊助と弥吉は、休憩していた五人の女たちに、「さあ発とか」と大声で呼びかけた。

女たちは次々にもぞっと立ち上がった。

会所——とは集会や寄合をする場所。江戸時代、商業・行政などの事務を執るための集会所。同業者や株仲間の事務所。藩では村役人の事務所、また政務所を指していた。

京の北野遊廓ほど大きな遊廓になると、女衒でもかれら専用の会所を、小さくとも与えられていた。

北野遊廓は、往古の平安京の大内裏《だいだいり》「大蔵省」から「大歌所《おおうたどころ》」にかけた跡地に設けられ、享保（一七一六—三六）頃から茶屋渡世の者が集住し始めた。寛政二年（一七九〇）に五番町に遊女屋渡世が認められると、にわかに発展し、殷賑《いんしん》を極めた。

女衒会所は五番町の北西に位置する浄土宗《じょうどしゅう》国生寺の隣に、間口五間、奥行き八間の構えをみせ、女衒の役目は需要を厖大《ぼうだい》に増す北野遊廓に、絶えず遊女を供給しつづけることであった。

かれらには親分と仰ぐ人物がおり、多くの女衒たちはその親分の指図に基づいて動いた。だが妓楼から直接、妓を集めてきて欲しいと頼まれた場合、一定の歩合金を親分に納め、勝手に行動していた。

事情があって直接妓楼に身売り、あるいは年季奉公にくる女性についても、女衒の親分に歩合金が入る仕組みになっていた。

七蔵たちが今度、篠山領内へ人買いに出かけたのは、土地の地廻り（地域のやくざ）から頼まれ、自分たちが資金を出してひと稼ぎするつもりだったのだ。

それでも北野遊廓に帰り着いたら、女衒会所にまずみんなが出向き、無事を報告する。次には廓の総代に、新顔の彼女たちについてお触れを出してもらい、買い主や雇い主を求めるのであった。

お佳たち五人は、大小の妓楼がずらっと並ぶ北野遊廓に足を踏み入れて驚いた。

自分たちは今夜からここの住人になるのだ。

浄土宗国生寺の寺構えを見て、遊廓の近くには決まって〈投入れ寺〉といわれる寺があるときかされていたのを思い出し、背中に悪寒《おかん》を生じさせていた。

「おい七蔵、さすが腕達者なおまえだけに、そこそこいい女子を買うてきたやないか七蔵が女衒会所の土間に一同を入らせ、帳場の清六《せいろく》に挨拶をすると、かれは土間近くまで立ってきて、五人の顔や姿を見て微笑んだ。

「安五郎《やすごろう》の親分はどこかへお出かけでございますか」

「ああ、お戻りは夜になってからやわ。今夜の宿はこの会所を使《つこ》うたらええ。廓へは明日にでも早速、廻状を廻してやるさかいなあ」

「そのときの競《せ》りには、清六はんにも立ち会《お》うていただかなあきまへん」

「きのうは二組十三人の競りが、二度に分けて行われた。ここのところ少し女早《ひで》りでなあ。どこのご楼主や番頭はんたちも、いい値をお付けなすったわ。それは明日もやろ」

「それでは清六はん、今夜は女たちをひと晩、会所に泊めさせていただきます。菊助と弥吉を付けておきますさかい、安心していておくんなはれ」

「みんなも篠山から長い旅で疲れたやろ。裏に風呂場があるさかい、勝手に湯を沸かして浴びたらええわ。この会所に入った女子たちの食事は、安五郎親分の奢《おご》りやさかいなあ。さあ、床に上がり、奥の部屋に入ってくれや」

帳場の清六は笑顔で五人に勧めてくれた。

「ほな清六はんのお言葉に従い、遠慮なく上がらせてもらお」

――」

菊助が五人の女たちをうながした。

「菊助に弥吉、わしはこのお佳という女子を連れ、ちょっと出かけてくるさかい」

「兄貴、そらどういうことどすな」

「五番町の冨士屋《ふじや》の旦那はんに、こんな女子がいたらと頼まれていたさかい、このお佳を連れていくのやわ」

「わしら、そんな話を今までこれっぽっちもきかされていまへんで」

「それは悪かったなあ。わしがそれをおまえたちにいうのを、つい忘れていただけのこっちゃ。冨士屋の旦那はんにこの女子が気に入られなんだら、また戻ってくるわ」

七蔵は咄嗟《とっさ》に巧みな嘘をついたが、南禅寺の月窓和尚と別れてから、かれはお佳の売り込み先を胸の中で必死に考えつづけていたのであった。

――そなた金を急ぎ、あの女子を滅多な楼主に預けてはならぬぞ。

――あの娘、やがて時期がまいれば邪悪を退け、多くの人々に幸せや益をもたらす。

――北野には何百軒かの妓楼がひしめき、その中には変人の楼主もいるであろう。さような楼主に、道中で出会った南禅寺の坊主が、念を入れてそうもうしていたと伝え、是非三十両であの娘を引き取ってもらえ。

そんな言葉が耳に付いて離れなかったのだ。

冨士屋は女衒会所からさして離れていなかった。

北野遊廓では上位に入る妓楼で、旦那の名前は徳右衛門《とくえもん》、歳は六十近く、飄々《ひょうひょう》とした感じの人物だった。

大楼だけに店に妓は三十人ほどもいた。

北野遊廓には四百軒余りの妓楼があり、男たちはどの店に入ろうかと道を歩きながら、表棚（座敷）に居並んだ妓たちを物色した。

嬌声が上がり、三味線、太鼓《たいこ》などの音曲が鳴りひびき、どの店も賑やかだが、店の経営についてはそれぞれ特色を持っていた。

特に客の扱いについてはそうであった。

冨士屋では遣り手婆が客の袖を引き、客を部屋に案内する。そこで嫖客《ひょうかく》と妓がともに過す時間や費用を話し合い、金を帳場に届けた後、客が好んだ妓を部屋に行かせるのだった。

だが往々にしてこんな場合もあった。

若い男とは浅ましいもので、金がなくても女を抱きたがる。そんなときに冨士屋を訪れる客は、自分の家にある茶碗や茶入などの茶道具や掛軸を、こっそり持ち出してくる。

「婆さま、これで遊ばせてくれへんか。店の旦那にきいてきてくんなはれ」

こう頼むのであった。

徳右衛門は大の骨董好き。遣り手婆が持ち込んだ茶碗や画幅などを自分なりに値踏みし、一晩なり二晩なり遊んでいって貰いなはれと答えるのであった。

「五番町の冨士屋では、数寄道具で遊ばせてくれるそうや——」

こうした評判が若い男たち、特に裕福な商家の子弟の間でひそかに広まっていた。

かれらの家の蔵には、そんな品が数多く蔵されている。棚にずらっと並べられた箱の中から、中身だけを取り出せば、不埒は容易に発見されない道理だ。

箱ごと茶道具や絵画を持ち出してくれれば、そこには古筆の「極《きわ》め」やしかるべき人物の箱書きが添えられており、徳右衛門には大きな愉しみの一つであった。

まさにかれこそ、南禅寺の月窓に変人といわれるような楼主であった。

「ごめんやす。女衒の七蔵でございますが、旦那さまはおいでになりますやろか」

七蔵は冨士屋の裏口から台所に入り、膝切り姿のお佳をそばにひかえさせ、そこにいる年寄りの女にたずねた。

「これは女衒の七蔵はん。旦那さまに何のご用どす」

「詳しくは一口ではいえしまへん。とにかく旦那さまに取り次いでおくれやす」

ひたいに汗を浮べ、七蔵は頼んだ。

そろそろ夕刻になりかけていた。

二

七蔵とお佳は冨士屋の奥まった一室で、主《あるじ》の徳右衛門を待っていた。

「女衒の七蔵はん、あなたはこの店で、うちを年季奉公させようと考えてはるんどすか」

お佳が悧発《りはつ》そうな口振りで七蔵にたずねた。

「ああ、そうや。出来るだけ高い値段で雇うて貰おうと思うてなあ。この冨士屋の旦那は、北野遊廓で一番の変わり者。商いのやり方も他とは違《ちご》うているんじゃ」

「商いが他とは違うとは、どういう意味どす」

「そんなん、一口にはいえへん。そのうちに自然とわかるこっちゃ」

かれがお佳の質問を押え込むようにいったとき、部屋の黒ずんだ板戸ががらっと開いた。

徳右衛門が手燭を持って現れたのであった。

「女衒の七蔵、わたしに何の用どす。おまえが西国へ人買いに出かけたのを、わたしは安五郎親分からきいていたけど、磨いたら玉になるような女子を連れてきたのかいな」

かれはじろりとお佳を見て、さして関心のなさそうなようすできいた。

「へえ、これは八年の年季奉公の約束で、篠山から預こうてきたお佳という女子でございます。歳は十八、徳右衛門の旦那さまに是非、引き受けていただきたいと思い、わざわざ連れてまいりました」

「わざわざ連れてきたにしては、あんまり上玉ではないのと違いますか。器量は人並み。そやけどちょっと普通の女子にはない何かが、ありそうやけどなあ」

「そうでございましょう」

「磨けば玉になるのかいな。それで幾らでわたしに預かれというのどす」

「三十両、三十両でいかがでございます」

「おまえ、阿呆《あほ》なことをいうたらあかんで。ちょっと惚《ぼ》けてるのと違いますか」

「いいえ、正直に明かしてしまえば、値は八両どす。そやけど、途中で出会《でお》うた坊さまのお言葉もございますさかい、思い切って三十両というてみたんどす」

「途中で出会うた坊さまのお言葉やと。それはなんどす」

徳右衛門は不審げな顔になってきいた。

「へえ、摂津の広瀬で最後の一泊をし、桂川を渡って老坂を越え、川勝寺村の手前の森でひと休みしていたんどす。そしたら京のほうから、墨染めを着た坊さまが、錫杖をつきながらきはりました。そしてわしを他の女や手下の菊助や弥吉から遠ざけ、この女を特にこのご仁だと思う楼主にお預けするがよいと、勧めはったんどす。わしにとってそんな楼主というたら、冨士屋の旦那さまの他にはいてはらしまへん」

「その坊さまがそんなことをいわはったのか。それはどこの坊さまなんじゃ」

「なんでも南禅寺・金剛院の外坊夢魘庵に住む月窓とお名乗りでございました。わしのような歳になれば、人には見えぬものまで鮮明に見えるのじゃといわはり、わしの左肩に黒子が二つあることや、七つのとき井戸に落ちたことまでいい当てはりました。そしてこの女は、やがて時期がまいれば邪悪を退け、多くの人々に幸せや益をもたらすといわはったんどす」

「邪悪を退け、多くの人々に幸せや益をもたらすのやと――」

徳右衛門は眉をひそめ、お佳の顔を食い入るように見詰めた。

そして手を大きく叩き、奉公人を呼んだ。

「旦那さま、なんでございましょう」

「陽が暮れかかってるけど利助《りすけ》、南禅寺の金剛院まで駕籠を急がせ、夢魘庵いう外坊に月窓といわはるお坊さまがいてはったかどうか、確かめてきてくれへんか。祠堂金《しどうきん》を一両包み、何か手土産を持っておたずねしてくるんや。世の中、何でも金次第やさかいなあ。一両包んで行ったら、塞いだ口も開いてくれはりますやろ」

「はい、畏《かしこ》まりました――」
二十五、六歳の男はすぐさま身をひるがえした。
利助が戻ってくるまで、徳右衛門は七蔵とお佳にそばを食わせ、何度も部屋から出たり入ったりして、その帰りを待ちわびた。

利助は半刻《はんとき》（一時間）ほど後、やはり駕籠で戻ってきた。

外はすっかり暗くなっていた。

奥まった一室で、七蔵やお佳とともにかれの戻りを待っていた徳右衛門は、腰を浮せて利助を迎えた。

「工合《ぐあい》はどうやった――」

「へえ、南禅寺の金剛院に行ってたずねました。確かに小さな外坊がありますけど、夢魘庵ときいて、院主さまがあの月窓がそういうていたのかとあきれてはりました」

「それはまたなんでじゃ」

「夢魘とは、恐ろしい夢を見てうなされることをいうからやそうどす。月窓さまは越前のお生れ。十三歳で南禅寺に入山して受戒され、厳しい修行と学問を何十年もおつづけになり、一時は録事《ろくじ》にと、一山の人々から強く推《お》されたそうでございます。けどそれを固辞され、金剛院の外坊に住むことを乞われました。そして箒《ほうき》をいただき、一山の掃除をいたしたいともうし出られたとか。なんでも奇行の多いお人で、録事などいたせるはずがないとの発言もあり、それで評議は決まったともうします」

「録事とは記録や文書をつかさどる大切な役目。それを断って一山の掃き掃除どすかいな。やっぱりけったいな坊さまなんやわ」

「それから月窓さまは毎日、広い南禅寺のあちこちを竹箒で掃いて廻られ、月に三十数本の竹箒を使い潰されたそうどす。しかも本山から給される竹箒ではなく、自分で京の市中を托鉢して銭を集めて買い求められ、何十年もそれをつづけられましたとやら」

「へえっ、ほんまにけったいなお坊さまもいてはるもんやなあ。あっちやこっちで寒山《かんざん》・拾得《じっとく》の絵を何度も見せて貰《もろ》うたけど、そこに描かれている拾得さまみたいなお人やがな」

「旦那さま、寒山・拾得いうのは、どんなお坊さまやったんどす」

利助が興味深そうに徳右衛門にたずねた。

「寒山さまと拾得さまは唐代の坊さまで、天台山の近くにともに住まわはり、豊干《ぶかん》という高僧に就いて学ばはりました。けどお二人とも奇行が多く、寒山さまは天台山の坊さんたちが食べる仰山《ぎょうさん》の飯を炊き、拾得さまは竹箒を持って掃除ばかりしてはったそうどす。寒山さまは文殊《もんじゅ》菩薩さまの化身、拾得さまは普賢《ふげん》菩薩さまの化身やったとききます。あるとき県《あがた》（地方）の長官が天台山を訪れ、二人の正体に気付いて跪拝《きはい》すると、寒山さまと拾得さまは奇怪な声で大笑いされ、山に逃げ込んでそのまま再び現れなんだといいます。お二人の飄逸《ひょういつ》なお姿を組み合わせた絵が、漢画系の諸派や狩野《かのう》派の絵師などによって、沢山描かれてますわ」

「そういえば旦那さま、わたしは月窓さまのお住まいの夢魘庵を一目拝見したいと、金剛院の院主さまにお願いして案内していただきました。そのとき、尊い妙香の匂いを強く嗅ぎましてございます」

「尊い妙香の匂いやと。それで庵室はどんなんどした」

徳右衛門は勢い込んで利助にきいた。

「どんなんいうて、古びた小机と塗りの剝《は》げた根来《ねごろ》の燭台が、一つあっただけどす。それに先がほとんど摩《す》り切れてしもうた竹箒が一本、土間の柱に下げられてました。金剛院の院主さまは、月窓が姿を消してからもう十日余りになる。どこに行ったのやら、まことに厄介な奴じゃと愚痴られましたが、そのときまた妙香の匂いが、濃くぷんと鼻に漂ってまいりました」

利助はどこか茫洋《ぼうよう》としたようすで、徳右衛門に報告した。

「七蔵、これはまるでお伽噺《とぎばなし》のような話と出来事やなあ。おまえが八両で買うてきたこの女子を、わたしが三十両で買うのを断ったり値切ったりしたら、どんな災いが降り懸《かか》るかわからへん。その値で買うしかあらへんな」

「冨士屋の旦那さま、女衒のわしがぼろ儲けをしようと、三十両の値を付けたわけではありまへん。そのなんどすか、拾得さまみたいな南禅寺の坊さまが、付けはった値段どすさかい」

「天台山の拾得に化けた普賢菩薩さまが、その値で買うておくのじゃといわはったんやったら、文句は付けられへん。そやけどこれは、おまえがこの女子《こ》をわたしに高《たこ》う売るためにうった、一世一代《いっせいちだい》の大芝居ではないやろなあ」

「旦那さま、阿呆なことをいわんといておくんなはれ。これは一切が事実。いま女衒会所にいる手下の菊助と弥吉、それともこのお佳とともに篠山から出てきた女子たちに、たずねていただいてもよろしおまっせ。尤も南禅寺の風変りな坊さまとわしが、こそこそ話をしていた内容までは、誰も知りまへんけどなあ」

「まあ、おまえがいうたのに間違いありまへんやろ。邪悪を退け、多くの人々に幸せや益をもたらすと、普賢菩薩さまめいた坊さまにいわれた娘。よっしゃ七蔵、その女子をわたしが気前よく三十両で八年預《せ》からせて貰うわ」

冨士屋の徳右衛門は心が急くのか勢い込んでいった。

「そしたら旦那さまは、この娘を三十両で買うてくれはるんどすな」

「念を押さんでもよろし。わたしは確かに三十両で預からせていただきます」

かれはきっぱりといった。

「わしはきっとそうなると思い、このお佳の身売り証文と、あらましの身許を書いた身上書を、ここに持ってまいりました」

「ほう、それは用意のええこっちゃ。それにしてもわたしは、庭ばかりを掃いていた南禅寺の坊さまの掌《たなごころ》の中《うち》で、転がされているような気がするわいな」

徳右衛門はこうつぶやき、七蔵から二通の書状を受け取った。

身売り証文には村年寄の署名捺印があり、お佳の父親新兵衛《しんべえ》の名も書かれていた。

それに目を通した後、徳右衛門はお佳の身上書に目を移した。

それにはこう書かれ、村年寄五人の名が列記され、印が捺されていた。

――当人は幼くして文字を学び、悧発にして沈着。十三歳の折、篠山藩お納戸奉行大《おお》曲七郎左衛門《まがりしちろうざえもん》の許にご奉公。父親新兵衛が若年の砌《みぎり》、大曲家に小者としてご奉公いたせし縁から也。ご奉公は四年に及び、同家では茶湯《ちゃのゆ》を嗜《たしな》み、天性諸道具の目利きを好めり。されど両親《ふたおや》病床に就き、幼き弟妹の面倒見など家事差配のため、お暇《いとま》を賜る。一家の困窮を救うため、旧主に秘して女衒の徒に身をまかせる次第となれり。願わくは仏の慈悲が佳女にあらんことを願い、合掌するもの也。

——この若い娘が、篠山藩のお納戸奉行の許に奉公してて、茶湯を嗜み、諸道具の目利きを好むのやと。少しぐらい大袈裟《おおげさ》に書かれているやろけど、わたしは珍しい女子を年季奉公させたんかもしれへんなあ。

徳右衛門は居間に急いで行き、七蔵に渡す三十両を、重く頑丈《がんじょう》に拵《こしら》えられた金函《かねばこ》から取り出しながらほくそ笑んだ。

嫖客たちのざわめきが快くきこえてきた。

三

徳右衛門はお佳の部屋として、冨士屋の広い台所に接した一室を特別に与えた。

店の番頭は竹兵衛《たけべえ》といい、北野遊廓では名うての遣り手であった。

「番頭はん、あのお佳どすけど、当分の間、台所仕事を手伝わせ、店には出さしまへん。少し京の水で女を磨いて廓に馴れさせ、これといった客がきたときに店出しをします」

「旦那さま、それがよろしゅうおっしゃろ。八年の年季奉公で、三十両もの大金を女衒の七蔵に払わはったんどすさかい、よっぽどの客にしか出せしまへんわ。その額の十倍二十倍を、稼いで貰わないけまへんのやさかい。十倍で三百両、二十倍で六百両。そのくらいでなければ、この稼業では間尺に合いまへん。わたしにも客をよう吟味させとくれやす」

竹兵衛は遠慮のない言葉を吐いた。

かれは客の懐工合や気前、身許などを推察する能力になぜか長《た》けていた。

筋の良い客だと見込むと、店で指折りに数えられる、愛想がよく閨《ねや》上手な遊女をぴったり付ける。客を虜《とりこ》にさせ、吸い上げられるだけ金を吸い上げさせる。

勿論、敵娼《あいかた》の遊女にはあれこれ因果をふくめ、残りの貸金を帳消しにし、退廓させてやるともいう。要するに遊女を店と一体化させ、客を籠絡《ろうらく》するのだ。

さまざまな手管《てくだ》に翻弄《ほんろう》された客は、己《おのれ》の商いを疎《おろそ》かにして借金を重ねた末、ついには夜逃げするまでになる。

その頃にはその敵娼は、心中を迫られるのを恐れ、別の贔屓《ひいき》に身請けされたといい、店から姿を消しているのが、この苦界《くがい》の遣り口だった。

「竹兵衛、おまえの遣り方は少しひど過ぎるのと違いますか。わたしはそうまでせんかてええと思いますけどなあ。店の評判が悪うなっては困りますさかい、気を付けなあきまへん」

冨士屋徳右衛門は、かれにこう苦情をいうこともないではなかった。

「そやけど旦那さま、お客はんがどうなろうと、こっちの知ったことではありまへんがな。

そんなんで冨士屋が悪口をいわれた例《ためし》は、これまで一度もありまへなんだやろ。金のない客から金儲けはできしまへん。裕福な金持ちを籠絡せな、金は儲けられしまへんえ。客の気持を摑み取り、手練《てれん》手管を尽して目的を果すと、わたしはやったぁと満足を覚えるんどす。貧乏人の子どもに生れて苦労して育ち、この冨士屋のご先代さまに目をかけられてきたわたしは、金持ちが貧乏のどん底に落ちるのを見ると、正直、胸がすかっとするんどすわ。わたしがこの店の主やったら、もっと大きな金儲けを仕掛けますのやけどなあ

――」

「おまえはわたしに何をいいたいのどす」

「特別、何かをいいたいわけではありまへん。ただ今度、年季奉公にきたお佳についてはわたしにも一枚かませておくんなはれ。お佳の身上書を読ませていただき、これやったら釣り糸一つで、大きな鯛を確実に釣り上げられると思いました。旦那さまはわたしの遣り方に文句がおありのようどすけど、旦那さまもほんまをいわせていただけば、たいした商売人どっせ。ええとこの若い衆が、家の蔵からこっそり持ち出してきた極上の茶道具や書画、さまざまな骨董品の値打ち次第で、若い衆を何日でも遊ばせてはる。そんなん、他人には考えも付かへん芸当どすわ。それらの品物を金に換算したら、えらい大儲けどっしゃろ。わたしと旦那さまは、遣ることは違うてても、同じ穴の狢《むじな》なんどすわ。よう考えて

みると、そうどっしゃろ。旦那さまはわたしの遣ることに、知らんふりをしてはったらええのどす。仰山《ぎょうさん》、集めはった絵を一つひとつゆっくり眺め、好きな壷でも撫でてておくんなはれ」

竹兵衛の口調は柔らかだが、どこか徳右衛門を強迫しているような気配があった。

「おまえのいい分はわたしにもわかってます。おまえへの相談なしには何も出来しまへんさかいなあ。わたしは前々から、おまえに暖簾《のれん》分けを考えているくらいなんどすえ」

「ほんまどすか――」

竹兵衛は疑わしげな目付きで徳右衛門を眺めた。

「本当のことどす。おまえは親父さまの代からよう働いてくれ、この店には無くてはならぬ者。それで新しく雇うた女子に手を付けた前の番頭を辞めさせ、おまえを代わりに据えたくらいどすさかい」

「そしたら旦那さま、わたしの次に富士屋の番頭になる男を、ひそかに手代の中から物色しておかなあきまへんなあ」

「ああ、それがええ思案どす。そう心掛けておきますわ」

「そしたらわたしもこれで、富士屋のためと思い、阿漕な稼ぎをせんでもすむようになりまっしゃろ。ご先代さまに次ぎ、徳右衛門の旦那さまに懸命に仕えてきた甲斐がありましたわ。ありがたくお礼をもうし上げます」

かれは徳右衛門に両手をついて礼を述べた。

「おまえ、何を殊勝にいうてますのや。たった今おまえはその口から、自分と旦那さまは同じ穴の狢なんどすわというたばかりどすがな」

「これは恐れ入りました。同じ穴の狢同士が、互いに苦情をいい合《お》うても仕方ありまへん。これからわたしは口を慎み、しっかり旦那さまに尽させていただきます。どうぞ、よろしくお頼みいたします」

竹兵衛は更に畏まった表情で徳右衛門に頭を下げた。

冨士屋の台所では、お佳が地味な縞模様のきものを着て、客に出す塗り盆を乾いた布巾で拭いていた。

台所働きの男女は六人。六十近い男は重助《じゅうすけ》、同年齢の女はおさえと呼ばれていた。

あとの四人は、いずれも北野遊廓近くの長屋に住む者たちで、台所と帳場の連絡などは、徳右衛門の指図で南禅寺・金剛院に走った利助が果していた。

「この女子はお佳といいます。八年の年季奉公の約束で雇いましたけど、事情があってすぐには店に出さしまへん。台所頭の重助、火傷《やけど》などさせんような仕事を与え、当分使《つこ》うておくれやす」

徳右衛門はお佳をかれら六人に台所でこう引き合わせた。

店の表には遣り手婆を始め番頭が一人、手代が三人、小者が四人、年増の女子衆《し》が二人、取次ぎ婆が二人雇われていた。

遣り手婆は遊女上がりの老女。店の表に立ち、客の袖を引くのを役目としていた。

取次ぎ婆もやはり遊女上がりの老女で、小者とともに客を部屋に案内したり、客と帳場の連絡に当ったりしているのであった。

「今度、年季奉公にきはったお佳はん、旦那さまや番頭はんは、どうしてあの人にお客はんを取らせはらへんのやろ。器量はまあ普通どすけど、どんな暮らしをしてはったのか、立ち居振舞いになんともいえん品《ひん》みたいなものがありますなあ。うちらに利かはる口振りも穏やかで丁寧。とにかく落ち着いてはりますわ」

「よそできいたところによれば、生れと育ちは丹波の篠山。農家の出やけど、十二、三歳のときから数年、篠山藩のお納戸奉行さまのお屋敷へ、ご奉公に上がってはったそうどすわ。そやけど両親が病気になり、幼い弟妹のためどうしても金が必要。それで奉公してた主家には内緒で、ここにきはったらしおすえ」

「可哀そうになあ。女衒の世話で廓奉公に出るぐらいどしたら、どうして主家に泣き付かなんだのやろ」

「そんなん、出来るお人と出来《でけ》へんお人がいてはりまっしゃろ」

「奉公していたのが、篠山藩のお納戸奉行さまのお屋敷やったとは驚いたなあ」

「お納戸奉行いうのは、衣服を始めあれこれの調度品や書画、骨董品、大きな物になると、屏風の類まで取り扱《あつこ》うてるのやろ」

「そうやがな。将軍家で納戸方は若年寄の支配に属し、金銀、衣服、調度品の出納などをしてはるそうや。大名や旗本以下の献上品や下賜の金品もつかさどり、お納戸頭にはそこそこのお武家さましかなれへんとききますわ」

「お佳はんのきりっとした立ち居振舞いは、お納戸奉行さまのお屋敷にご奉公していたからなんやろなあ。お佳はんは茶湯も心得てはるそうで、その間にいろいろな嗜みをしっかり身に付けてきはったんやわ」

「武芸の嗜みもかいな――」

「それは当人にきいてみな、わからへん。おまえ直接、たずねてみいな」

「わし、そんなん出来へんわ」

「なんや台所の雰囲気ががらりと変わり、みんな行儀がようなったみたいやなあ」

「行儀のええのは結構やけど、あんまり固《かと》うなってたら仕事にならへん。いつものように気楽に働いてくれや」

台所頭の重助は、台所の雰囲気を明るくしようと守り立てていい、お佳にも遠慮なく仕事を頼んでいた。

こうした中で、お佳は与えられた仕事をてきぱきとこなし、広い台所に設けられた井戸から釣瓶《つるべ》で水を汲み上げる役まで、自ら買って出るほどだった。

それだけに彼女は、台所働きの人々から概して好感を持たれていた。

こうして十日、二十日が過ぎ、一ヵ月が経った。

お佳には冨士屋の店構えや奉公人たちの気質、主徳右衛門の家内《いえうち》のようすなどがおよそわかってきた。

商いをしている表と徳右衛門一家の住居《すまい》は、瓦葺《かわらぶ》きの広い歩廊で結ばれている。

かれの家族は母と妻、二男一女であった。

お佳は一度だけ徳右衛門に声を掛けられ、歩廊で隔てられた母屋に連れていかれた。

「ちょっと茶湯道具を選んでくれまへんか」

と頼まれたのであった。

「畏まりました――」

襷《たすき》を掛けたままうなずき、彼女は徳右衛門の後に従った。

瓦葺きの歩廊を進むと、これが北野遊廓の中だとは思えない手入れのいき届いた庭に臨んだ。築山《つきやま》や池があり、豪商の奥とさして変わらない眺めが広がったのである。

「ここどす。わたしには特別な部屋で、家族の者はもとより、誰にも出入りさせてしまへん。ここに入るのはおまえが初めてどす」

かれはこう勿体を付けて襖戸を開いた。

室内は薄暗く、大小の何かがさまざま置かれているようすだった。

「そっちの襖を大きく開け、陽を入れておくんなはれ。雨戸は戸袋に仕舞われてます」

かれにいわれ、お佳はすぐさまそう動いた。

そして明るくなった部屋の中を見廻し、あっと驚きの声を漏らしそうになった。

十畳余りの部屋に棚が幾つも置かれ、そこには茶道具を始めさまざまな骨董品が、ずらっと並べられていたのである。

古い箱に入れられた物や、裸のままの楽茶碗などが見られ、足許には裸の軸や古びた箱に入った書画の類が、ところかまわず山積みされている。壁には六曲一双の屛風が幾つも立てかけられていた。

それは幾分、書画や焼きものの目利きのできる彼女には、宝の山といっていいほどの光景であった。

「お佳、びっくりしたようどすけど、遊女屋をしていると、こんなものまで手に入るんどすわ。大店《おおだな》の金持ちのぼん（息子）が、女を抱きたくても金があらへん。それで家に置いてある物や、蔵の中から金目の道具を持ち出し、これで遊ばせて貰えまへんかと店にくるんどす。若い男とは困ったもので、六曲一双の屏風まで家から持ち出してくるんどっせ。家の者が何かの理由で出払っている。そんなときを狙い、屏風の中身だけを荷車で運び出してくるんどすわ。そこに立て掛けてある屏風を、開いてみなはれ。確か曽我蕭白《そがしょうはく》の山水図屏風のはずどす。こっちの二枚折りは俵屋宗達《たわらやそうたつ》の童牛図。光琳《こうりん》の風神雷神図もありますわ。焼きものなら、光悦《こうえつ》から仁清《にんせい》までみんな揃うてます」

「そんな旦那さま――」

お佳は思わず驚きの声を発した。

「とんでもないことどっしゃろ。そんなんを家人に内緒で持ってきて、女子を抱かせて欲しいと頼むんどすわ。わたしは書画や骨董品が好きどすさかい、自分でこれぐらいやろと値を付け、若いお客はんに遊んでいって貰うてます。宗達の童牛図や光琳の風神雷神図を持ってきたお客はんには、店の女子を取り替え、一月《ひとつき》ほど居つづけていただきましたかなあ。一遍、それが成功すると、病み付きになり、また変わった物を持ってきはります。そやけど外聞を憚ってか、お客はんの親御はんから苦情を持ち込まれたことは、一度もございまへん」

徳右衛門は古箱の一つを手に取り、語りつづけた。

「おそらく軸の類が仰山あって、箱の中身が無くなっているのに気付かはらしまへんのやろ。屏風箱はそこに置かれていても中は空。いざ取り出そうとして、びっくりしはりまっしゃろなあ。物持ちは持つだけ持ったらそれで満足して、後は気を配らんのかもしれまへん。わたしはこれだけの物をなんとなく集めましたけど、この品物はどこのぼんから金の代わりにいただいたか、ちゃんと一つひとつに付箋《ふせん》を付け、忘れんようにしてあります」

かれにいわれ、お佳が大小の品に目を凝らすと、確かにそれぞれに付箋が貼られ、年月日と氏名が記されていた。

「お佳、それでおまえを今日ここに連れてきたのは、特別なお人に茶の用意をして貰いたいからどす。冨士屋で用いる衣服の一切を、呉服屋の『泉屋』はんが賄ってくれてはります。その泉屋はんの大事な伊勢のお客はんが、上洛したついでに明日、一度だけ京で評判の北野遊廓を見物し、どこかで茶を一服、ご馳走になれぬものかといわはったそうどす。泉屋はんはうちにええ茶道具が揃っているとどこできかはったのか、その依頼がきましたのや。断るのもなんやと思い、引き受けました。それで篠山で武家奉公していたおまえが、茶湯を嗜むのを思い出し、おまえに取り合わせを考えて道具を決めて貰いたいんどす。その伊勢のお客はんはもう七十過ぎ、女子を抱く気はないそうどす。客座敷に茶湯の仕度をさせますさかい、いっそおまえのお点前《てまえ》で一服、薄茶を飲んでいただこうかとも考えてます。おまえはどうどす」

「はい、うちはすべて旦那さまの仰せに従います」

お佳はほっとして答えた。相手の客に女を抱く気はないときいたからだった。

そのとき彼女が選んだのは光悦の赤楽《あからく》茶碗、水指《みずさし》は千利休《せんのりきゅう》の箱書きのある釉《うわぐすり》のたっぷりかかった信楽《しがらき》。床《とこ》には円山応挙《まるやまおうきょ》筆の菊図、花入は唐物の耳付籠、花は木槿《むくげ》。風炉釜は与次郎《よじろ》、風炉先屏風は酒井抱一《さかいほういつ》筆の秋草図であった。

風炉先屏風は、広間などで風炉を用いて点前をするとき、道具畳の結界として用いる二枚折りの低い屏風。その他の菓子器や火入、莨《たばこ》盆、香合など、どれもこれも容易に手に入らない物ばかりだった。

「地味な身形《みなり》でわしに薄茶を点《た》ててくれはったのは、この冨士屋さまの娘はんどすか。結構な道具揃えのうえ、ええお点前どした。ありがとうさまでございます」

呉服屋の泉屋や冨士屋徳右衛門たちが注視する中で、伊勢の老客は一服、光悦の赤楽茶碗で茶を飲んだ。そして些少《さしょう》どすけどと断り、茶を点てたお佳の膝許に、二十両の金包みをそっと置いていった。

「旦那さま、これはたまりまへんなあ。わずか半刻ばかりで二十両の稼ぎどすがな。わたしは部屋の外にひかえてましたけど、あの伊勢の客、泉屋はんは身許を明かさはらなんだけど、ひょっとすると伊勢神宮の偉い神官かも知れまへんなあ。そうでないと、薄茶一服に二十両も払われしまへん」

塗り駕籠に乗り、伊勢の老客が泉屋を従え帰って行った後、見送りから帳場に戻った竹兵衛が、旦那の徳右衛門に笑みを浮べて囁いた。

「そうかもわかりまへんなあ。それに茶道具の目利きらしく、赤楽茶碗で一服お茶を飲まはった後、これは光悦やわとつぶやいてはりました。あんな茶碗、いくら金を積んだかておいそれと買える物ではありまへん。またそれを選んだお佳の奴も、なかなかの目利きどすわ」

徳右衛門は目を細め、竹兵衛に相槌を打った。

「これから考えると、大きな魚が網にかかるのを、じっと辛抱強く待たなあきまへんなあ」

「そうや、辛抱強く待つことや。幸先《さいさき》はええのやさかい、大きな獲物が近づいてくるのをひたすら待ちまひょ」

二人がこんな話をしていると、女衒の七蔵が、真っ青な顔で富士屋の店先に飛び込んできた。

「だ、旦那さま――」

「おまえは女衒の七蔵やないか。顔色を変えてどないしたんどす」

「旦那さま、南禅寺・金剛院の月窓さまがいわはった通りどした。今日の正午頃《ひる》、わしの手下の菊助が、水に溺れて死によりましたわ」

「なんじゃと――」

徳右衛門は思わず帳場から立ち上がった。

「わけ、わけをいいなはれ。わけをしっかりききかせるんどす」

かれの声は震えていた。

「へえ、近江《おうみ》の野洲《やす》から小船に乗り、大津に向かっていた折のことどす。買い入れてきた女四人を、その船に乗せてました。船が琵琶湖の沖合いに出たとき、いきなりその中の一人が、水の中に飛び込んだんどす。それで菊助が船の縁《へり》から身を乗り出し、女の襟首を摑もうと手をのばしました。すると湖に飛び込んだ女が、その手を両手でがっしりと摑み取り、菊助を水の中に引きずり込んでしもうたんどす。菊助は助けてくれ助けてくれと叫んでましたけど、女は黙って顔に妖しい笑みを浮べ、引きずり込んだ菊助に覆いかぶさるようにして、やがてともに深い湖の中に消えていってしまったんどす。月窓のお坊さまがいわはった通りでございました」

七蔵の言葉をきき、徳右衛門の顔が次第に青ざめてきた。かれの胸裏には小船の揺れ、水中で揉み合う男女、そして買い入れてきた若い女に絡み付かれ、湖の底に沈んで行く菊助の哀れな姿が、見えるように鮮やかに浮んでいた。

四

京の秋が深まってきていた。

お佳は台所でお盆を拭きながら、ときどきふと手を止め、遠くを見る目付きになった。

丹波篠山の秋は、京のそれよりもっと早く深いはずだ。

両親の病はどうなったのか。幼い弟と妹は無事にしているだろうか。それらを考えると、目から涙があふれてきそうだった。

季節のせいか、北野遊廓も賑やかばかりではなく、どこか憂愁を帯び、華やかさが薄れて感じられた。

外では夕闇が這い始めていた。

「お佳はん、ここでは何も考えんこっちゃ。ここに売られてきた限り、どうあがきもがいたかて、もうどないにもならへん。これまでのことは、何もかもみんな忘れてしまうのや。

その方がずっと生き易くなるねんやわ」

ときどき遠くから彼女を気遣って見ていた台所頭の重助が、用もないのに近づいて台所の上がり框《かまち》に腰を下ろし、お佳にそういった。

「小父《おじ》さん、おおきに。うち、小父さんの目にそんなふうに映ってましたか」

「ああ、そやさかい、こうしてそばに寄ってきたのやがな。人間は誰でも大なり小なり憂《う》さを持ってる。その憂さはそれぞれ違《ちご》うているやろけど、仕方のないことは腹を括《くく》って諦め、考えん方がええ。そんなんを考えつづけていると、死神に取り憑《つ》かれてしまうさかいなあ」

冨士屋の表から客を迎える声が届いてきた。

客は一人のようだった。

それを迎える店の者たちの声が、変に神妙で慇懃《いんぎん》、嫖客に対する威勢がどこにもうかがわれなかった。

「あれは初《うぶ》な客がきたからだわさ――」

重助がお佳に一声いい残して立っていった。

冨士屋はこの客を皮切りにして、これから次々と嫖客が繰り込んでくるかも知れなかった。

遊廓の各店には、客が入り始める切っ掛けや潮時があるものだ。今まで客足が途絶えていたのが、ふらっと入ってきた客に牽引《けんいん》されるように、どやどやと客がつづくことが往々にしてあった。

重助から初な客だといわれた当人がそれだとみえ、店はそれから次第に忙しくなってきた。

「旦那さま、初めての若いお客はんを番頭はんのいわはる通り、待ち合い部屋にご案内しました。そしたらこんな物を懐から出さはり、この店ではかような品を持参いたせば、値踏みしたうえ、それ相当に遇してくれるときいてきたのでございますがといわはるんどす。それでこれを預かってきましたけど――」

取次ぎ婆のお滝《たき》が内暖簾をはね上げ、帳場に坐る徳右衛門に、小さな長細い包みを持ってきた。

番頭の竹兵衛が桟衝立《さんついたて》の上から、すでに徳右衛門の手許を興味深そうな顔で覗いていた。

「女子を抱きたいとはいわはらなんだのか」

「へえ、そんな生々しいことをいわはるようなお客はんではございまへんどした」

「まあ、遊女屋を訪れて品物を差し出し、それ相当に遇してくれるときいてきたといわはったら、女子を抱きたいというてるのと同じやわなあ」

竹兵衛が旦那の徳右衛門に近づき、笑いながらつぶやいた。

待ち合い部屋は、部屋を整えるまで、客にくつろいでいてもらう部屋であった。

「旦那さま、わたしはその若い客を、目を合わさんようにちらと見ましたけど、身形や物言いからして、あれは相当な大店のお人どっせ。それで金の代わりに何を持ってきはったんどす」

竹兵衛は舌嘗《したな》めずりせんばかりに徳右衛門の手許を見つめた。小さな細長い箱は名物裂《めいぶつぎれ》らしい小布に包まれていた。

「この裂、どっかで見たことがあるけど、きっと唐渡《からわた》りの名のある裂やろなあ」

徳右衛門は独り言をつぶやき、その裂の中から古びた小箱を取り出した。

表に何か書かれていたが、はっきりとは読めなかった。

「旦那さま、それはきっと茶杓《ちゃしゃく》どっせ」

竹兵衛が急《せ》いた声でいった。

「茶杓やとな――」

少しがっかりした口調で徳右衛門はつぶやき、箱の蓋《ふた》を開けた。

そしてあっと小声を迸《ほとばし》らせた。

蓋の裏に紹鷗《じょうおう》茶杓と書かれて花押《かおう》が記され、箱の中に筒状に拵えられた紹《じょう》紦《は》緞子《どんす》が納められていたからである。

紹鷗は室町時代後期の茶人。泉州堺の納屋衆の一人でもと武田氏。のちに武野《たけの》紹鷗と名乗り、住居を大黒庵と号した。村田珠光《むらたじゆこう》の門人宗陳《そうちん》、宗悟《そうご》に茶道を学んで侘び茶の骨格を作り、千利休がこれを大成させた。

蓋の花押は、まぎれもなく千家三世の千宗旦《せんのそうたん》のものであった。

かれの花押は千鳥の形に似たものが多く、一気に書かれ、誰にも真似できなかった。

箱の中に入れられていた極めを読むと、「紹鷗茶杓至極めづらしき品。尊家《そんか》長く御秘蔵の品として、外へ遣《つかわ》し申候まじく候。重ねて見事な品にて候」と書かれていた。

「こ、これは千利休はんのお師匠の武野紹鷗さまが、作らはった茶杓や。どれだけ金を出したかて、買える物ではありまへんわ」

徳右衛門が震える手で紹絁緞子の口紐を解くと、中から黒光りする竹筒が現れた。その木蓋をこそっと抜き、見事な反《そ》りを見せる黒っぽい茶杓を慎重に取り出した。

紹鷗の茶杓にはだいたい竹節がなく、一本の幹で拵えられている。

千利休に侘び茶の道筋を付けて示したほどの茶湯者《ちやのゆしや》が作ったものだけに、それは誰が見てもそのものとすぐにわかった。

「旦那さま、待ち合い部屋にいてはる初な若い衆は、どえらい物を持ってきはったもんどすなあ。こんな代物を持ってきはったお客はんには、なんとしても食い付かなあきまへん」

「そうやわなあ。それでおまえどしたら、どうします」

「そないいきなりたずねられたかて、答えようがありまへん」

「そしたらわたしが決めまひょ。あのお佳にすぐ仕度をさせなはれ。使うて貰うのは芙蓉《ふよう》の間。五日でも十日でも居つづけて貰うたらよろし」

「いよいよお佳の出番どすのやな」

「お佳にはいつ何があってもええように、素人臭い手まり髷《まげ》を結わせてます。遊女めいた身形をさせたらあきまへんのやで。町娘の恰好をさせ、お客はんに初めて店出しをする女子やというて、遊んで貰うんどす。そこのところをよう心得てやっておくんなはれ。それから大きな魚をどう料理するかを、ゆっくり考えたらええのどす。まだ客の身許も、どうしてこんな茶杓を持ってきたのかもわかりまへん。お佳からぼつぼつそれをきき出して貰いなはれ」

徳右衛門は小声ながら、相当意気込んで竹兵衛にいった。

「では早速、お佳に腰湯を使って貰いまひょ。お佳にもそれくらいの覚悟はもう出来てますやろ」

それから竹兵衛は敏捷《びんしょう》に動いた。

——自分の身辺に何か異変が起きかけている。

お佳は遣り手婆にうながされて湯を使い、身づくろいをしながらそう感じていた。

異変とは、いよいよ自分の店出しに決まっている。それにしても、着せられる衣服は遊女がましいものではなかった。

自分はどんな男の相手をさせられるのか。篠山城下を出てこの北野遊廓へくるまでに、覚悟は決めていたが、いざとなれば胸の動悸が抑え切れず、身体が小さく震えた。

篠山から一緒にきた四人は、ほかの遊女屋へ売られ、とっくに客を取らされているそうだった。

「さあお佳、いよいよお客はんの相手をして貰うで。おまえには源氏名を付けんと、ほんまの名前でそのまま出て貰えと、旦那さまの強いご意向や。最初、相手になって貰うのは、行儀のええまだ初な若いお客はんや。あんまり心配せんかて、すんなり馴れていけますやろ。おまえに素人臭い恰好をさせているのはそのため。初な者は初同士、初会からしっくりやっていけるようにと考えたからどす。部屋はこの冨士屋で一番上等な芙蓉の間。あそこには奥に床の間、それに控えの間と別座敷がありますわ。この間、伊勢のお客はんにお茶を点てて貰い、過分な心付けをいただいたのもあの別座敷どしたなあ。そこでまたお薄でも一服点て、お客はんと話などして、次第に馴れていったらどないどす」

竹兵衛が猫撫で声でいい、やがて彼女を二階の芙蓉の間に連れていった。

そこには待ち合い部屋から若い男が案内され、すでにひかえていた。

「この女子はお佳といい、初めてお客はんにお目見得させる遊女でございます。それらしい恰好をさせせんと、普段に近い身形で初会の床に就かせるのは、お客はんにはそれが似合わしいと思うたからでございます。どうぞご遠慮なく、五日でも十日でも存分に遊んでいっておくんなはれ」

番頭の竹兵衛はお佳をかれに引き合わせ、そっと部屋から退いていった。

お佳が緊張しているように、若い男の客もそんなようすであった。

「お佳はんというのどすか――」

「はい、さようどす」

彼女は腹を固め、若い男の顔をじっと見据えて答えた。

――番頭竹兵衛の言葉からうかがうと、この客は何かしかるべき品物を家から持ち出し、冨士屋へ登楼してきたに違いない。

お佳は即座にそう推察していた。

徳右衛門が家族にものぞかせない部屋。厖大な数の茶道具や骨董品、屏風や書画の類が、彼女の胸に浮んでいた。

客は冨士屋へ何を持ってきたのだろう。この扱いから考えると、徳右衛門を喜ばせる特別な品に相違なかった。

「お客さま、お互いにこうして達磨《だるま》さまみたいに睨み合《お》うてても仕方がございまへん。それでちょっとおききしてもようございますか――」

お佳は自分より二つ三つ年上と思われる男に、柔らかい声でたずねた。

「はいどうぞ。答えられることはなんでもお話しいたします」

「それでは一番におたずねいたしますけど、お客さまは初めて遊女屋へおいでになったんどすか」

いざとなればお佳の方が度胸がよかった。

「恥ずかしながらそうでございます」

「一度も遊女屋へきていなかったことが、どうして恥ずかしいのでございます。うちにはそれがわかりかねますけど――」

「わたしは今二十一歳どす。同じ年頃の友だちと女子の話になると、おまえはまだ女子も知らぬのか、遊女屋に行ってもいないのだなと嘲られ、屈辱を感じてまいりました。それでこの冨士屋が、しかるべき茶道具や書画を持参すれば、女子と遊ばせてくれるとの噂を仲間からきいていたため、それを持ってきたのでございます。真面目な両親や店の番頭に、一遍遊女屋へ行ってみたいのだが、金をどれだけ用意すればいいのだろうとは、とてもきけませぬ。わたしは三郎助《さぶろうすけ》ともうします」

かれは姿勢を正したままお佳に答え、最後に名前を明かした。

「さようどしたか。それでこの店に持参されたのは、何でございます」

思い切って彼女は三郎助に重ねてきいた。

「はい、古びた茶杓でございます。それなら蔵から持ち出しても、父や母にすぐには気付かれないだろうと思うたからでございます」

「三郎助さまは迂闊をいたされましたなあ。茶道具は大小でその値打ちの決められるものではなく、小さくとも大変な価値のある品もございます。この冨士屋が五日でも十日でも存分に遊んでいっておくんなはれといい、上等な芙蓉の間にご案内したからには、うちには相当貴重な茶杓だと思われます」

「なにしろわたくしは、まだ茶湯には不案内でございますれば――」

三郎助はお佳から一喝くらわされたような顔で、しょんぼりしていった。

「ではこういたしまひょ。うちもその茶杓を見とうございますさかい、座敷部屋でこれから風炉の茶を点てたいと、店の者にもうします。それで持参した茶杓を最後に用いたいといい、うちにも拝見させておくんなはれ」

お佳の頼みは取次ぎ婆によって、帳場へすぐ伝えられた。

「あの客、持参した紹鷗の茶杓を使い、最後の茶を服したいと頼んできたわ。あれがどれだけの物かわかっているのやろか」

「さて、どうどっしゃろ。とにかく、好きなようにさせはったらいかがどす。機嫌を悪くさせると大損。なにしろ後の企みが待ってますさかいなあ」

こうして早速、二人だけの茶会の用意が整えられた。

お佳は風炉釜の前に坐り、膝許に古萩《こはぎ》の茶碗を据え、三郎助が持参した茶杓を軽く握り、信楽の茶入を取り上げた。

そばには、その茶杓を入れた竹筒や、宗旦が花押を記した箱も並べられていた。

お佳が茶道具の目利きをするといっても、所詮は地方大名のお納戸奉行の手伝いをしていたにすぎない。徳右衛門と番頭の竹兵衛は、そう高《たか》を括っていた。

お佳は信楽の茶入から紹鷗の茶杓で挽茶《ひきちゃ》を掬《すく》い取り、古萩の茶碗にそっと入れた。

道具はどれもこれも大変な逸品ばかりだ。

茶筅《ちゃせん》を振《ふる》うお佳の手がかすかに震え、頭がかっと火照《ほて》っていた。

徳右衛門の部屋に蔵される数々の名品。普通に茶道具屋や道具屋から買ったら、何万両になるかしれなかった。

もしこの徳右衛門の遣り口が公《おおやけ》にされ、恥を晒してでも奉行所に訴える若者の親が出てきたら、この冨士屋はどうなるだろう。

どんなに徳右衛門が正当性を主張しても、認められないに決まっている。そうしたらあの部屋の名品の数々は、元の持ち主に返され、冨士屋は商い不埒の廉《かど》で家財没収、商い停止になるに相違なかった。

茶を点てながらあれこれ考えるにつれ、お佳の正義感がむらむらと立ち上がってきた。

とはいえ、冨士屋が家財没収、商い停止になっていいわけがない。元の持ち主が納得し、同時に冨士屋が無事にすむには、どうすればいいのか。

その方法は一つしかなかった。

それは冨士屋で歓を尽した若い男たちに恥をかいて貰い、徳右衛門が自分の物にしたと喜んでいる名品の数々を、実はこんなことがございましてと、本来の持ち主である親に返すのだ。

その夜、お佳と三郎助は床に入らず、語り明かした。三郎助は東西両本願寺に近い数珠《じゅず》屋町《やちょう》で大きな仏具商を営む「八幡屋《はちまんや》」の嫡男で、固いばかりの両親に育てられた若者だった。

「旦那さま、昨夜、お佳はんと茶杓を持ってきはったお客さまは、床で寝はったようすはありまへんえ」

取次ぎ婆からそうきかされた徳右衛門は、早速、芙蓉の間を訪れた。

「旦那さま、ちょっとここに坐り、うちの話をようきいておくれやす。昨夜、茶湯に使わせていただいた茶杓は、千宗旦さまが極めをした武野紹鷗さまのものでございましたなあ。茶杓も見事なら、それを入れた紹絶緞子の筒袋も黄土地《おうどじ》一重《ひとえ》蔓《かずら》、中牡丹唐草の見事な品で、お茶はことのほかおいしゅうございました。そやけど、お部屋で見せていただきました屏風や茶道具の数々、旦那さまがどうして手に入れられたか、わが子を叱り付け、それを町奉行所に訴える親御さまがおいでになりましたら、大きな事件とされ、旦那さまが咎《とが》められるのは確実。そしたら家財没収、冨士屋は商い停止になるのは間違いございまへんえ」

お佳に睨まれて諭される徳右衛門の顔が、次第に蒼白になってきた。

「お、お佳、危ぶみながらも長年、なんとなくそうしてきてしまいましたけど、ほなわしはどうしたらええのどす」

「たとえばこの古萩の茶碗は、三条室町《むろまち》の茶問屋上林《かんばやしや》屋の持ち物。えらく時期を逸してしまいましたけど、恐れながらこんなことがございましてと、上林屋の旦那さまにもうし上げてお詫びし、お返しされたらいかがでございます。そのとき、若旦那さまをあまりお叱りにならぬように、お願いするのが大切でございまっしゃろ。お部屋の品々にはみんな付箋が付けられておりました」

「おまえがいうのは尤もやけど、こんなんが事件にされまっしゃろか」

かれは不安そうな声でつぶやいた。

「この紹鷗さまの茶杓を見る限り、いつか必ず事件にされるとうちは思います。この際、思い切って返却されるのが一番でございます」

冨士屋徳右衛門はお佳の言葉に素直に従い、すぐさま行動を起した。

茶問屋上林屋の主総左衛門《そうざえもん》は、新しい箱に入れられた古萩の茶碗を見て、さっと顔色を変えた。番頭に茶室へ行き、棚を確かめてきて欲しいと頼んだ。

だが茶室の納戸にあったのは空箱だけだった。

「おまえさまは北野遊廓で女郎屋をしている冨士屋徳右衛門はんといわはりましたなあ。わたしの不用心どした。この茶碗を持参して正直に明かしてくれはったおまえさまに、どう報いたらよいやら。ここに百両の金を用意いたしました。わたしのお礼の気持と思うてどうぞ、お納め願います」

上林屋総左衛門は袱紗《ふくさ》に包んだそれを、徳右衛門に差し出した。

「こんな大きな物をあ奴、どないして家から持ち出しおったんやろ」

狩野探幽《たんゆう》が描いた屏風を前に、わが子の悪口を並べ立てた父親も、三百両の礼金を徳右衛門の手に強《し》いて持たせた。

こうして徳右衛門の手許には、思いがけず一万両に近い金が集まった。

「これはわたしの悪知恵で得た金ではありまへん。親の代からこの冨士屋で働いてくれはった女子はんたちの稼いだ金どす。生きてはるお人には金を、死なはったお人には墓でも建てて供養して上げてくんなはれ」

お佳に諭され、茶道具などを返却に廻った数ヵ月の間に、徳右衛門はすっかり人が変ってしまっていた。

その後、お佳は数珠屋町の八幡屋清助《せいすけ》に乞われ、後継ぎの三郎助の許に嫁いだ。篠山城下に残してきた両親の病は快癒し、徳右衛門から冨士屋がお佳によって無事に救われたといわれ、二百両の謝礼が渡された。

煩雑な処置の一切がだいたい終った翌年の正月、徳右衛門は女衒の七蔵と帳場で餅を焼いて食べていた。

「いま改めて思い出すと、ほんまにあの月窓さまはありがたいお人やわ。月窓さまはお佳について、邪悪を退けるというてはったようやけど、それは本当やった。ところでわたしがまだ十六、七の頃やったやろか。南禅寺の若いお坊さんが一人、北野遊廓へ托鉢にきはってなあ。雪がよう降る冬の夕刻、この冨士屋の前でお経を唱えてはったんや。そのとき草鞋《わらじ》の前緒がぷつんと切れてしもうたさかい、初やったわたしは、ここから旅立たはるお客はんのために用意していた草鞋を、代わりに表に腰を下ろして履いて貰い、熱いお茶をいっぱい勧めたんや。もしかすると、あの若い托鉢の坊さんが、月窓さまやったのかも知れへん。そう考えると、月窓さまはお佳はんや菊助はんのことを案じはったのと同時に、このわたしに親からの家業は仕方がないとしても、変な欲を出さんと正直に生きなあかんと、諭してくれはったとも思えてくるわ」

徳右衛門は眉をひそめ、因縁めいた話を漏らした。

番頭の竹兵衛は、主の商いに対する気持が変わったと不満をつのらせ、すでに暇を取っていた。

外では雪が急に激しく降り始めていた。

紙《し》背《はい》の帯

一

町木戸を入ると、貧しさを思わせる饐《す》えた臭いがつんと鼻についた。

長屋の女たちが朝の洗い物をすませ、家に入った後らしく、板屋根の井戸や洗い場は静まっていた。

その屋根と町屋の向こうに、木々の色付いた比叡山《ひえいざん》がすっきりと見え、秋の深まりをはっきり感じさせている。

「お店《たな》さま、彦太郎《ひこたろう》でございます――」

二十半ばの男が、向かい合わせて八軒の長屋の中ほどの表戸に声をかけ、その板戸をがたぴしと開いた。

南向きの障子戸のそばに、五十過ぎのお盈《えい》がつくねんと坐っている。横に置かれた帳簿の綴《と》じを解《ほど》き、それを小さく裂き、細い紙撚《こより》をせっせと作っていた。

家の中には家具調度の品はほとんど見えず、塗りの剥《は》げた衣桁《いこう》と古びた小簞笥《こだんす》、それに枕屏風がそれぞれ一つあるだけだった。

押し入れの行李《こうり》の中には、かつては入っていた豪華な衣服は一枚もなく、薬種問屋「菱《ひし》屋《や》」の奉公人たちが着ていたような粗末な木綿のきものなどが、数少なくあるだけに違いなかろう。

それにもう一つ、店の古い帳簿が荒縄で縛られ、部屋の片隅に山のように積み上げられていた。

以前の菱屋を知る者には、酷《むご》いほどの眺めであった。

お盈はその古い帳簿の山を見ているうちに、この紙を裂いて紙撚を作り、それで紙帯を織って売ろうと考えたのだ。

無用の物だとして、竈《かまど》で燃やしてしまうのは忍びない。菱屋が世に残せるものはこれしかないと考えたからだった。

窶《やつ》れた顔で紙撚を撚《よ》っているお盈は、御池《おいけ》東《ひがしの》洞院《とういん》西入ルに間口十二間、奥行き十五間の店を構える大店《おおだな》のお店さま（女主《おんなあるじ》）。多くの奉公人に優しかったため、みんなから慕われていた。

ところが二年前、主の忠兵衛《ちゆうべえ》が大坂の商人《あきんど》にそそのかされ、大儲けを企んだ。幕府がご禁制品と指定し、長崎以外での取引きを禁じるペルシャ緞通《だんつう》や薬物などさまざまな品物の買い付けに、こっそり一万両の金を出資していたのだ。

それが露見して厳しい詮議を受け、菱屋はついに商い停止、闕所《けっしょ》（財産没収）に処せられた。京都所司代や町奉行所協議のうえ、やっと二条寺町の陋屋《ろうおく》に住むことだけを許されたのであった。

主の菱屋忠兵衛はこうした詮議の最中《さなか》、西町奉行所の牢内で心の臓の発作で急死した。残されたのは、妻のお盈と二十三歳になる嫡男の新助《しんすけ》、かれより五つ年下のお雪《ゆき》だけとなったのである。

十五人余りいた奉公人には、所司代や町奉行所与力の立ち会いの許で、奉公していた歳月に応じてご苦労賃が支払われた。

「ご苦労賃のほかに、一両ずつ割増金をお上からいただいたけど、不穏な話もきかされたで——」

「ああ、わしもやわ。幕府がご禁制としている南蛮渡来の品々を扱った商家の奉公人は、次の奉公先を探すのに苦労せなならんらしい。どうしても人は色目で見るさかいなあ。わしらは無関係なのに迷惑なこっちゃ。一両ぐらい割増金を貰《もろ》うたかて、後の難儀を考えたら、これは間尺に合わへんがな」

こんな愚痴をこぼしながら、多くの奉公人が近江《おうみ》や丹波《たんば》の親しい知辺《しるべ》を頼って去り、改めて奉公先を探すため、一時、親許に戻る小僧もいた。

お店さまと呼ばれていたお盈を、長屋に訪ねてきた彦太郎は二十五歳、菱屋では雑役にしたがっていた。

そのかれも新しい働き先を見つけるのには苦労したようだが、どうやら人の口利きでそれが果せた。

その仕事とは、どちらかといえば人が忌む「日銭貸し」の集金、日銭集めであった。

日銭貸しは今の日銭金融。日毎にいくらかずつ返済する約束で貸す高利・無担保の金銭。保証人や担保がないため、当然、金利は普通より二、三割高かった。

この仕事はよほどの守銭奴《しゅせんど》か、鉄面皮《てつめんぴ》にしかできにくかったが、彦太郎はそこに雇われ、こっそり日銭を借りている当人からその金を毎日、少しずつ返して貰っているのであった。

金に窮した人々は生きるため、その守銭奴の許に金を借りにやってくる。

客は日傭取《ひようとり》（日雇《ひやとい》）や行商人、それに切羽詰まった小商人など、金策の当てのない者たちで、かれらは高利でも日銭貸しに頼るしかなかったのだ。

彦太郎はお盈の許へその日銭の金を集めにきたのであった。

毎日くるたび、かれはまずお雪の姿を目で探した。彼女がそこにいれば、ひそっと安堵《あんど》の息をついた。

「お店さま、わしは天地がひっくり返っても、まさかお店さまの許へ日銭を集めにくるとは、考えてもおりまへんどしたわ」

かれは窶《やつ》れたお盈のようすを見ると、気の毒そうな顔でぼやいた。

「彦太郎、昔は昔今は今。いつもそないな愚痴を、うちにきかせないでおくれ。うちの新助は店が闕所に処せられたとき、これからどうしようかと茫然自失してました。けど幸い京に住むことを許され、人のお情けでこの長屋に落ち着くことになりました。金はほとんどなく、鍋釜、茶碗の類やわずかな衣服、布団が残されただけ。どうして生きていったらよいやらと考えていたとき、新助が道でばったりおまえに会い、野菜の引き売り屋にならせて貰えたんどす。このように運が少しずつ開け、どうやら食うてだけはいけるようになったんどす。うちはおまえにどれだけ感謝しているか、一口ではいえへんほどどす」

「いやあ、わしこそお店さまに感謝しております。今はもう全く手を出しておりまへんけど、七、八年前には毎晩、賽子博打《さいころばくち》にふけり、行き付けの賭場で三両余りの借金を拵《こしら》え、にっちもさっちもいかんようになってました。賭場の親分が取り立ての子分を店に乗り込ませてきたとき、お店さまは事情をきき、その勘定うちが払わせて貰いまひょと、けろりとした顔でいうてくれはりました。そのうえ彦太郎、ほかに借金はありまへんな、あれば片付けて上げますさかい正直にいいなはれと、笑顔でたずねてくれはったのが、今でも忘れられしまへん。それが今度は逆になって、わしが日銭貸しの金をこうしてお店さまのところへ毎日集めにくるのは、もうしわけのうてかないまへん」

彦太郎は首をすくめてお盈に詫びた。

「そんなふうに考えたらあきませぬよ。日銭集めは彦太郎のお仕事。菱屋さえしっかりしていたら、おまえがこんな厄介な仕事をせんかてすんだんどす。それにおまえがこんな仕事をしていてくれたさかい、新助は救われ、うちたちは食べていけるようになったんどす」

お盈は感謝の気持を込めてかれに説いた。

闕所は酷い処置で、そうされた一家には、親類縁者といえども一切の援助を禁じられていた。これは死罪・遠島・追放などの刑罰の付加刑の一つで、田畑・家屋敷・家財などが罪の軽重に応じて官に没収された。

当座の銭は与えられるものの、お盈と新助、お雪母子は、これからどうして暮らしていけばよいやらと途方に暮れていた。

——今日からどないしたらええのやろ。わしに人足なんかできるんやろか。

その日、新助は三条小橋の欄干にもたれ、高瀬川を下っていく荷船をぼんやり見ていた。

「若旦那、菱屋の若旦那さまではございまへんか——」

そのとき、欄干にもたれるかれに声がかけられた。

自分を呼ぶのは誰だろうと見ると、かつて菱屋で下働きをしていた彦太郎だった。

「若旦那さま、これまでどうしてはったんどす。そんなところにぼんやり立ってはって、高瀬川みたいな浅い川では死なれしまへんで。尤《もっと》もこれはほんの冗談どすけどな」

「こないなとき、妙な冗談は止《や》めときなはれ」

「へえ、すんまへん。勘弁しとくれやす」

「わたしはおまえも知っての通り、闕所に処せられてしまい、これからどうして暮らしていったらええのやらと、思案していたんどす」

「菱屋の闕所は大変どしたなあ。なんでも悪い仲間に誘われたらしおすけど、正直な商いをしてはった菱屋の旦那さまが、そんな密貿易の仲間に、自ら入らはるわけがありまへん。ふと魔が差したんどっしゃろ。わしらにもそのとばっちりがきましたけど、そんなん、どうもありまへん」

彦太郎は気の毒そうに新助を眺めてつぶやいた。

「それで、おまえは今どうして暮らしを立てているんどす」

「わしは日銭貸しに雇われ、毎日、日銭の取り立てにあっちやこっちにと、忙しく歩き回ってます」

「日銭貸しに雇われてやと――」

「へえ。日銭貸しは保証人のなり手のない貧乏人には、利子は高《たこ》おすけど、便利どすわ」

そのとき二人の耳に「引き売り屋、野菜の引き売り屋でございます」との呼び声が届いてきた。

新助はその声に注意を集中させた。

「彦太郎、わたしにもあんな引き売り屋が出来ますやろか」

「若旦那、そらやろうと思う気持次第どっしゃろ。朝早く錦小路《にしきこうじ》の卸問屋へ出かけて仕入れをし、町辻を売り歩いてたら、やがては贔屓《ひいき》客も付きますやろ。食っていくらいは出来ますわいな」

「そやけどなあ――」

「そやけどなあとはなんどす」

「わたしには古びた大八車を買う銭も、ましてや錦小路の卸問屋で野菜を仕入れる金もありまへん」

新助はがっくり肩を落し、首を垂れた。

「若旦那、そんなに落胆せんかてよろしおすがな。わしを雇うている日銭貸しは、五条袋町《ふくろちょう》の長屋に住んでる粂八《くめはち》というお人どす。その粂八はんに頼み、引き売り屋を始める元手《もとで》（資本金）を借りはったらどないどす。大八車は古い物でよく、野菜を入れる笊籠《ざるかご》かてそうどすわなあ」

こうして新助は、彦太郎の口利きで粂八から四両の金を借り、新しく野菜の引き売り屋を始めたのであった。

粂八は強欲そうな男だったが、それでも新助を励ましてくれた。

「若旦那、いや新助はん、引き売り屋をするのに、手拭いで顔を隠しているようではあきまへんで。その顔をお天道《てんとう》さまの許にさらし、野菜の引き売り屋でございますと、どこに行っても大声でお客はんに呼びかけるんどす。銭は一文でも多く稼ぎとうおっしゃろ。小判四両は、一朱銀にすると六十四枚。利子は特に負けて一両といたしまひょ。引き売り屋を始めはった十五日後から毎日、この彦太郎に二条寺町の長屋へ集金に行かせますさかいなあ。一度の返済は一朱銀一枚。それを一日でも滞《とどこお》らせたら、五十文の利子を付けさせて貰いますさかい、承知しといておくれやす。わしも人助けで日銭貸しをやっているわけではありまへん。銭はきっちり返していただきます」

日銭を借りてから十五日間の猶予《ゆうよ》は、新助に少しでも余裕を与えてやろうという粂八の情けであった。

五十文の延滞利息は、現在の「円」で千円ほど。日銭金融はそれほど高く厳しい取り立てをするもので、これは現在でもさして変わりがなかろう。

売る物も稼ぐ方法もなく金に困れば、人の物を盗むなどするしかない。日銭金融から金を借りられるのは、一面、不幸中の幸いといえないでもなかった。

彦太郎は古物の大八車を買うにも口添えをしてくれたうえ、錦小路の青物問屋に新規参入の話を付けてもくれた。

「若旦那、引き売り屋をするにしても二、三日、同業者の手伝いをして、商いのこつを学ばなあきまへんやろ」

かれはこういい、懇意な引き売り屋を引き合わせてくれ、新助はそのかれに付いて四日間、町歩きをしたほどであった。

兄新助のこうした毎日を見るにつけ、意気消沈していたお雪も、次第に元気を取り戻してきた。

彼女には菱屋が闕所になる以前、四条小橋に近い小間物屋「百足屋《むかでや》」から縁談があり、後継ぎ息子の富之助《とみのすけ》に嫁ぐ日取りまで決められていた。

だが菱屋が闕所にされたため、この縁談は当然、なかったものとされてしまっていたのであった。

「うち、今度の一件で相手の性根がようわかり、かえってよかったと思うてます。富之助はんは親のいうままになり、面倒を避けてこの世を渡っていこうという根性のないお人どしたんやわ。うちはそないなお人に嫁がんと幸いどした」

お雪の言葉は負け惜しみ、強がりのようにきこえないでもなかった。

だが兄の新助に従い、膝切りに脚絆《きゃはん》姿で自ら野菜の引き売り屋を手伝うところを見ると、全くそうでもなさそうだった。

だが彦太郎には、深い屈辱と哀しみをまぎらわすため、お雪が強いてそんな恰好をしているとしか思えなかった。

お雪と富之助が祝言を前にして相当な仲になっていたのを、彦太郎は知っていたのだ。

「お店さま、今日はお雪さまの姿が見えしまへんけど――」

彦太郎が紙撚を撚りつづけるお盈にたずねた。

「ああ、お雪どしたら紙子の帯を織る経糸《たていと》を買いに、糸屋へ出かけてます。うちが頼みましたんや」

「糸屋に――」

「そうどす」

お盈は当然といった口調で答えた。

経糸は織物を構成する大切な糸。緯糸《よこいと》の上または下となり、直角に組み合わされて織物は出来ている。

紙子は紙製の衣服。厚紙に柿渋を引き、乾かしたものを揉みやわらげ、露にさらして渋の臭みを取り除いて作った保温用の衣服。元は律宗の僧が用いたが、後には一般にも使用され、元禄（一六八八―一七〇四）頃には遊里などでも流行した。松尾芭蕉は『奥の細道』で、「紙子一衣は夜の防ぎ」と書いている。

「紙子羽織」は粋なものだが、「紙子浪人」とは紙子一枚の貧乏浪人をいい、紙子帯は粋な帯として用いる人が稀《まれ》にいた。

お盈は大量の帳簿の紙で、紙子の帯を織ろうとしているのだ。

ここ数日のうちに、紙子帯を織るための簡単な織機が、大工の許から届けられるはずであった。

それは経糸を張る衽《ちきり》と目の粗い一枚の綜絖《そうこう》、それに筬《おさ》と布巻棒だけの構造で、経糸が上下交互になるたび、紙撚をその間に手で挟み、筬でたたき込んで織る。

緯糸を巻く杼《ひ》までは必要なく、経糸に楊枝《ようじ》ほどの太さの紙撚を差し込むとき、髷《まげ》結いに用いる筋立《すじだて》などの櫛があれば十分であった。

だが作業ははかばかしく進まず、根気を要する手仕事であった。

「お店さま、紙子帯を織るというて、緯糸に当る紙撚は長《なご》うないとあきまへんのやろ」

彦太郎は興味深そうにたずねた。

「そら、そうどすわ。そやけど、細い紙撚どすさかい、切れ目に継ぎ足していったらよろしゅうおっしゃろ。まあとにかく、一遍やってみなわからしまへん」

お盈は彦太郎の問いに淡々と答えた。

しっかり細く撚った紙撚は小さく円く巻き、薄く柿渋に浸して乾かし、渋の臭みを取るつもりでいる。

帳簿に書かれた墨の色がこれで幾分薄れ、趣《おもむき》のある色になるはずだった。

「お店さまは難儀な仕事をする気にならはったもんどすなあ」

「菱屋の代々が書き残してきた帳簿を、ただ燃やしてしまっては、ご先祖さまにもうしわけありまへんさかい」

「そんなもんどっしゃろか」

「うちはそう思うてます。この帳簿の山、紙屑屋はんに売り払《はろ》うてしまえば、造作もありまへんけど、これらは一部でも菱屋の歴史どすさかいなあ」

「そらそうどすわなあ」

彦太郎は半ば同意するようにつぶやいた。

「彦太郎、おまえはこんなところで無駄な油を売っててんと、そこに置いた日銭の一朱を早《はよ》う仕舞い、次の家へ取り立てに行かなあきまへんやないか」

「へえ、お店さまのいわはる通りどす。それでは確かに一朱をいただきました。若旦那さまが商いから戻られましたら、どうぞ、よろしくお伝えしておいておくんなはれ。お雪さまにもどす。もし困ったことがあったら、何でもこのわしに相談しとくれやす」

「彦太郎、いつも面倒ばかりをかけてすみまへんなあ」

お盈はかれに深々と頭を下げ、礼をいった。

彦太郎がここに長居していたのは、一目お雪の顔を見てと思っていたからであった。

それは彼女に思いを寄せているというより、これ以上、菱屋の家族に厄介なことが起らねばよいがという純粋な気遣いからだった。

長屋の外では、子どもたちのはしゃぐ声が賑やかにひびいていた。

二

秋の薄陽が長屋の狭い庭に射している。

そこには柿の木が一本あり、枝に幾つか実がついていたが、色付くにつれ鴉《からす》に持ち去られ、お盈たちの口に入ったのは二つだけだった。
新助は毎朝早く大八車を引いて錦小路の青物問屋へ出かけ、そのまま町商いに廻ってい
た。
かれが長屋を出ると、お盈とお雪の母娘は朝御飯の片付けをすませ、紙子帯作りの仕事
にかかった。
お盈は織機に向かい、お雪が紙撚を作り始めるのであった。
「お雪、紙撚はできるだけ細く、均一に撚らねばなりませぬよ。継ぎ足しは特に気を付け、
千切れんように先の紙撚に早くから紙を足して行きなはれや」
「そこは気を付けてますさかい、大丈夫どす。うち、紙撚を撚るのも随分、上手になりま
したやろ」
「ああ、短い間に見違えるほどの出来やと、うちは感心してます。ほんまの紙子帯は、そ
の道の職人はんが拵えはるだけに、上品で粋なもの。ざっくりした風合いがあり、そらえ
えもんどすえ。一度、白地に秋景色を描いた紙子帯を締めたお人を見たことがありますけ
ど、どっかの御寮人さまのようどしたわ。お母はんもきもの道楽どしたけど、紙子帯だけ
はもったいのうて、よう買いまへんどした」
織機に向かい経糸に緯糸に相当する紙撚を差し込み、筬で打ち込みながら、お盈はお雪

に話しかけた。

先頃、七日程かかってようやく織り上げた紙子帯一条を、おずおず室町筋《むろまちすじ》の帯問屋に持って行った。するとそれを八百文で買い取ってくれた。

八百文は上鰻の蒲焼四匹に相当する値段。金額はさして多くないものの、新助が始めた野菜の引き売り屋も順調なだけに、お盈は行く末に明るいものを感じていた。

「この紙子帯、薄ねずみ色どすけど、どんな紙で織ってはるんどす」

「はい、古い帳簿を裂き、紙撚にして織ってます」

「古い帳簿を紙撚にして――」

帯問屋の番頭は目を白黒させてお盈を眺めた。

「元はちょっとした商いをしてましたさかい、後に仰山《ぎょうさん》の帳面が残されているんどす。それを紙屑屋に売り払ってしまうのももったいなく、それで紙撚にして柿渋を引き、使っているんどす」

「それはそれは、紙子帯の色の意味がようわかりました。それとは別に、白い紙で織り、模様を入れて貰いたいというたら、していただけますやろか。この帯、軽うてなかなかよう出来てますわ。また織らはったら是非、わたくしどもに持ってきておくれやす。近頃では紙子帯を織ってくれる職人も少のうなりましてなあ」

番頭は愚痴るようにいった。

「はい、そうさせていただきます。また白い紙に模様を織り込んで欲しいいわはるんどしたら、工夫させて貰います」

これで一家がなんとか食べていける目処《めど》がついた。

ほっとした気持が、お盈の心を和《やわ》らげていた。

いま新助は日銭貸しの粂八から借りた四両のうち半分を順調に返し、手許にはいくらか蓄えも出来ていた。

こうして地味に稼いでいれば、やがて暮らしはもっと楽になる。どこかに小さな八百屋の店を、持てないでもないと思い始めていた。

薬種問屋菱屋の再興は、望むべくもなかったからだ。

「お母はん、わたしは自分の商いより、ずっとお雪の心配をしてますのやけど、お雪は百足屋の富之助はんとの縁談が駄目になり、ほんまのところ、まだ相当落ち込んでいるのと違いますやろか」

「うちらには健気《けなげ》に振る舞って見せてますけど、そら大分落ち込んでます。おまえの仕事を手伝うのやいうて、暫くの間、脚絆姿で大八車の後押しに出かけていたのも、その裏返し。うちらに心配をかけまいとしているのと、百足屋の富之助はんたちに、うちはこんなんどすえと、強そうに見せ付けるために決まってます」

「それにしても百足屋の常右衛門《つねえもん》はんと富之助はんは、芯のないお人たちどしたなあ。町奉行所の疑いが菱屋にかかったと知れたとき、祝言の日取りを早め、さっさとお雪を貰うてしもうてくれはったらええのにと、わたしは思うてました。父親の不始末は父親のもの。嫁いだ娘のところまで、累は及ばへんはずどすさかい」

「ほんまに常右衛門はんと富之助はんは、後の面倒を恐れる気の小《ちっ》ちゃなお人たちやったんどすわ」

「それでお母はん、お雪はまさか富之助はんの子を身籠《みごも》っていいしまへんやろなあ」

「お雪が富之助はんのお子を――」

お盈は顔色を変え、新助にきき返した。

「いや、そんなことがあったら大変。もしそうやとすれば、一日も早《はよ》うそれなりの対応をせなあかんと、わたしは思うてきいただけどす。二人は祝言の日取りが決まってから、ちょいちょい人目を忍んで出合茶屋で会《お》うてましたさかい」

「おまえ、そんなことまで知っていたんどすか――」

「お母はんも気付いていはりましたやろ」

新助の言葉にお盈は黙ってうなだれた。

「そしたらきき辛いことどすけど、お母はんの口からお雪に、身体になんぞ変わりはないか、たずねていただかなあきまへん。それでもしお雪が身籠っていたら問題。その子を堕《お》ろすことを承知してくれたら大事ありまへんけど、一人で産んで育てるといい出したら、ひと騒動せなりまへん。でもわたしはお雪がどうしても産むというのどしたら、それでもかまへんと思うてます。わたしら三人で大切に育てたらええのどすさかい」

新助は昏《くら》い顔になり、小声でつづけた。

「そやけどお雪が、その赤ん坊を富之助はんの子やと主張し、気丈に百足屋へ訴えに行ったりしたら、大変なことになります。富之助はんはそんなんわたしは知りまへん、それはわたしの子どもではありまへんと、きっと卑怯にもいい逃れられますやろ。そんなとき、お雪がどうするかを考えるだけでも怖おす。大人しそうに見えますけど、あの子はほんまは気性が激しく、意地張りどすさかいなあ。この間、寺町仏光寺《ぶっこうじ》で富之助はんにひょいと出会いましたけど、富之助はんは大八車を引くわたしから顔を背けていかはりました。都合が悪うなると、人はだいたいあんなもんどすわ」

「そんなことがあったんどすか。そしたら新助、うちが一度折をみて、お雪にたずねてみますわ。数ヵ月もすれば、外目にも目立ちますのやけどなあ」

「目立つ女子《おなご》はんと、目立たんお人がいてはりまっしゃろ。お母はん、折をみてなんぞと悠長なことをいうてんと、今日にでも早速、きいといておくれやす」

新助の言葉で、お盈は追い詰められたような気分になった。

三人で朝食をすませ、お雪が長屋の井戸端へ、食器などを運んで洗っている最中の会話であった。

「今朝はちょっと遅うなったけど、わたしはこれから錦市場へ出かけます。遅目に出かけるのは、青物問屋の手代が気を利かせ、わたしの仕入れる野菜を別に仕分けておいてくれるからどす」

引き売り屋でも、毎朝早くては身体がまいってしまう。卸問屋はそんなところを心得、ときどき便宜を図っておいてくれるのであった。

「では兄さん、気を付けて行ってきておくれやす」

「おまえもご苦労さまなことどす」

お雪とお盈に声をかけられ、新助は家を出ると、長屋の木戸内《うち》に近づいた。

いつもそこに大八車を置いており、売れ残った大根や蕪《かぶら》があれば、長屋の人々に貰ってもらっていた。

新しい居住者として、こうしたちょっとした気遣いが、長屋の人々に好感を持たせ、何かと生き易くしてくれるのである。

新助の引く大八車を見送って家に入ると、お盈は紙子帯を織るため、すぐさま織機の前に腰を下ろした。

お雪は帳簿の山から一冊を取り出し、それを綴じた太い紙撚を鋏でぷちんと切り離した。

それは仕入帳だったらしく、さまざまな薬種と仕入価格の数字が、仕入先と年月日とともに記されていた。

お盈はそうしたお雪の姿を横からちらっと見て、話しかける機会を待っていた。

部屋の中には、細い緯糸紙を打ち込む筬の音と、お雪が帳簿をこまかく裂いて紙撚を撚るかすかな音しかきこえなかった。

こうして正午《ひる》過ぎになり、お盈は娘にいよいよたずねねばならぬと、ようやく勇気をふるい立たせた。

「お雪、お母はんは念のためにきいておきたいのやけど、気を悪うせんといてくれますか――」

「なんどす、お母はん――」

お雪は紙を撚る手を止め、母親の顔を仰いだ。

「それは不縁になった百足屋の富之助はんとのことどす。おまえはうちや新助が気付いてへんと思うているようどすけど、祝言の日が決まってから、ときどき富之助はんと出合茶屋で会《お》うてましたなあ。今更、それを咎《とが》める気はありまへんけど、うちや新助はおまえがもしかして富之助はんの子を身籠っているのやないかと案じてますのや――」

お盈は織機の前から下り、母親らしく少し厳しい声でいった。

お雪の美しい顔が急に歪《ゆが》み、全身が硬直した。

「お、お母はん――」

「お雪、うちは怒ってなんかいいしまへんのえ。おまえの身体にもしものことが起っていたらと、心配しているだけどす」

彼女のその言葉で、時が止まったような感じがした。

二人は互いの顔を哀しく見詰め合った。

「お母はん、どうぞうちを許しておくれやす。ふしだらな娘として、打《ぶ》っておくれやしてもかましまへん。富之助はんからどうせ夫婦《めおと》になるのやさかいと誘われ、五度、木屋町筋の出合茶屋へこっそり行ったことがございます」

お雪は泣きそうな声で打ち明けた。

「一度や二度ではのうて、五度もどすか――」

お盈の声が苛立《いらだ》ちからか少し高まった。

「上手に誘われ、断れしまへんどした」

「そないなことはもうどうでもよろし。それよりおまえの身体に、何か変わったことはありまへんか」

「お母はん、正直にいうと、うちはこの三ヵ月ほど月のものがあらしまへん。きっと身籠ったに違いない。どないしたら良かろうと、一人で悩んでいたんどす」

「三ヵ月も月のものが止まっているんどしたら、身籠っているに違いありまへん。よう打ち明けてくれました。一人で悩んで毒でも飲まれたり、琵琶湖に身投げでもされたら、うちや新助が気付かなんだとして、悔いなあかんとこどした。それにしても今更、縁の切れた富之助はんのお子を産むのもなんどすわなあ。そしたらかわいそうやけど、中条《ちゅうじょう》流のお医者さまのところへ行き、赤ちゃんを堕ろして貰うしかありまへんやろ。おまえは気に病まんと、お母はんのいう通りにしてたらええのどす。血迷うても富之助はんに、お子のことを訴えたりしたらいけまへんのえ。おまえが惨《みじ》めになるだけどすさかい」

お盈はお雪を抱きしめ、いいきかせた。

中条流は豊臣秀吉の家臣中条帯刀《たてわき》を祖とする産婦人科・小児科の一派。江戸時代には堕胎を業とするものが多く、川柳など戯文学の好題材とされていた。

「お母はん、すんまへん。うちのふしだらを堪忍してくんなはれ」

お雪はお盈にすがり付いて泣き始めた。

「そんなに自分を責める必要はありまへん。百足屋はんを確かな嫁ぎ先やと思うて決めた、うちや死んだお父はんが悪かったんどす」

お盈のこの言葉で、お雪はいっそう大きな声で泣き出した。

「そないに泣かんと、少し落ち着きなはれ。おまえにはこのお母はんと兄さんが付いています。精いっぱいのことをして上げますさかい、安心してたらええのどす」

そういわれ、お雪は更に嗚咽《おえつ》を高めた。

このときお雪を抱きしめるお盈の顔が、きっと家の表戸に向けられた。

「だれ、誰どす。そこで立ちぎきしているのは——」

彼女は険しい声で誰何《すいか》し、お雪を残して裸足《はだし》のまま急いで土間に下り、表戸をがらっと開いた。

そこに立っていたのは彦太郎であった。

今日も日銭を集めにきていたのだ。

「お店さま、盗みぎきしていたわけではありまへん。いつものようにきてみたら、お店さまの険しい声がするもんどすさかい、つい入りそびれていたんどす」

彦太郎はお盈の勢いに狼狽《うろたえ》ながら答えた。

「わかりました。ほな、早《はよ》う家の中へ入り、戸を閉めなはれ」

お盈は命令する口調でかれをうながした。

「へえ、それでは――」

彦太郎はすぐさま土間に歩を進めた。

お雪が袖で顔を覆い、小声で泣いている。

「お雪さま、大丈夫でございますか」

愁嘆場とわかりながら、かれとしてはお雪に優しい言葉をかけずにはいられなかった。

「彦太郎、おまえは縫い子をしている姉さまと、一緒に暮らしているといっていましたね。今度はその姉さまにも力になっていただかねばなりませぬ」

お盈が咄嗟《とっさ》に思い付いた方法だった。

「へえ、わしの姉とも思われへんきちんとした女子で、おまさといいますねん。どないなことでもさせていただきます」

「実はおまえが外で立ちぎきした通りどすさかい、そのおまさはんにお願いして、お雪をおまえの家に暫く預こうて貰えしまへんやろか。そこでお雪を臥せらせ、中条流のお医者さまに手当をしていただきたいのどす」

「わ、わかりました。きっと粗相のないようにさせていただきます」

かれはあっさりそういったが、胸の中では百足屋の富之助に激しい怒りを湧かしていた。

自分があこがれて仕えてきた菱屋のお雪を嬲《なぶ》りものにし、いざとなれば知らぬ顔で遺棄した男。だがどんな文句を付けに行っても、富之助は取り合わないに決まっている。

痛い目に遭《あ》わせ、思い知らせてやりたいと、彦太郎はしきりに思っていた。

お盈はお雪を眺めるかれの顔をじっと見ていた。

その目がお雪が先程、綴じを解いた帳簿の一枚にふと移された。

紙は大切なもので、一度使われた紙は、何も記されていない裏を利用するため、二つに折ってまた用いられる。

彼女がいま見ているのは、仕入価格などが記された紙の背面に書かれた書状。まぎれもなく有名な茶湯者《ちゃのゆしゃ》千利休《せんのりきゅう》が用いた螻判《けらばん》（花押《かおう》）が記されていた。

娘の頃から茶湯に親しんできたお盈は、掛物とされた利休の書状をいくつか見ていた。螻判は利休独特の花押で、現存する利休の書状の大半に用いられている。そうした書状は、茶湯者には〈神書〉に近い絶対的なものであった。

こんな貴重な物が、知らずに裏返しにして帳簿として用いられている。となれば、帳簿の山を詳しく探せば、これに匹敵するものがもっとあるに違いなかった。

屏風や襖の裏側に、何気なく貼られているさまざまな文書。そこに思いがけない文書がまぎれ込み、帳簿の類にもその可能性があった。

紙屑屋があちこちの家や店から、紙屑を買い集めてくる。さして教養のない商人は、その紙屑同然の書状を裏返し、まとめて帳簿などに用いている。

それを紙背文書《しはいもんじょ》というのであった。

これらの紙背文書から、意外な歴史的事実がわかることもしばしば起った。こんな紙でお盈が織っている帯は、〈紙背の帯〉といってもよかった。貴重な書状があれば、茶掛けとして高価に売れるに決まっていた。

「お、お店さま、何をしてはるんどす」

急に帳簿を裏返して一枚一枚改め始めたお盈を眺め、彦太郎は気が変になったのではないかと思い、声をかけた。

お雪もはっとし、嗚咽の声を止めていた。

三

その日、新助は引き売りの野菜を早く売り切ったのか、陽が西に傾きかけた頃、家に戻ってきた。

長屋の木戸の内側に大八車を引き入れ、家の表戸をがらっと開けた。

「お母はん、今日は早う戻ってこられましたえ」

織機に向かっているはずのお盈に声をかけたつもりのかれは、彼女が部屋の中に大きく広げ散らした古帳簿の中から顔を上げたのを見て、ぎょっとした。

「これはお母はん、一体どうしはったんどす。古帳簿を綴じた紙撚をみんな切ってしまい、なにをしてはるんどす。探し物どすか」

新助は驚いた表情で母親にたずねかけた。

家の中にお雪の姿はどこにもなかった。

今朝の会話が会話だっただけに、かれはふと不安を覚えた。

「お戻りやす。一日ご苦労さまどした」

お盈は新助に労《ねぎら》いの言葉をかけ、辺りに大きく広げた古帳簿の中から立ち上がった。

新助はそんな母親の姿を啞然として眺めた。

「このわけは追いおい話しますけど、つい古帳簿を改めるのに夢中になり、夕飯の仕度がまだ出来ていいしまへん。これから急いでしますさかい、おまえは手足を洗うて、ちょっと待っていなはれ」

彼女が立ち上がった両側に、古帳簿の中から選り出されたらしい墨跡の古紙が、何十枚か別々に重ねられていた。

——お雪はどこへ行ったのだろう。買い物にでも出かけたのか。

新助は黙って盥《たらい》に水を汲み、足を洗いにかかった。

そのそばでお盈が竃に火を焚き付けている。

「おまえ、今朝の話だがねえ」

竃の火を見つめたまま、お盈が話しかけた。

「百足屋の富之助はんとお雪のことどすか——」

「そうどす。撚りをしてくれてるお雪に、何気ない口調で話を仕掛けたんどす。そしたらやっぱりお雪は身籠っていると打ち明け、泣き出しました。うちはびっくりして、つい声を大きくしてしまったんどすけど、それを家の外で立ちぎきしてたお人がいてましてなあ」

「そ、それは誰どす——」

新助も世間体と起りうる厄介を考えているらしかった。

「それが幸い、日銭を集めにきた彦太郎で助かりました。彦太郎はうちらのことを真剣に考えてくれ、お雪を姉のおまさはんと一緒に住んでいる家に引き取り、世話をしてくれることになりました。中条流のお医者さまに腹の子を堕ろして貰うことにし、お雪を五条大橋に近い東橘町《ひがしたちばなちょう》の長屋へ連れてっていただきました」

お盈は話を簡略にし、詳しくは語らなかった。

「やはりそうどしたんか。それでお雪の姿が見えへんのどすな。わたしは彦太郎の姉さんと一度だけ会うた覚えがありますけど、彦太郎に似んと、落ち着いた賢そうなお人どした。あのお人どしたらお雪を上手に慰《なぐさ》め、きちんと役目を果してくれはりまっしゃろ。お雪も腹のやや子を堕ろしてしもうたら、これからどう生きていくかを、腹を据えてじっくり考えまっしゃろ」

彦太郎の姉おまさは一度、五条坂の陶工の許に嫁いでいた。夫との間に一女を授かったが、その夫に死なれ、実家である彦太郎の許に帰っていたのであった。

女の子はすでに六つになっていた。

「そんな最中に新助、うちはとんでもないことに気付いたんどす」

お盈の声が弾んでいた。

「とんでもないこと。それはいったい何どす」

新助は一瞬、気色ばんだようすを見せた。

「お雪が紙撚を切って古帳簿を広げていたんどす。紙を無駄にせんように、一度使った紙を裏返し、また帳簿にしてますわなあ。その紙背の中に、大変なものがまぎれ込んでいたんどす」

「大変なものとは、また何どす」

新助は興味なさそうな口調でたずねた。

かれの胸は今、彦太郎の家に連れていかれたかわいそうなお雪のことでいっぱいであった。

棄てられたに近い男の種だとはいえ、懐妊した子を堕ろすには、大変な覚悟が要り、その痛みも相当なもののはずだ。

堕胎に必要な麻酔は、当時、日本ではまだ確立されていなかった。江戸後期に外科医、紀伊の漢・蘭法医の華岡青洲《はなおかせいしゅう》が、麻酔剤を案出し、初の乳癌手術に成功したにすぎなかった。

彦太郎の姉おまさの世話を受け、すべてのことを終えた後、お雪は五条東橘町のその家で健康をととのえ、再びここに戻ってくる。

いま新助の胸の中は、お雪の身の上を案ずることでいっぱいであった。

母親の昂《たか》ぶった物言いに、疎《うと》ましい気持さえ抱くほどだった。

「大変なものとは、店の古帳簿の裏に、とてつもないお人たちの消息が、今のところ幾つか見つかったんどす。これを表具屋はんに頼んで茶掛けに仕立てて貰うたら、高い値で売れるはずどす。そやさかいうちは、古帳簿の綴じをばらして改めていたんどす」

お盈は気持の昂ぶりを抑え気味にして説明した。

「お母はんにその消息の主《ぬし》が誰かわかるんどすか――」

「はっきりわかるものも、わからへんものもあります。わからへんものは、古筆の鑑定をしてはるお人に、鑑定料を払って確かめて貰うたらええのどす。これの次第では相当なお金に換えられ、おまえも野菜の引き売り屋ではなく、もう少しまともな商いが出来るようになります」

どんな商売人でも、一度用いた消息文や古い紙を、だいたい裏返して帳簿に仕立て、再利用していることぐらい、新助も常識として知っていた。

「お母はんの目でわかるのは、どんなお人の消息文どす」

「たとえば千利休さまや古田織部《ふるたおりべ》さまどす。お母はんは娘の頃から茶湯に親しんできただけに、こんなお人たちの消息を随分、見てきました。それだけに見間違うはずがありまへん。自信をもってそうやといえます」

「千利休さまの花押は螻判《けらばん》が有名で、わかりやすおすわなあ」

新助はぼそっとつぶやいた。

螻判は別名「おけら判」とも呼ばれていた。螻はこおろぎに似た昆虫。農作物を害するこの昆虫の形に似た花押を、利休は好んで用いていた。ほかに亀の形に似た「亀判」や、こぼれ松葉をかたどった「横判」が知られている。

消息には別に伊達政宗《だてまさむね》が利休に宛てた手紙、信長の側近を務めていた羽柴筑前守《はしばちくぜんのかみ》秀吉のものまであった。

手紙の古い持ち主は、これらの消息文を大切に保管していたはずだが、時代が推移するにつれ、それらは人の手から人の手に渡された。いつしか顧《かえり》みられなくなって粗末に扱われ、やがて紙屑屋に売り払われるなどしてしまったのである。

よほどの品物で、所蔵者がしっかりしていない限り、これが大方の美術品のたどらねばならぬ運命であった。

「お母はん、お母はんはそんなものを探すのに夢中になって、お雪を彦太郎の姉さんに預け、心配ではないんどすか」

新助は急に苦々しい思いに駆られ、お盈に悪態をついた。

一瞬、お盈は啞然とした目で新助を眺め、怯《ひる》んだようすを見せた。

「お、おまえはそんな風にしか考えられへんのどすか。うちがかわいいお雪を彦太郎の家に預け、お金の勘定ばかりしていると、おまえは見ているんどすか。店の帳簿をこないにばらして夢中になっているのは、お金があれば、これからお雪を少しでも幸せにしてやれ、おまえの商いについても、また別の道を考えられるからどす。うちが紙子帯を織って稼ぐぐらいでは、どうにもなりまへん。おまえからそないにいわれ、うちは、うちはどうしたらええのどす」

お盈は汚れた左手で顔を覆い、切ない声で訴えた。

竈の火が赤々と燃え、釜の蓋《ふた》が動き、湯気が吹き出していた。

「お母はん、わたしがお母はんの気持を斟酌《しんしゃく》せんと、少しいい過ぎました。疲れているうえ、お雪が心配な余り、つい強《きつ》いことをいうてしもうたのかも知れまへん。そんなわたしを許して、どうぞ、機嫌を直しておくれやす」

新助は竈の前にうずくまる母親に近づき、肩を抱かんばかりにして詫びた。

家の表では、長屋の子どもたちが、一日の稼ぎを終えてきた父親たちを迎えて歓声を上げ、それぞれ家の中に消えていった。

井戸から水を汲む釣瓶《つるべ》の音もきこえなくなっている。

日暮れを告げる鐘の音があちこちからひびき、夜の帳《とばり》が辺りを薄く覆い、鴉が鳴きながら西の空に飛んでいった。

その頃、五条大橋に近い東橋町の長屋では、日銭貸し粂八の許で一日の仕事の精算を終えた彦太郎が、足早に戻ってきたところだった。

「姉《あね》さん、ただいま帰りました」

「おや彦太郎、今日は早かったんどすなあ」

姉のおまさは夕飯の仕度をととのえ、狭い長屋の中の間に箱膳を出しながら、彦太郎を迎えた。

「早速、菱屋のお雪さまをみて貰うお医者さまの見込みを付けてきましたわ。お雪さまはどうしてはります」

「おまえがいうたように、奥の部屋で横になっていただき、おそばにお加代《かよ》に付いてて貰《もろ》うてますえ」

「何か変わったことは――」

「変わったことはありまへん。お雪さまはお加代とお手玉をして遊んではりました。それでおまえ、見込みを付けてきたというのは、どこのお医者さまどす」

「三十三間堂に近い西之門町の竹内弘掩《たけうちこうえん》いうお医者さまどす。腕は確かで問題はありまへんやろ」

「その弘掩先生どしたら、評判をきいたことがありますわ」

「そしたら姉さんには、何の文句もありまへんのやな」

「勿論どすけど、それがどないしたんえ」

「お雪さまのお世話は、すべて姉さんに頼まないかんからどす。男のわしにはとても見られしまへんさかい。わしは明日の朝、お雪さまを布団を敷いた大八車に寝させ、弘掩先生の許へ運んでいきますけど、その後、お雪さまの塩梅《あんばい》を姉さんにみて貰わなあきまへん。そやからたずねたんどす」

「そうなると思うてましたわ。おまえがご恩になったお店《たな》の娘はんやさかい、そのつもりでいてます。うちの留守中、お加代は隣のおようはんところで面倒をみて貰うように、もう頼んでます」

「そしたらわしは、安心して姉さんに委《まか》せられるわ。弘掩先生のところでは、腹のやや子を堕ろす女子の気持を考え、ほんまの産婆はんをいつも二人、その場に立ち会わせて手伝わせはるそうどす。それでも自分のことを遠慮なく頼めるお人がそばにいてくれはったら、心強うおすさかいなあ」

彦太郎は真面目な顔でつぶやいた。

江戸時代、堕胎専門の中条医は、江戸や京大坂のあちこちに小さな看板を掲げていた。かれらは訪れる女性が人に顔を見られないように、大概人通りの少ない町筋で開業していた。

まだ麻酔の方法はなく、中条医は一時的に中枢神経の機能を鈍麻させるしかなかったが、そのためどんな薬を用いていたか、正確な記録は何もない。堕胎といっても高度な手術が行われるわけではなく、荒っぽい方法で胎児を掻爬《そうは》したに相違なかろう。

手術費は安くて三百文から四百文。現在の価格に直せば六千円から八千円。高くて一分（約二万円）ぐらいだった。

翌日の早朝、お雪は彦太郎がどこかで借りてきた大八車に横たえられ、かれの姉おまさに付きそわれ、三十三間堂に近い西之門町の竹内弘掩の許に運ばれていった。

その日、彦太郎は一日中、日銭の取り立てに歩きながら、不安でならなかった。

お雪の手当は無事に行われただろうか。それが案じられてならなかったのだ。

こうした心配の余り、かれは足早に町を廻って集金をすませ、早々に東橘町の長屋に戻ってきた。

無事に手当を受け、お雪は奥の部屋で静かに臥せっているに相違ないと思っていた。

ところが家の中はがらんとして、おまさの姿もなかった。

――これはどうしたこっちゃ。

かれは不安になり、姪のお加代を預けた隣のおようの家にと身を翻《ひるがえ》した。

「これは彦太郎はん。今日は戻りが早いのとちゃうの」

夕飯の仕度をしていたおようが、奥の台所から顔をのぞかせた。

「わしんとこの姉さんはまだ帰ってきてまへんか」

「へえ、お加代ちゃんは預かったまま。うちのお優《ゆう》とどっかへ遊びに行ってますけど、そのうちに帰ってきはりますやろ」

「おようはん、わしはお加代のことではなく、姉さんの戻りをきいてるんどす」

彦太郎は少し声を荒らげておようにいった。

「彦はん、何やのその言い方。うちはおまさはんに留守を頼まれましたけど、彦はんからは何もいわれてまへんえ。もう少し穏やかな口利きをしたらどないどす。うちかて怒りまっせ」

彼女にびしっといい叩かれ、彦太郎は急に怯んだ。

菱屋のお雪を預かり、中条医に始末を頼むことやあれやこれやは、すべて姉のおまさが行っていることにしたが、隣家のおようには何も知らされていなかったからである。

「おようはん、堪忍してくんなはれ。わしひとっ走りして、ようすをたずねなならんとこがありますねん」

彦太郎はおようにぺこんと頭を下げ、町表に向かって走り出した。

「今日の彦はん、何や変やわ」

いきなり表に走り出した彦太郎の背後で、おようが包丁と大根を持ったままつぶやいていた。

五条東橘町の長屋から三十三間堂の西之門町の竹内弘掩の許までは、南にさして離れていない。彦太郎の足でならひと駆けの距離であった。

——きっと何か手違いが起ったのや。

——もし手当に失敗し、お雪さまが死んだりしたら、わしはお店さまと若旦那さまにどうお詫びしたらええのやな。

彦太郎は自分に問い掛けながら、日暮れに近い本町通りを南に走った。

中条医竹内弘掩のそれらしい小さな門構えの前までくると、同家の小者と思しき男が引いた大八車に付き添い、姉のおまさがうなだれて出てくるところだった。

大八車の上には布団が敷かれ、お雪が横たえられていた。

「あ、姉さん、どないしたんや」

ぎくっと立ち止まり、彦太郎は険しい顔でおまさにたずねかけた。

「これは彦太郎、心配して迎えにきてくれたんどすか」

「そらそうどすわ。わしはもうてっきり、お雪さまは長屋に戻ってはるものとばかり思うてましたさかい」

彦太郎は息を弾ませておまさにいった。

「ここで立ち話もなんどすさかい、弘掩先生のところの男衆《おとこし》はん、さあ五条大橋のほうへ車をやっておくんなはれ」

おまさは肩に引き帯をかけた男衆をうながした。

「へえ、それでは行かせていただきます」

五十過ぎの男衆はゆっくり歩き出した。

「彦太郎、うちの話を怒らずにきいてや。簡単にいうたら、お雪さまの手当はあんまり上手に行かなんだんどす。やや子がお雪さまの腹にしっかりへばり付いててなあ。お雪さまはえらく痛がらはって、産婆の女子はん二人ばかりか、隣の部屋でひかえていたうちまで大声で呼び付けられ、その手足を押え込んだくらいどした。弘掩先生が一生懸命にしてくれはったんやけど、出血が止まらんと難儀どしたんやわ。そうしてやっと出血が止まったもんの、お雪さまの容体《ようだい》はあまりようありまへん」

「容体があまりようない――」

彦太郎の声が思わず大きくなった。

「彦太郎、そういうても、出血が多かったせいで貧血の恐れがあり、しばらく静かに横になってはっただけのことどす。若い女子はんの中には、手当の後に半刻《はんとき》（一時間）程、弘掩先生のところで横になり、それから独りで歩いて帰るお人もいてはるそうどす。まあそんなんやさかい家に戻っても当分の間、養生のため滋養になるものを食べ、寝ていないかんということどす」

おまさは彦太郎をなだめるように説明した。

これをきき、彦太郎の表情が幾分和らいできた。

「そしたら姉さん、滋養になる生卵やかしわ（鶏肉）、それに鰻なんかを食べていただいたらええわけどすか。血さえ増えたら、元の身体に戻らはるんどすな」

「生卵にかしわ、それに鰻なあ。鯉《こい》の生血《いきち》を飲んで貰うのもええといいまっせ」

こんな話をしながら、姉弟は暗くなりかけた五条東橘町の長屋に戻ってきた。

長屋の家では彦太郎がお雪を両腕で抱え、奥の部屋に運び入れた。

お雪はずっと蒼白になった顔で目を閉じたままだった。

——畜生、百足屋の富之助の野郎、お雪さまがこんなに苦しんではるのも知らんと、今頃、笑いながら酒でも飲み、旨い物を食べてるに違いあらへん。あんな奴は腕の一本でもへし折って、しっかり痛め付けてやらなあかんのや。

お雪を哀れむ気持が、彦太郎の胸の中で怒りの炎に変わっていた。

あんな奴は腕の一本でもへし折ってが、腹に風穴でも開けてと発展し、それでも奴が反省することはあらへんやろと、彦太郎の気持は激してきていた。

いっそ殺してしまおうとまでになっていた。

お雪に寄せる哀れなとの気持に、別な感情が加わってきていることに、彦太郎自身まだ気付いていなかった。

お雪を奥の部屋で布団に横たえさせると、かれはすぐどこかに飛び出していった。だがおまさが夕飯の仕度をととのえ終えた頃、勢いよく帰ってきた。

「急に飛び出し、おまえどこに行ってたん」

おまさが咎めるようにきくと、彦太郎は胸に抱えていた紙袋の中から、籾殻《もみがら》をこぼしながら生卵を一つ取り出した。

「これを買いに行ってたんやわ。十個買うてきたさかい、お雪さまの御飯にまぶして食べて貰うてくんなはれ。新しい卵やさかい、生のまま飲んでいただいてもかまへん。姉さんとお加代ちゃんも一緒に食べたらええわ」

「お、おまえはこれを買いに——」

おまさが驚いた顔できいた。

「そうやがな。そしたらわしは、お店さまと新助の若旦那さまのところへ行ってきます。

あんまりほんまの事情は話さんと、お腹の子の始末は無事にすみました、わしの姉さんが当分の間、五条の方でお雪さまを預からせていただくというてます、安心して委せておくんなはれと、お伝えしてきますわ」

「彦太郎、大事なことを忘れてしもうてたわ。そしたら急いで行ってきてくれるか。お店さまと若旦那さまが心配してはりまっしゃろ」

それから彦太郎はまた長屋から飛び出していった。

五条大橋を西に渡り、高瀬川沿いの木屋町筋を北に上がる。

四条小橋までくると、再び小橋を西に渡った。

四条通りの北側に、小間物屋の百足屋が立派な店を構えている。

彦太郎が胸に怒りを抱えながら、百足屋の店先を通ろうとしたとき、下ろされた大戸の潜り戸から、おめかしをした若旦那の富之助が、丁度、出てくるところだった。

——今にみてけつかれ。

彦太郎は富之助の姿を横に見て、胸の中で激しく悪態を浴びせ付けた。

今は少しでも早く、お店さまと若旦那の新助に、お雪さまの無事を知らせなければならない。胸の中で富之助に対する怒りの炎が、更に大きくなっていた。

四

秋が過ぎ、木枯しが吹き始めていた。

彦太郎の家で十日余り療養していたお雪は、二条寺町の長屋に帰ってきていたが、元の健康になったとはいえず、寝たり起きたりの状態だった。

彦太郎は三日に一度くらい、見舞いに訪れていた。

新助が日銭貸しの粂八から借りた四両はすでに完済しており、借金取りではなかった。

「彦太郎にはいろいろお世話になり、すまんことどした。お陰さまで新助の商いは順調。この分ならどうにかやっていけそうどす。あとはお雪が一日も早く元気になってくれるのだけが、うちの願いどす」

かれにとってお店さまだったお盈は、いつも彦太郎に愚痴るようにいっていたが、妙に明るい表情をしていた。

「このひと冬、じっくり療養しはりましたら、また元の元気に戻らはりますわ。もともと身体の丈夫な女子はんどしたさかい」

彦太郎はそのつどお盈を励まし、生卵や竹皮に包まれたかしわを置いていった。

「お雪さま、もう暫くの辛抱どす。過ぎた悪いことばかり思い返さんと、明るい先のことを考えてたら、養生もはかどるもんどす。是非、そうしておくんなはれ」

彼女の顔を見るたび、彦太郎は平静なようすで、あれこれ言葉を変えて励ましていた。

だが胸の中では、お雪をこんな目に遭わせた百足屋の富之助を憎む気持を、ますます募らせていたのであった。

お雪がかわいそうでならなかったのだ。

彼女もきっと富之助を怨《うら》んでいると信じていた。

奴をこのままにしておくものか。お雪の怨みを晴らすために、自分にはなすべきことがあると、考える毎日だった。

「彦太郎はん、おおきに。そんな励ましの言葉をおまえにかけて貰い、うちはどうしても早う元気にならなあかんと思うてます。きっと元の身体に戻りますさかい、待っていておくんなはれ」

お雪にそういわれると、彦太郎はうれしい反面、心に焦《あせ》りを覚えた。

自分のまことの気持を、富之助を殺害することで、早く示さねばならないと思っていた。

彼女をいとしく思う気持が芽生え、その分、富之助がなんとしても憎かった。

「彦太郎、うちはこうして紙子帯を織り、室町の帯問屋でよろこばれてます。根気仕事やさかい、仰山は織れしまへんけど、新助の稼ぐ分と合わせたら、十分に暮らしていけます。いつもいつもこんな高価な食べ物を持ってこんと、もう少し気楽にきておくれ」

お盈は彦太郎にたびたびいっていた。

かれは薬種問屋菱屋の元奉公人だが、今や自分たちには気のいい大変な恩人になる。お盈はこれ以上、彦太郎に負担をかけたくないと思っていたが、それでも肝心なことはまだ打ち明けていなかった。

その肝心なこととは、古帳簿の裏から思いがけない消息文を発見したこと。それをかつて菱屋に出入りしていた実直な表具屋「春陽堂《しゅんようどう》」の主喜兵衛《きへえ》に相談し、立派な掛軸に仕立てて貰い、すでに二度、売却したことであった。

二幅はいずれも千利休の書状。表具屋を長くつづけ、真贋《しんがん》を見分ける目を備えた喜兵衛も、祐筆の書いたものではなく、利休の真筆だと断言した。

買い取ってくれたのは、古筆家（鑑定家）の極《きわ》めがなくても真贋を判別できる人たちであった。

二幅の利休の書状はそれぞれ十両で売れ、二十両の金がお盈に渡された。

「紙背文書の一つどすさかい、買わはるお人にもよろこんで貰うため、安うしておかななりまへん。それで買わはったお人が、古筆家の誰かに極めを書いて貰うたらええのどすわ。

菱屋のお店さま、この件を滅多なお人にいうてはなりまへんえ。ええことは人にいわんと、黙っているに限ります。お店さまはご苦労どすけど、帯問屋に買うて貰える紙子帯を、ぼつぼつ織っていておくんなはれ。紙背の帯ということが知れれば、贔屓の客も付きます。仰山お金が出来たとき、薬種問屋菱屋の再興も考えられへんでもありまへん」

春陽堂の主喜兵衛は、お盈や新助にそう説いていた。

またかれは今後の言動についても、お盈たちに知恵を授けていた。

菱屋再興を願い出たとき、それだけの資金がどうしてあったのかと、薬種問屋仲間の年寄からたずねられたら、長い間、贔屓にしてきた春陽堂さんが、出してくれはりましたという。あるいは古帳簿の紙背にとんでもないものがあったのを金に換えたのだと、一部を町奉行所に打ち明けたらいいともつづけた。

かれがこうまで一家に親切なのは、亡父の忠兵衛に恩義を感じていたからだった。

鎌倉時代の末期に描かれた「蓮池水禽図《れんちすいきんず》」を、忠兵衛が表具の仕直しに出したとき、喜兵衛が絵を洗い過ぎ、再び見られないほど顔料を流してしまった。だが忠兵衛はそれを咎めず、弁済して貰いたいともいわなかったのである。

「洗いにかけ絵が流れてしもうたら、仕方ありまへんなあ。きれいに描かれたあの大きな蓮の花は、今頃、あの世で生きいきと咲いているかも知れまへん。いや、ご苦労はんどした」

忠兵衛は鷹揚《おうよう》にいい、喜兵衛の悩みをあっさり氷解させたのだ。

こうした近頃の事実を知らず、彦太郎だけが百足屋の富之助に憎悪を深めていた。

「やい彦太郎、てめえ近頃、なんや冴えん顔色をしてるやないか。何か困ったことがあったら、わしが相談に乗ったるさかいなあ」

日銭貸しの条八から、彦太郎はたびたびいわれていた。

「親方、心配してくれはっておおきに。そやけど、わしの顔色はいつもこんなんとちゃいますか」

彦太郎は胸の内を読み取られたのではないかと驚いた。だがその驚きを隠し、普段の声で答えた。

条八の許には、日銭集めをしている男たちがほかに数人いたが、中でも彦太郎はかれから特別に目をかけられていた。

日銭貸しは町奉行所から正式に認められた職業だが、弱者救済の名目で許された貸金業に、〈座頭金《ざとうがね》〉があった。

日銭貸しは〈町金〉とも呼ばれ、引き売り屋や棒手振《ぼてふ》りたちが多く利用していた。

その日の仕入れの金を借りるのだ。

たとえば朝に百文借りたら、夕方には一文利息をそえて返す。一文の利息にしても、年利にすれば相当な額になる仕組みであった。

このほか〈烏金《からすがね》〉と呼ばれる貸金業があり、これは多く老婆たちが行っていた。

「彦太郎、おまえほんまは金に困り、何か算段してるのとちゃうか。取り立ててきた金を持ち逃げもせんと、独りであれこれ苦労しているんやったら、わしに正直にいうたらええ。おまえに貸す金には、利息なんか一文も付けへんさかい」

条八は冗談混じりにいい、笑いかけた。

「親方、貧乏はしてますけど、金には困っていいしまへん。そやけどそんな心配をしてくれはって、おおきに」

「それならええ。この際、改めてみんなにいうとくけど、座頭金や烏金なんか絶対に借りたらあかんぞ。金のことやったらわしにいうのや」

条八は自分が使っている男たちには概して優しかった。

その条八に、かれの許で働く定吉《さだきち》が、血相を変えて知らせてきた。

彦太郎が四条小橋のかたわらで小間物屋を営む百足屋の若旦那の富之助を殺そうと、出合茶屋から出てきたかれを襲い、大怪我を負わせたというのである。

彦太郎はその場で、町廻りの東町奉行所同心に捕えられたとのことであった。

「親方、えらいことどすわ。まだ陽暮れ前の時刻に、高瀬川筋の出合茶屋から出てきた相手に、彦太郎はんが出刃包丁で斬り付けたんやそうどす」

「なんやと、あの彦太郎がそんな無茶をしよったんかいな。これはひょっとしたら前々から、相手の動きを調べたうえ、刃傷《にんじょう》に及んだのかもしれへんなあ。あの冴えん顔色は、きっとそのせいやったんやわ。今日あいつは正午過ぎに仕事を終え、後は暇だったはずや。それで東町奉行所の同心に捕えられたというたなあ」

「へえ、そうどす」

「彦太郎に斬り付けられた相手は死んだのか」

「いいえ、死んではいいしまへん。けど顔の左半分を包丁でえぐられ、左目も斬り取られてしまったそうどす」

「それはほんまか。顔の左半分を包丁でえぐられ、左目まで失《うしの》うているのやったら大怪我やがな。よっしゃ、わしに少し考えがあるわい」

かれは眉をひそめ、大きくうなずいた。

自分の許で日銭集めをする前、彦太郎は薬種問屋菱屋で下働きをしていた。その菱屋が闕所になった後、そこの娘が百足屋の若旦那との縁を、破談にされたときいた覚えがある。

これと何か関わりがあるに相違なかった。

とりあえず自分から日銭を借り、野菜の引き売り屋を始めた菱屋の新助に、それを知らせねばならないと考えた。

六角牢屋敷に収容された彦太郎は、いずれ吟味物として取り調べられる。そのとき、条八には少し打つ手があった。

かれは東町奉行所用人の多田市郎右衛門《ただいちろうえもん》に、少々まとまった金を融通しており、彦太郎の処罰に手心を加えて貰えるよう、頼もうと思ったのだ。

十二月になり、彦太郎の吟味が始まり、真相が明らかにされてきた。

かれは縁談を破棄した百足屋の若旦那富之助によって、菱屋のお雪が懐妊させられていたのを怨み、その意趣をはらすため、富之助を殺害しようとしたのだと自白した。

お白洲は幾度も開かれた。

だが吟味役頭は、かれの富之助に対する害意は認めたものの、その殺意を全く取り上げなかった。

「菱屋の娘が疵物《きずもの》にされたため、被害者富之助を同じように疵物にしてやろうと思うたにすぎまい。出刃包丁でいきなり腹でも刺すのならともかく、左の顔をそぎ落そうとしていることから、それは明らかじゃ」

吟味役頭は彦太郎がどれだけ富之助を殺そうとしていたと主張しても、それを認めなかった。

粂八の鼻薬《はなぐすり》が功を奏し、東町奉行所用人の手が廻されていたのである。

十二月末、雪の降り積んだお白洲で、彦太郎への裁許（判決）がいい渡された。

「旧主への忠誠には褒めるべきものがある。然《しか》れども人に怪我を負わせたるは不届き。隠《お》岐島《きのしま》へ四年の遠島をもうし付ける」

左の顔面をほとんど削ぎ取られ、片目にされた富之助への犯行にしては、余りにも軽かった。

お盈を始め新助、当のお雪たち菱屋の人々は、これをきいて安堵した。

かれらは粂八の口利きによって特別な計らいを受け、彦太郎との面会を許された。

このときお店さまのお盈は初めて、紙背文書の一件を彦太郎に小声で打ち明けた。

お雪も嗚咽しながら、小声でかれにささやいた。

「彦太郎はん、うちは今ではこうしてすっかり元気になっております。四年の島暮らしは辛《つろ》おすやろけど、生きてきっと帰ってきておくんなはれ。そしてうちを女房にしておくれやす。うちは必ず待ってますさかい」

お盈と新助はその言葉に黙ってうなずいていた。

冬の北の海は荒れ、結果、彦太郎が島に送られたのは四月になってからだった。

刑期は言い渡しの当日から発効する。島で冬を過すのは二度だろうと条八がいっていた。

かれの本名は飯沼条四郎《いいぬまくめしろう》。何代にもわたって仕えてきた東町奉行所同心の職を、三十を過ぎてから突如辞し、日銭貸しを始めた奇妙な人物であった。

「一生、平穏を願って暮らす与力や同心ばかりでは、町奉行所の中とて面白くもなかろう。少々、毛色の変わった男がいるのもよいではないか」

「条四郎は銭狐《ぜにぎつね》に取《と》り憑《つ》かれたのじゃ」

当時、町奉行所ではあれこれ取り沙汰されていた。

その条八に伴われ、牢屋を後にしたお雪や新助、お盈の足許に、しんとした冷えが這いのぼってきた。

来迎図《らいごうず》焼亡《しょうぼう》

一

京では底冷えがするようになっていた。

数日前、比叡山《ひえいざん》や愛宕山《あたごやま》の頂が雪で白く彩られ、冬の訪れが間近に感じられた。

「冬の寒いのは貧乏人にはほんまに応《こた》えるわ。火鉢に炭火を熾《おこ》せなんだら、空きっ腹を抱えて布団にまるまり、寝るしかあらへん。大人はそれでもええけど、子どもが饑《ひだる》がってぐずっているのを見るのは、かなわんこっちゃ」

「わしはそんなとき、布団の中で目を閉じて掌《て》で両耳をぐっと押え、何も見ざるきかざるにしているわ。お互い甲斐性のないのは、どうにもならへんさかいなあ。心で泣いてるしかあらへん」

扇問屋「十一屋《じゅういちや》」の若旦那宗太郎《そうたろう》が、頑丈に作られた店の裏木戸を開け、母屋の庭に入ろうとしたとき、背後から人足らしい男たちの話し声がきこえてきた。

——ちぇっ、ええ大人が情けないこっちゃ。

宗太郎は唇の薄い酷薄そうな白い顔に、小さな冷笑を浮べて腹の中で舌打ちをし、周りに広がる庭を見渡した。

その庭は父角左衛門《かくざえもん》が、金に糸目をつけずに庭師に拵《こしら》えさせたものだが、当のかれは肝の臓を患い、長く病床に就いているありさまであった。

そこには築山《つきやま》があり、小さいながら池も設けられている。池には数匹の錦鯉がゆったりと泳ぎ、築山の端には有楽椿《うらくつばき》が美しい花を咲かせようとしているところだった。

店の方から、仕入れにきた扇屋を相手にする番頭の吉兵衛《きちべえ》や、手代頭《てだいがしら》の長助《ちょうすけ》たちの声がひびいてくる。

両人とも十一屋には勿体ないほど誠実な奉公人で、父角左衛門は吉兵衛にはいずれ暖簾《のれん》分けをし、小さな扇屋でも持たせてやらなならんなあと、宗太郎にもらしたりしていた。

その頃には手代頭の長助が、番頭として十分に育っているだろうともいっていたが、角左衛門が病床に就いたため、話は立ち消えになった恰好であった。

沓脱《くつぬ》ぎ石に履物を脱ぎ、庭から奥座敷に上がった宗太郎は、そこに大きく広げられた莫《ご》蓙《ざ》を見て、眉をひそめた。

そして遅いなあとつぶやき、庭の有楽椿にちらっと目を這わせた。

座敷に広げさせた茣蓙は、季節の花として椿を活《い》けるためのもの。店の小僧二人に、東山かどこかの寺社で椿の枝を採ってきておくれといい、出かけさせていたのであった。庭に名椿《めいちん》といわれる有楽椿が蕾《つぼみ》をふくらませていたが、自家の花を同業者仲間の茶会で用いるのは、かれにはなんとも惜しかったのだ。

有楽椿は織田信長の弟長益《ながます》が好んだ名椿。かれは大坂冬の陣で豊臣方に味方したが、後に堺、京都などに隠棲し、茶湯者《ちゃのゆしゃ》として知られていた。

この椿は樹は立性《たちせい》で強く、葉は長楕円形で大型。葉脈は陰刻明瞭で、一重桃色に咲いた。似た椿に土佐有楽があり、南北に長い日本の国土に分布する椿は品種に富み、雑多な藪《やぶ》椿を含め、およそ千種類にも及んでいるという。

観賞用の花卉《かき》を栽培する人の中には、それを偏愛する余り、自家の庭で咲く椿などをなんとなく剪《き》りたがらない者がまま見られた。他で咲く椿を採ってきて床《とこ》の間に活けるのである。

今日の夕刻、宗太郎は親しい同業者を三人招き、この奥座敷で風炉の茶会を催すつもりでいたのであった。

その茶会は季節ごとに持ち廻りで行われ、懐石（軽い食事）も出され、商売のための情報交換の場でもあった。

茶花として椿を活け、床には俵屋宗達筆《たわらやそうたつ》の「童牛図」を掛ける。

宗太郎は椿を偏愛していたが、それ以上に画幅を好み、また女好きでもあった。

「十一屋の宗太郎は、どれだけ女を泣かせてきたんやろ」

「さてなあ。まだ二十六やというのに、商売女は別にして、素人娘を十人ぐらいは泣かせてきたんとちゃうか。わしが知ってるだけで五、六人いるさかい」

「歳にしては多すぎる数やないか。それで女子《おなご》のほうから厄介は起きへんのかいな」

「それがたいして起きへんのやわ。寺町押小路に近い十一屋というたら、京では名だたる大きな扇問屋。そこの若旦那の宗太郎から、色目を使《つこ》うて誘われたら、女子は玉の輿《こし》に乗るのを夢見てるさかい、ふと靡《なび》いてしまうわいな。そうして数回遊ばれ、ぽいと棄てられてるんやろ。そやけど女子もそんな目に遭《お》うたのを人に知られたくなく、泣き寝入りというわけや。そやさかい世間に知れる道理がないわさ。宗太郎の姉のおみつはんは、西陣の大きな織屋『高砂屋《たかさごや》』に嫁いでいるそうやし、店は実直で真面目な吉兵衛とやらいう番頭と、手代頭の長助に委《まか》され、しっかり営まれているんやて。また宗太郎かて相当な商売人。同業者の間で若いくせに遣り手、先が恐ろしいと噂されてるそうや」

「きくところによれば、宗太郎は椿の花と古い絵、それに茶湯好きらしいわ。趣味が高尚でもうし分ないようやけど、やたら女子に手を出すとは、けしからん数寄者《すきしゃ》やわ。どれも金と暇のかかるものばっかりやが、まあ広い世の中にはそんな奴もいてるやろなあ」

　これが宗太郎に対する一般の評価だった。

「時刻はもう九つ半（午後一時）を廻ってるはずや。こうも遅いと、工合《ぐあい》よう椿を活けられへんやないか――」

　かれが口に出して愚痴ったとき、店の表から手代頭の長助が、やっと戻ってきたんかいなとぼやく声がとどいてきた。

　椿の花枝を探しに出かけさせた小僧の二人が、帰ってきたようだった。

「若旦那さま、どこにおいででございます」

　長助の呼ぶ声がきこえた。

「わたしなら奥座敷にいてます。重松《しげまつ》と平七《へいしち》が椿の花枝を持ち帰ったんどしたら、ここにきてもらいなはれ」

　かれは大声で長助に答えた。

　ほどなく重松たちが、枝葉をまとめて藁縄《わらなわ》で縛った椿を二つ抱え、部屋にやってきた。

「そこの茣蓙の上に置きなはれ。そして縛った縄を解いておくれ」

　宗太郎にいわれ、茣蓙に置いた枝葉の塊《かたまり》を、重松が片手に持っていた鋏でちょきんちょきんと切り離した。

椿の枝葉がこのためぱっと広がった。あちこちでこれはと思う椿の枝を採り集めてきたらしく、白椿や紅椿、花弁の違うさまざまな花が混じっていた。

それをざっと眺め、宗太郎は満足そうにうなずいた。

「若旦那さま、どうでございまっしゃろ」

平七がおずおずかれの顔色をうかがった。

「ああ、十分どす。これだけ仰山《ぎょうさん》、花を付けた枝があったら、気に入る枝振りのものが、一枝や二枝はありますやろ。うちの庭の有楽椿と同じ花がありますけど、これはどこでいただいてきたんどす」

椿の枝葉の中から、宗太郎は一本の枝を取り出し、それを満足そうに眺めながら二人に問いかけた。

「へえ、それどしたら吉田山の東にある真如堂《しんにょどう》の塔頭《たっちゅう》近くに生えていたものを、いただいてまいりました」

二人には良さそうな椿の花を見付けたら、無断で剪り取らず、近くにいる人に一声、断ってからにするのだといい付けてあった。

椿を偏愛する人の中には、一枝でも惜しむ人が往々にいたからである。

通りすがりの者が、塀から道に枝葉をのばす椿を眺め、ええ椿やなあ、一枝欲しいわなどとつぶやくやいなや、待ち構えていたようにがらっと障子戸を開け、当人を咎《とが》める人もいたのだ。

　まるで名椿の番人のような態度であった。

　現在でも椿に限らず、茶会に用いられる茶花は貴重視されている。東京の茶会で活けられる茶花二、三枝を、京都からわざわざ新幹線に乗って、顧客の許まで届ける茶道具屋がいるほどなのだ。

「おまえら、ええ椿を採ってきてくれたわ。この中を探したら、もっとええ枝振りの椿があるかもしれへん。わたしが欲しいのは二、三枝。後のものは棄てんと、店のあちこちに活けておいてくんなはれ。ご苦労さまどした」

　かれは重松と平七に労《ねぎら》いの声をかけ、最後に手代頭の長助に命じた。

「おまえたち、若旦那さまがこれから枝振りのええ椿をお選びになります。それを手伝いなはれ」

　長助にいわれ、二人はへえとうなずいた。

　自分たちがあちこち歩き、ほぼ半日掛かりで採ってきた椿から、用いられるのは二、三枝だけ。まだ子どもに近いかれらには、茶湯というものが全く理解出来なかった。

それから長いときをかけ、宗太郎が選んだのは、真如堂の塔頭で貰ってきた紅色の有楽椿二枝と、二人がどこで剪らせて貰ったか忘れてしまったという、一重咲きの白い侘助《わびすけ》だった。

侘助は椿科の一種。豊臣秀吉の朝鮮出兵の折、どこの藩か不明だが、「侘助」という雑《ぞう》兵《ひょう》が、この花の美しさに惚れ込み、一枝折って帰国した。挿し木をしたものがやがて成長し、全国に広がったのだと伝えられている。

「重松に平七、二人とも疲れてるのに面倒をかけてしもうたなあ。わたしが選んだ椿の残りを、莫蓙にくるんで台所へ運んでおいてくんなはれ。後の始末は女子衆《おなごし》に頼んでおいたらよろし。また通いの女子衆に、好きな椿を持ち帰ってもかまへんと、わたしが言うてたと伝えておいてくんなはれ。それからおまえたちは昼御飯がまだやろし、急いで台所に行って食べなはれ」

「へえ、かしこまりました」

「そうさせていただきます」

二人は大きくふくらんだ莫蓙を抱え、奥座敷から出て行った。

それから宗太郎は、白磁の鶴首の壺と信楽《しがらき》の縄目の付いた蹲《うずくまる》といわれる壺を、そばに引き寄せた。長助に運ばせた平桶《ひらおけ》の中の水に椿の枝を浸け、鋏で水切りをし、やがて花を活け終えた。

たった二つの小壺に三枝の椿を活けるにしては、途方もない手間と暇を尽した贅沢な行為であった。

その日、風炉の茶会は、初冬の陽がまだ西の空にある頃から始められた。

同じ年頃の三人の同業者が、次々に奥座敷に案内されてきた。

床の間にはすでに宗太郎が秘蔵する名幅、俵屋宗達筆の「童牛図」が掛けられていた。

「ほほう、これは宗達さまが描かはった童牛図。牛に乗った童《わらべ》が笛を吹いてますがな」

「来年は丑《うし》年どっしゃろ。それを先取りして、茶掛けにさせてもろうたんどす」

宗太郎は誇らしげに「寿扇堂《じゅせんどう》」の六右衛門《ろくえもん》にいった。かれはすでに父親の後を継ぎ、寿扇堂の三代目を襲名していた。

他の二人も床に掛けられた名幅に見入った。

「宋代の白磁の壺に有楽椿が活けられているとは、心憎い趣向どすなあ」

「お庭の有楽椿をわたしらのため、一枝剪っておくれやしたんどすな。名幅と有楽椿を見せて貰い、それから懐石膳をいただき、一服お点前《てまえ》を頂戴する。これ以上のお持て成しはございまへんわ」

「わたしは釉《うわぐすり》のたっぷり掛かった信楽の掛け花入に、白侘助が活けられてるのに感心いたしました。宗達の童牛図もええ物でございますなあ」

来客たちの誰もが、奥座敷のしつらえを褒めそやした。

かれらは扇問屋を営んでいるだけに、茶湯をひと通り心得、絵についても一応の鑑識眼を備えている。

ただのお世辞とは思えなかった。

特に寿扇堂の六右衛門の言葉には、驚嘆の思いがうかがわれた。

やがて懐石膳が物静かに運ばれてきた。

それを客たちに勧めながら、宗太郎は絵に対する自分の特異な執着を語ってきかせた。

「みなさまのお家にも商売柄、それなりにご秘蔵の名幅があるはずどす。六右衛門はんとこの寿扇堂では、宋元画を多く蔵しておられるとか。一度、拝見いたしたいものどすけど、わたしは自分が死んだ後、秘蔵する絵が誰の手に渡ってどうなるやらと思うと、心配で死ぬにも死ねへん気持どす。そやさかい、特に好む絵を三幅、棺《ひつぎ》の中に納めて貰い、あの世に持っていきたいんどすわ。この世で絵は失われてしまいますけど、それだけの絵どすさかい、あの世でも立派に扱われ、その絵を描いた筆者がそれを見て、大喜びされるかもわかりまへん。お人によっては勿体ないとお叱りかもしれまへんけど、わたしはそれを承知でそうさせて貰えるよう、すでに今は病んで寝付いている親父どのや、長年、実直に奉公していてくれる番頭の吉兵衛と手代頭に、頼んであるんどす」

宗太郎は箸を止め、真面目な顔でいった。

「宗太郎はん、まだ世帯《しょたい》も持ってへんおまえさまが、何を世迷い言をいうてはりますのや。ほんまに生きるのはこれから。病んではるご当代さまをあの世に送り、この十一屋の四代目になってからどっせ。阿呆《あほ》なことを考えんときなはれ」

びっくりした表情で止め立てしたのは、烏丸《からすま》仏光寺《ぶっこうじ》に店を構える「高田屋《たかだや》」の新三郎《しんざぶろう》だった。

かれは宗太郎の女遊びをよく承知しており、宗太郎に棄てられ、宇治川《うじがわ》に身を投げて死んだ女も見知っているくらいであった。

だが新三郎の本音をいえば、宗太郎が安穏と極楽へ行き、絵画など見ておられるはずがない。地獄で鬼に追い立てられ、血を流しながら剣《つるぎ》の山に這い登らされるのがせいぜいだと、腹の中で嘲笑していた。

かれは宗太郎と親しくしていたが、実は心ひそかに、宗太郎の女遊びによって十一屋が没落するのを、願ってもいたのであった。

江戸時代、京には多くの扇問屋が店を構えていた。

扇は夏に用いられるだけではなく、男女とも四季を通じての必需品だった。

しかるべき階層の人々は、どこに出かけるにしても必ず携帯し、扇は身分や立場を象徴し、挨拶など礼をつくすのに欠かせない品であったのだ。

中でも京扇子はどこの扇子より優れているといわれ、全国各地から注文が寄せられ、京の扇問屋は四季を通じて商売繁多だった。

十一屋と高田屋は当代でともに三代目。尤《もっと》も十一屋の角左衛門は病に苦しんでいたが、高田屋の左兵衛《さへえ》はまだ健在で、店の帳場に坐っていた。

新三郎は同時に、これから男としておおっぴらに人生を愉しめるといいたかったのだ。

宗太郎の女遊びの始末を、番頭の吉兵衛が、大旦那に内緒でひそかに付けたこともきいていた。

「男はんどすさかい、女遊びは仕方がないとしても若旦那にはもっときれいに遊び、手を切って欲しおすわ。宇治川に入水《じゅすい》した女子はんといい、今度の女子はんといい、わたしがなんでぺこぺこ頭を下げて詫び、こっそり始末を付けななりまへんのや。こんなん、遊んだ当人のすることで、番頭の役目ではございまへん。大概にしておいて貰いとうおす」

正面切って文句はいわないが、そのたび吉兵衛は、手代頭の長助にぼやいていた。

店の若旦那とはいえ、女遊びの後始末までさせられるのは腹立たしかったのだ。

「宗太郎はん、死んだら棺に入れてあの世に持って行きたい絵とは、どんなものどす。床の間に掛けられてる宗達さまの童牛図は、勿論どっしゃろけど――」

高田屋の新三郎は、他の二人に本心を読まれるのを恐れ、すかさず宗太郎にたずねかけた。

「その第一は巨勢金岡《こせのかなおか》が描いた平安仏画・阿弥陀如来来迎図《あみだにょらいらいごうず》どす。初代古筆了佐《こひつりようさ》の『極《きわ》め』が付けられ、それだけ古いにも拘《かかわ》らず、絵の荒れてへんしっかりした名品どす」

宗太郎は自慢げに微笑した。

巨勢金岡の祖先は大和《やまと》の古代豪族。現在の御所市古瀬《ごせしこせ》を本拠として、蘇我《そが》氏と肩を並べるほどの権勢を誇っていた。

古筆了佐は姓を平沢といい、近江《おうみ》の人。近衛前久《このえさきひさ》に書画の鑑定を学び、関白秀次《ひでつぐ》から、「琴山」の金印と「古筆」の姓を与えられ、古筆鑑定を業とした。同家は幕末まで古筆鑑定家としてつづいている。

「ほう、巨勢金岡が描いた来迎図――」

三人の口から一斉に驚嘆の声が発せられた。

来迎図は浄土信仰に基づく仏画。阿弥陀如来が衆生《しゆじよう》を救うため、西方浄土から諸菩薩を従え、人間世界へ下降するさまを、多く金銀箔を用いて描いている。まことに華麗な仏画であった。

「十一屋には途方もない仏画があるときいてましたけど、それどしたんか――」

寿扇堂の六右衛門が、うらやましげな声でいった。

「それで宗太郎はん、その来迎図はどれくらいの大きさなんどす」

次にたずねたのは高田屋の新三郎であった。

「さあ、本紙《ほんし》だけで畳半分ほどどっしゃろか」

本紙とは書画の描かれた紙または絹の部分をいう。

「そらまた大きな物どすなあ。一度、眼福に与《あずか》りたいもんどす」

「折があったらご披露いたしまひょ」

新三郎にいわれ、宗太郎は得意げにうなずいた。

「その他あの世に持って行きたい絵として、どんなものがございます」

六右衛門が興味深そうにまたきいた。

「他には兆殿司《ちょうでんす》の愛蓮図を考えてます」

兆殿司は明兆《みんちょう》といい、室町時代に生きた東福寺の画僧。号を破草鞋《はそうあい》といった。

「ほう、それも大変なものどすなあ」

「十一屋は親父で三代目。これくらいの名画を蔵していたかて、そうまで驚かはることはございまへんやろ」

「そんなんを棺に入れ、あの世へ持って行かはるんどすか」

「それが悪うおっしゃろか──」

「わたしは悪いとはいうてしまへん。ご自分の物どすさかい、勝手にしはったらよろしゅうおすがな。そやけど名品がこの世から無くなってしまうのは、やはり惜しゅおすなあ」

寿扇堂の六右衛門が、しみじみとした声でつぶやいた。

こうしたことから後の茶会は白けてしまい、共通する商いについてたいした話も出ず、散会となった。

時刻はまだ宵に入ったばかりだった。

二

十二月半ばとなり、朝晩、厳しく冷え込んできた。

十一屋では一日の商いを終え、店の大戸を下ろしている。番頭の吉兵衛は燭台を二つ帳場に立て、帳簿に目を通していた。

台所では小僧たちが夕飯を食べ始めており、吉兵衛はざっと帳簿を改めた後、いつも近くに借りている長屋に戻るのであった。

手代頭の長助は住み込みだが、吉兵衛は通い番頭として一戸を構えさせられていたのだ。

帳簿を見終えると、かれは台所の床より一段高い上段の間で、奉公人たちとともに食事をしている若旦那の宗太郎の許に、帳簿を片手にして近づいた。

今日の入荷と納品の工合を短く報告し、手代頭の長助や他の手代二人に、後を頼みましたよと声を掛けた。

帳場の棚に帳簿を戻し、土間に下りて足に草履を拾った。

十一屋の夕食は一汁三菜、若旦那の宗太郎だけに一品、別に添えられていた。

台所から表に向かった番頭の吉兵衛に、小僧の重松が付いていったが、かれはすぐ戻ってきた。

長屋に帰る吉兵衛を表で見送り、重松は頑丈な大戸に付く潜り戸に、錠を下ろしてきたのである。

「重松、しっかり戸締りしてきたやろな」

「へえ若旦那さま、錠はきちんと下ろしてきました」

「それならええけど、近頃は何かと物騒やさかいなあ。裏塀を高塀にしたうえ、釘板を外から見えるようにずらっと付けて置いた。それで少しは安心したけど、盗賊に襲われたら大変やさかい」

「へえ、ほんまにその通りでございます」

手代頭の長助が、宗太郎に相槌を打った。

いま近くの長屋に戻って行った番頭の吉兵衛は、十三のとき十一屋へ奉公にきて三十五年になり、家族は女房のお里《さと》と娘のお夏《なつ》の三人であった。

手代頭の長助は、十四のときに奉公を始めて二十二年、二人は四十八歳と三十六歳になっていた。

手代は他に定吉《さだきち》と市蔵《いちぞう》がいたが、ともに二十八歳、十三のときから奉公をしていた。

番頭の吉兵衛が、年齢を理由に店から動けば、それぞれの席順が一つずつ上がり、店の雰囲気も一新するだろう。

だが若旦那の宗太郎は、父親の角左衛門が考えていたように、吉兵衛に隠居仕事として小さな扇屋の店を持たせようなどとは思ってもいなかった。

奉公の歳月が長くなれば、長屋でも借りて世帯を持たせなければならないが、奉公した い男たちはどれだけでもいる。扇問屋だからと、暖簾分けをする必要は全くなく、飼い殺しにして使えばいいのだ。

それは吝嗇《りんしょく》からの思案で、かれは自分の楽しみには金を惜しまないが、奉公人のために大金を出すなど、とんでもないことだと考えていた。

「この店で三十年四十年しっかり奉公したかて、何の報いもなさそうや。いっそ早《はよ》う辞め、他の奉公先を探したほうがええかもしれへん」

番頭や手代たちのこんな話を盗み聞きし、店を辞めていく小僧たちも少なくなかった。

暖簾分けを受け、小さな扇問屋を営み始めたのは、初代の角左衛門の時代に一人、二代目のときに二人で、病床に就く三代目の角左衛門は、まだ誰にもそれをかなえさせていなかった。

古い商人《あきんど》の考えとして、暖簾分けは奉公の成果や相手の年齢を慮《おもんぱか》った処置ではなく、堅実なかれらやそこからもたらされる各種の情報が親店を守り、またご意見番としての役目を果す――からであった。

大店《おおだな》を囲む一家としての結束、これが何より商いには必要だと考えられていたのだ。

確固とした大店では、そこから暖簾分けを受けた人々が、盆と正月に主家に集まる。

みんなで消息をたずね合い、結束を更に固めるため盃を交すのが、慣《なら》わしとされているほどだった。

その折、畿内や西国、東海など故郷の城下町で店を開いたかつての番頭や手代も、主家にやってくる。

かれらは主家に数日逗留《とうりゅう》し、商いの情報を得たり、地方の様子を当主に伝えたりして、互いの商いの円滑化を図るのであった。

「若旦那さま、ご馳走さまでございました」

「ありがたく頂戴いたしました」

長助や重松など奉公人一同が、上座に坐る宗太郎に挨拶し、箱膳を自分の置き棚に仕舞うため立ち上がった。

かつて大旦那の角左衛門が元気で、お店《たな》さま（女主《おんなあるじ》）のお冬《ふゆ》が生きていた頃、西陣の織屋に嫁いだおみつも交え、上座はそれなりに賑やかで、くつろいだ雰囲気が醸し出されていた。

だが今は冷たい気配が漂うばかりだった。

「そんならみんな、風呂をすませ、戸締り火の用心をしっかりして寝なはれや。手代頭の長助は、それらをきちんと見定めておくんどす。わたしは商い仲間（組合）の用で、ちょっと出かけますさかい、後を頼みましたよ」

宗太郎は長助にいい、他の手代の定吉と市蔵の顔を眺めて声を掛けた。

「若旦那さま、誰か小僧を一人、お供に連れていかはらんでもようございますか」

「お供など要りまへん。ここから近い三条木屋町の小料理屋どすさかい、一人で大丈夫どす。それより離れに臥せってはる大旦那さまのご容体《ようだい》に、気を付けていてくんなはれ」

「へえ、大旦那さまにはいつもお千代《ちよ》はんが付き切りでいてますさかい、安心していておくんなはれ」

長助に代わり、定吉がかれに答えた。

お千代は十一屋の奥付きの女中であった。

定吉が長助に代わって答えたのは、かれがお千代に惚れているからだと、他の奉公人たちは知っていた。

角左衛門の病状はここ一年余り、良くなったり悪くなったりであった。

「それでは頼みましたよ」

宗太郎は誰にともなく改めていい、立ち上がった。すでに身形《みなり》はととのえている。

だが行き先は同業者の集まりではなく、縄手通り新橋の待合茶屋「たもよ」だった。

ここで待ち合わせているのは、高倉仏光寺《たかくらぶっこうじ》通りに店を構える同業者「笠置屋《かさぎや》」宇兵衛《うへえ》の妻お絹《きぬ》。夫を亡くして半年も経たない女であった。

三十後家は立たぬといわれている通り、お絹は宗太郎のながし目にすぐ射止められた。

尻の軽い女といわれても仕方のないありさまだった。

逢瀬《おうせ》は場所を変えてこれで五度目。お絹は近くの実家へ行くと、義理の両親や奉公人にいい、店から出てくるのだと宗太郎に明かしていた。

「わたしはそうでもありまへんけど、おまえさまは人に気付かれたら大変どすさかい、何かと用心しなあきまへんえ」

慌《あわただ》しく閨《ねや》ごとをすませた後、宗太郎は心配そうな表情で幾度も彼女に注意を与えていた。

お絹の実家は四条河原町近くで櫛屋をしており、両親とも健在で彼女を溺愛《できあい》していた。

「実家はうちの不都合にはいつも口裏を合わせ、悪いようには計らわしまへんさかい、大丈夫どす」

こうした場合、女は多くが大胆になるといわれるが、まさにお絹もそうであった。

縄手通り新橋のたもよでは、お絹がすでに部屋で宗太郎を待ち構えていた。

「宗太郎さま、うちは四半刻《しはんとき》（三十分）ほども前から、ここでお待ちしてたんどすえ」

お絹は宗太郎が部屋に案内されてくると、妖しく顔を火照《ほて》らせ、すぐかれの腰にしがみ付き、小さく喘《あえ》いでことを急がせた。

この待合茶屋を使うのは三度目。口が堅そうなため心付けも弾んでいた。

これまでの四度、お絹の要求は執拗で、宗太郎はなんとなく危ういものを感じていた。

もし二人の関係が同業者に露見したら、不味《まず》い事態になる。

だが一度だけのつもりが二度三度と回を重ねてしまい、今では五度の逢瀬となっている。

これが更につづけば、危険が増すに決まっていた。かれは少し鬱陶しく思い、すぐその気にはならなかった。

「宗太郎さま、今夜はどうかしはったんどすか。ちょっと冷とうおすえ」

お絹は急に醒《さ》めた目でかれを眺めた。

「わたしは何も変わってしまへんえ。お絹はんを愛しゅう思うているのはほんまどす。そやけど亡くなった同業者のお嫁はんを、すぐ十一屋の嫁に迎えるのは後ろ暗《ぐろ》おす。三年の喪が明けるまでに、何かと手を打っておかな後ろ指を指されます。それをどうするかを考えると、どうしても心が重うなるんどすわ」

かれにお絹を嫁とする気は、当初から全くなかった。
一、二度遊んで別れるつもりが、つい深間に嵌《はま》り込んでいたのである。
「宗太郎さま、三年の喪などといわはって、おまえさまはうちと必ず世帯を持つと誓うて、うちを抱かはったんと違いますか」

「いうにはいうたけど、あんな口約束はこうした密事《みそかごと》には付きものどっしゃろ」

かれは当然とばかりな口調でいった。

部屋の雰囲気がこれで一挙に険悪化した。

「ともかくお絹はん、そんな駄々をこねんと、むずかしい話は後廻しにして——」

自分の腰に手を廻すお絹の襟首の美しさに、急に欲情を覚えた宗太郎は、彼女の肩を抱こうとした。

「そ、そんなん、約束が違います」

お絹は険しい声でいい、そんな宗太郎を突き飛ばした。

その力が余りに強かったせいか、宗太郎は後ろに転倒し、硬い床の間の柱にがんと頭をぶち付けた。

当りどころが悪かったのか、宗太郎の意識はすぐに薄れ、手足ともぐったりしてきた。

「そ、宗太郎さま、宗太郎さま――」

お絹は狼狽《ろうばい》してかれの顔をのぞき込み、襟許を摑んで強くゆすったが、その身体はもうびくとも動かなくなっていた。

次第に顔から血の気が失せ、息もしていなかった。

――宗太郎さまは頭の打ち所が悪く、死んでしまわはったのや。

お絹の顔が青ざめてきた。

ここは待合茶屋。自分はどうすればいいのだ。そこにぺったり坐り込んだお絹は、この事態をどう処置するべきか、慌しく思案をめぐらした。

彼女は宗太郎をそのままにして立ち上がると、店への詫び賃として炬燵《こたつ》の上に一両の金を置き、小庭に面した障子戸を静かに開けた。

物音は誰にもきかれていないようだった。

外の沓脱ぎ石に置かれた庭下駄をそっと取り上げ、それを胸にかかえ、店の人気《ひとけ》をうかがいながら表にと急いだ。

店の者には何も告げず、逃げ出したのである。

これなら知らぬ顔で、嫁ぎ先の笠置屋に戻れる。後は夢中だった。

待合茶屋たもよの帳場にいた主は、お絹がそっと裸足《はだし》で外に出て行くのに気付かなかった。

時刻が次第に経っていく。たもよの主は以前にくらべ在室が長いのに気付き、それが気になり始めた。

「おい、菊の間に入らはったお客はん、今夜はいやにいちゃいちゃが長いやないか」

主にいわれ、女子衆もそう気付いた。

「うち、ちょっと気配をうごごうてきますわ」

彼女はこういい、菊の間に向かった。

そして足音も荒々しく帳場に戻ってきた。

「だ、旦那さま、大変どす――」

彼女は息を喘がせていった。

「何が大変なんやな」

「菊の間のお客はんが死んではります」

「し、死んではるのやと。心中してはるのかいな」

「いいえ、死んではるのは男はんだけで、女子はんの姿は見えしまへん」

こうして待合茶屋たもよは大騒ぎになった。

京都東町奉行所から同心、与力が駆け付け、吟味医（検死医）も同行した。

吟味医は硬い床の柱に頭を強く打ち付けたため、死に至ったのではないかと診断した。

「この男、どこの誰であろう。何か手掛かりはないか。また女も同じじゃ。人に知られては不都合ゆえ、女はこっそり庭下駄を履き、逃げたのであろう。何か思い出すことがあらば、なんでもよい、わしらにもうすのじゃ」

吟味与力の言葉に従い、いつも客を部屋に案内している女子衆が、二度ほど「扇問屋」との声をきいたと証言した。

それをもとに探索が始められ、翌日の夕刻、宗太郎の身許が明らかにされた。

「若旦那が待合茶屋で頓死《とんし》しはるとは、仏さまにならはったお人の悪口をいうようでええ気はしまへんけど、あのお人らしおすなあ」

宗太郎の死体を店に迎え入れ、狼狽しながらあれこれ葬儀の仕度を指図している番頭の吉兵衛に、手代頭の長助が嘲笑するようにつぶやいた。

二人の胸裏には、宗太郎が死んだら棺に入れ、あの世に持って行くのだといっていた名幅の幾つかがちらっとよぎっていた。

三

このところ扇問屋十一屋の大旦那角左衛門の病状は、あまり良くなかった。

それでも離れで病床に就いていながら、店の商いのようすは、番頭の吉兵衛や手代頭の長助から折に付け報告を受け、だいたいを摑んでいた。

若旦那として店で采配を振《ふ》っていた宗太郎が、女癖が悪かったのも十分承知しており、そのかれが待合茶屋で頓死したのは、吉兵衛から告げられていた。

天井を向いたまま、布団に横たわりそれをきいた角左衛門は、ついに起るべきことが起ったのだと、意外に平静に諦めを付けられた。

宗太郎が誰かと女出入りで揉めたすえ、刺し殺されたのではないことが、せめてもの救いであった。

一旦、縄手通りの町番屋に預けられていた宗太郎の死体が店に迎えられ、葬儀屋が大急ぎで仏間に運び込んだお棺に、それを納めたとの報告も、吉兵衛から受けていた。

「吉兵衛はん、大旦那さまが離れにきてもらいたいと仰せどす」

小僧や女子衆たちに、あれこれ通夜の仕度を急がせていた吉兵衛に、主角左衛門の世話に当るお千代が伝えにきた。

この一連の仕度には、宗太郎の姉おみつが嫁いだ西陣の織屋から、彼女とともに数人の男たちが手伝いにきていた。

「大旦那さまがそういうてはるんどすな」

「へえ、急いでやそうどす」

通夜の客を迎えるため、店内《みせうち》が片付けられている。世間体を憚《はばか》る不慮の事故死のため、通夜も葬儀も内々でひっそりすますように、角左衛門から命じられていたが、吉兵衛は扇問屋十一屋の若旦那の弔いとして、一通りの準備を整えていたのだ。

それについて、かれから何か苦情をいわれるのかもしれなかった。

「すぐに参りますと、お伝えしておいてくんなはれ」

かれはお千代にいい、ひと息ついた。

葬儀屋が表に鯨幕《くじらまく》を張り始めている。

その工合を表に出て確かめ、吉兵衛は角左衛門が臥せる離れにと急いだ。

「大旦那さま、吉兵衛でございます」

「おお、きてくれたか」

角左衛門は弱々しい声でかれを迎えた。

「何のご用でございまひょ」

「通夜の仕度は整っているんどすな」

「へえ、滞《とどこお》りなく進んでおります」

「そうか、それならええのどすけど、それで宗太郎のお棺に入れる物についての相談どす。宗太郎はかねがね、死んだらあの世に持って行きたい絵は、あれとこれというてましたなあ。勿体ないとは思いますけど、わたしはやはり親ばかなんどっしゃろ、宗太郎が思うていた通りにしてやりたいんどすわ」

かれは息を喘がせながらいった。

「そのことどすか。わたしもかねがねきいておりました」

「それは幸い。そうしてやってくれまへんか。お棺は狭おすさかい、宗太郎があの世に持って行きたいというてた絵を箱から出し、一本一本薄絹で巻き、身体の脇に置くなり、胸に抱かせるなりしたら、どうどっしゃろ」

「仰せの通りどすさかい、そうするより他にございまへん。早速、さようにいたします」

「ご苦労やけど、お願いしますわ。この十一屋が所持する絵は、仏間のそばの物入れに棚を拵え、仰山、仕舞い込まれてますわなあ。人を遠ざけ、長助とともに是非、そうして貰えまへんか」

角左衛門は目に涙を浮べて頼んだ。

「大旦那さまの仰せとあれば、落度なくさせていただきます」

吉兵衛は眉を翳《かげ》らせうなずいた。

「宗太郎があの世に持って行きたいというてた絵は、巨勢金岡が描いたと伝えられる阿弥陀如来の来迎図、宗達の童牛図、それに兆殿司の愛蓮図どしたなあ」

「さようにきき及んでおります」

「そしたらその三本、長短はありますけど、薄絹で巻いて糸留めをしっかりしたうえ、上手にお棺に入れてやってくんなはれ。空箱はそのままにしておき、葬式がすんでから始末したらよろしおすさかい」

それだけいい、角左衛門は苦しそうに咳き込んだ。

三本の画幅には、それぞれ古筆了佐の極めや、さまざまな人物の鑑定書が添えられていた。いずれも十一屋の秘蔵品で、その存在は一部の人にしか知られていなかった。

——あれだけの絵を金に換えたらどれほどになるのやろ。おそらく数千両は容易で、数寄者によっては数万両出しても欲しがるかもしれへん。

吉兵衛は書画の売買には素人ながら、胸の中でそろばんを弾いた。

数万両の大金など望みもしないが、せめて数千両の金になれば、店を一軒持てるどころか、およそのことがかなえられる。

そんな考えがふとかれの胸をかすめた。

書画類を仕舞い込んだ観音開きの物入れの棚には、裸の書画も数多く積まれていた。

それらの中から適当な三本を選び出し、薄絹で巻き糸留めをして、仰々しく宗太郎のお棺に納めればいいのだ。

そんな企みが吉兵衛の頭に浮んできた。

「大旦那さま、すべての処置、畏《かしこ》まりました。長助と二人でこっそり計らいます」

「おまえたちにはほんまにすまんこっちゃ。こうなったらこの十一屋の後継ぎは、西陣の織屋へ嫁いだおみつの次男が十一歳になってるさかい、その進次郎《しんじろう》を養子に迎え、四代目にするつもりどす。おまえにはまだまだ奉公して貰わななりまへんわ」

息を整えた角左衛門は、いくらか明るい顔で吉兵衛に伝えた。

「それでは早速、長助と相談してさように計らわせていただきます」

吉兵衛が小声で改めていい、離れの外に出ると、付き添いのお千代がそこにひかえていた。

十一屋の店先と広い土間は、まだざわめいたままであった。

宗太郎の通夜は、表の大部屋に祭壇を拵えて行われる。ここにも凶事用の鯨幕が張られようとしていた。

「長助、長助はいてまへんか――」

吉兵衛は店の長廊から土間をうかがい、そこに長助の姿がないのを見て、表に向かってその名を呼んだ。

表を通り過ぎる老若男女の目が、好奇心をあらわに十一屋に注がれている。

この店の若旦那は、縄手通りの新橋、そこの待合茶屋の一軒で、床の間の柱に頭をぶち付けて頓死した。

噂は早くも多くの人々に伝わっているようだった。

頓死のありさまが、尾鰭《おひれ》を付けて伝えられ、連れの女が姿を消してしまったことが、好奇心を更にあおっているらしかった。

「その女子はどこの誰か知らんけど、ちょっと薄情やなあ。男が柱に頭をぶち付けて死んだのを見て、逃げる気持もわからんでもないけど、あんまりやないかいな」

「どうせわけありの女子なんやろ。男の身許がすぐのようにわかったんやさかい、身許は間もなく知れるわい。天網恢々疎《てんもうかいかいそ》にして漏《も》らさずいうやっちゃ」

「おまえ、難しいことをいうのやなあ」

「こんなん、難しいことなんかあらへん。老子《ろうし》さまのお言葉で、天の網は広大で目が粗いようだが、悪人は必ずこれに捕えられるというのや。悪いことをすれば、必ず天罰が下されるというありがたいお言葉やわいな」

近くのそば屋ではこんな話が交されていた。

「番頭はん、わたしならここにおりますけど」

長助は祭壇の裏からひょいと姿をのぞかせた。

「そんなところにいてたんかいな。大旦那さまのおいい付けで、ちょっとおまえとともにせなならんことがおますさかい、仏間にきてくれへんか」

吉兵衛は長助に近づきながらいった。

「仏間にどすか――」

「ああ、そうや」

吉兵衛は近くにいた手代の定吉に、誰も近づかせてはならぬといい付け、さっさと仏間に入っていった。

そこには大きな台に宗太郎を横たえた棺が置かれ、蓮をうっすら織り出した白布が、それを覆い隠していた。

長助も吉兵衛につづき、仏間に入ってきた。

「襖をきちんと閉め、まずそこに坐るんじゃ」

吉兵衛のその言葉で、長助の顔がさっと緊張した。

目は自ずと、仏壇の左横に設《しつら》えられた観音開きの襖に向けられた。

その中には、幾重にも小さな奥深い棚が作られ、十一屋が秘蔵する多くの書画が整然と並べられている。

かれが緊張するのも無理はなかった。

長助は正座してまず宗太郎の棺に一礼し、それから吉兵衛に向き直った。

「これからおまえと一緒に、大旦那さまのおいい付けを果します。若旦那は世間体の悪い死にようをしはったけど、大旦那さまもやはり人の子の親。若旦那が常々いうてはったように、好きな絵をあの世に持たせてやってくれと、わたしに頼まはりました。そやけどわたしとしては、そんなん、勿体なくてとても出来しまへん。箱に入れられてへん他の軸を、代わりに薄絹で巻いてお棺の中に入れる。由緒のある高価な絵は燃やさんと、大風呂敷に包み込み、ひとまずわたしの長屋に運んで隠すつもりどす」

「ば、番頭はん、長屋に運んで隠すとは、どういうことどす」

「高く売れるものを、へえへえというて焼いてしまえへんわい。こっそり金に換えれば、出来ることがいっぱいあります」

こっそり金に換えればときき、長助の背に戦慄《せんりつ》が走った。

番頭の吉兵衛は手代頭の自分を仲間に誘い込み、これを好機と捉え、大金を掴んで己《おのれ》の生業《なりわい》の独立を考えているのではないか。

角左衛門が嫁いだ娘おみつの次男を十一屋の養子に迎え、四代目にする腹づもりでいることは、すでにきいていた。

そうなれば、おみつは気に入った男たちを巧みにこの店へ送り込んでくるだろう。

自分や吉兵衛の居場所は当然、狭められる。

日頃から吉兵衛は、吝嗇《けち》で実は女にだらしない宗太郎を快く思っていなかった。その宗太郎が死に、好きな何本かの画軸を棺に入れよと大旦那から命じられたのを幸いとして、本物を詐取《さしゅ》、己のために生かそうと考えているのに相違なかった。

その余慶を、自分にも幾らか与えようとしているのだ。

長助の戦慄は次第に収まり、落ち着いてきた。

「長助、店から白絹一反と鋏、それに白糸と針を持ってきなはれ」

「へえ、それでそれらをどう使わはるんどす」

「そんなん、決まってますがな。裸のあの中から適当な画幅を三本選び出し、それらを一本ずつ白布で巻き、糸と針で留めるんどす。そうしてそれを若旦那の棺の中に、わたしらの手で上手に納めるんどすわ」

かれがいう行為は明らかに詐取であった。

「そうして本物の軸は、吉兵衛はんの長屋へ持っていくんどすか」

「そうどす。それからゆっくり処分を考えます。わたしにもそんな相談に乗ってくれる人ぐらい、何人かいてはります。月日をかけて処分して貰《もろ》うたら、大金になりまっしゃろ」

吉兵衛がいま長助に話しているのは、全く驚くべき事柄だった。若旦那の弔いに乗じ、何千両、何万両かに換金できる貴重な絵を、盗み出してしまう。普通ではとても出来ない行為であった。

自分にも当然、その分け前が与えられると考えると、長助の腹はやがてしっかり決まってきた。

ここで吉兵衛の企てに加担しておけば、場合によっては一生、左団扇《うちわ》で暮らせないでもない。長助の腹の中に、そうする勇気が敢然とわいてきた。

「ではすぐ店のほうへ行き、番頭はんのいわはった品々を持ってまいります」

「ついでに大風呂敷を二枚、お願いします」

二枚の風呂敷は、上から一枚で覆い隠し、もう一枚で画幅の箱を包み込むために違いなかった。

長助は店表へと立ち上がり、吉兵衛は観音開きの襖を開きにかかった。

表の大部屋では、立派な祭壇が葬儀屋の手で出来つつあった。

広い土間の片付け、控えの間の整え。通夜の客を迎える用意が、店の表でも奥でも行われており、いわば十一屋はごった返していた。

長助が吉兵衛にいわれた通りの品々を持ってくると、裸の画軸三本と、付箋《ふせん》を貼られた古い箱が三つ、すでに取り並べられていた。

ちらっと目を這わせれば、太巻きの箱には「巨勢金岡筆　阿弥陀如来来迎図」と書かれた古色を帯びた付箋が貼られ、もう一つに「俵屋宗達筆　童牛図」の文字が見えた。

太巻きは絵の表面が傷まないように、軸木に宛《あて》がって太く巻く細工をいう。これを用いることで、絹本《けんぽん》でも紙本《しほん》でも折れや絵具の落剝《らくはく》がいくらか防げるのである。

吉兵衛は長助から二枚の風呂敷を受け取ると、三つの古い箱を手早く包み込んだ。

「長助、おまえこれを何気ない顔で、わたしの長屋へ持って行ってくんなはれ。風呂敷の結び目に腕を入れ、縦長のそれを身体に添わせて持ったら、それほど人目に立たんはずどす。誰も気付きまへんやろ」

平然とした表情で、吉兵衛は縦長の物を持つ要領まで教え、かれに命じた。

「へえでは早速、そうさせていただきます」

「わたしはこれからこの三本の画幅を、薄絹で巻いて糸で縫い付けます。おまえはその風呂敷包みを長屋に届けたら、わたしの女房なんかと無駄口を利いてんと、すぐにここに戻って、手伝いなはれや」

ときおり仏間の襖を開き、吉兵衛は外の気配をうかがっていた。

かれは香炉から立ち昇る烟《けむり》が薄らいだと思ったのか、香筥《ばこ》から高価な伽羅《きやら》を三本の指でつまみ出し、蓋《ふた》を取って香炉に加えた。

強い芳香がまたすぐ仏間に広がった。

誰にも訝《いぶか》しがられずに用を果し、仏間に戻ってきた長助は、その後、吉兵衛を手伝い、三本の細長い白絹の包みを作り上げた。

吉兵衛はそれから宗太郎の棺を覆う極上の白絹を取り除いた。

「若旦那はあんまり苦しみもせんと頓死しはったようで、それこそ極楽往生しはったみたいなもんやろ。白絹に包まれた三本の絵が、思うてはった絵と違うていたかて、いまの若旦那にはわたしらに文句をいわれへん。人間死んだらみんなこんなもんや。長助、それにしても若旦那の死に顔は穏やかで、眠ってはるみたいやないか」

吉兵衛は一通りのことをすませ、宗太郎の死に顔をしみじみ眺めながら、長助につぶやいた。

「ほんまに人間、死んだらお仕舞いどっしゃろか」

「実際のところはわからへんわい。わたしは苦しまんと死ねただけでも、結構なことやというてるだけどす。わたしらも通夜の客を迎えるため、着替えなあきまへんなあ」

吉兵衛の声は冷たかった。

宗太郎の棺はやがて仏間から大部屋の祭壇に運ばれるはずだった。

その夜、悪評が流れているにも拘らず、宗太郎の通夜は六人の僧侶の読経《どきよう》で始まり、盛大に営まれた。

通夜の客が一波二波とつづき、戌《いぬ》の刻《こく》（午後八時）頃、氷雨が降り始めた。

「氷雨が降り出したそうやけど、これは涙雨やのうてなんの雨やろ」

「さあ、なんの雨どっしゃろなあ」

「明日の葬式には、晴れてくれたらええのやけど――」

別室で酒を飲んでいた人々が囁《ささや》いていた。

そんなとき、東町奉行所の与力と同心の二人が、高く二つ掲げられた弔い提灯の間を慌しくぐってきた。

死んだ宗太郎と待合茶屋で一緒だった女の身許が判明し、捕えられたとの知らせであった。

四

宗太郎の初七日、次いで四十九日の法要。かれの死後、扇問屋十一屋では物忌みの日がつづいていた。

店の大戸は下ろされ、御簾《みす》が下げられている。そこには「忌中」と書かれた紙が、今日も新しく貼り替えられていた。

だが十一屋は全国諸藩の城下町に顧客の扇屋を擁《よう》するだけに、すべての商いを停止するわけにはいかない。そのため潜り戸だけは開けられ、商いはひっそり行われているありさまであった。

「この十一屋の若旦那、縄手新橋の待合茶屋で、足を滑らせ頭を床柱にぶち付け、頓死したそうや。そのとき、相手の女子は身許を隠すため、こっそり逃げてしもうたというわい」

「しかもその女子、同じ問屋仲間笠置屋の死んだ若旦那の後家はんときくやないか。そんなん逃げ出したかて、死んだ男の身許が知れた以上、町奉行所の詮議にかかったら、すぐ身許はばれてしまうわいな。ほんまに手の早い男と尻の軽い女がいたもんや。女は三十日の牢屋詰め（禁錮）の後、京から所払いの裁許（判決）が下されたそうな」

「それでその笠置屋には、何のお咎めもなかったんかいな」

「店はまだ若旦那に譲られていなんださかい、家内取締り不行届きとして、十日間の商い停止と、科料《かりよう》（罰金）三千両のもうし付けですんだそうやわ」

「諸国と取引きをする京の扇問屋が、一月《ひとつき》も二月《ふたつき》も商い停止にされてたら、どうにもならんさかいなあ。まあそんなんで良かったというべきやろけど、おそらく問屋仲間の年寄たちが、町奉行所に何かと働きかけたんやろ」

「そらそうやわなあ。なにしろ京で拵えられる調度品や織物、染物、その他なんでもが日本一。大店の旦那たちは京都所司代や東西両町奉行所と深い関わりを持ち、何かと庇護されてるさかい」

「全くや。世の中、上では上のほうで、うまく交尾《つる》み合《お》うてるのやろ」

こうした町の声の一方、十一屋の宗太郎が先日、催した茶会の参会者、寿扇堂の六右衛門や高田屋の新三郎たちは、東山鳥辺野《とりべの》の焼き場に向かいながら、小声で囁き合っていた。

「やっぱりやったなあ」

「いうてはった通りやがな」

「思い通り、好きな絵をあの世に持って行け、幸せな奴ちゃ。そやけど巨勢金岡の阿弥陀如来来迎図まで焼いてしまうとは、あんまりやないか」

「病で臥せってはる大旦那の角左衛門はんには、あれでも愛しい息子。阿弥陀さまが諸菩薩を従え、この世へ宗太郎の奴を迎えにきはるみたいに思いたいのやろ」

かれらは最後の別れとして、棺の蓋をずらし、宗太郎の死に顔を拝ませて貰った。

そのときその白い死に装束の両側に、白布で巻かれた画軸をちらっと見ていたのであった。

裕福な人の火葬の場合、多く棺を焼く竈《かまど》は特別に厚い鉄板を焼き台とし、前方を除く周囲は石と漆喰《しっくい》で固められている。そこの棚に納められた宗太郎の棺には、すぐ火が点じられた。

初めは白い煙が立ち昇り、次いでそれは黒く変わってきた。

竈には燃えやすいように、油をふくんだ松の割り木が次々と投げ込まれている。

十一屋の親族たちは、白木造りの仮小屋の床几《しょうぎ》に腰を下ろし、僧侶の読経に耳を傾けていた。

喪主を務めた甥の進次郎は、すぐにでも十一屋の四代目を継ぐため、母のおみつとともに紋付袴の白装束であった。

黒い煙が勢いよく空に立ち昇っていった。

——ああ、あの三幅が焼かれていくんか。

——ふん、ばかばかしい。宗太郎は全く身勝手な奴やったんやわ。親父の角左衛門はんも、なんという勿体ないことをさせはるのやな。こんなんでは宗太郎の奴を、紫雲に乗って迎えにきはった阿弥陀さまかて、つい腹を立てはるやろ。奴を地獄へ連れて行き、閻魔《えんま》さまの前に、ぽとりと落さはるに違いあらへん。それから生前の善悪の審判、懲罰をどうするかの仕分けやわな。数多く女を騙《だま》して泣かせてきたのと、あの三本の絵を自分のために焼いてしまった罪で当然、奴は地獄行きやわ。

かれらは喪服を着て仮小屋の床几に腰を下ろし、それぞれ腹の中で悪態を吐《つ》いていた。

番頭の吉兵衛は、ときどき長助の顔をうかがいながら、複雑な思いでその煙を眺めていた。

若旦那の宗太郎を悼《いた》む気持はどこにもなかった。

——長助の奴、あれは今いったい何を考えているのやろ。あの三本の画幅、上手に売ればわたしらでも一万両前後にはなります。そやけど金はそんなに要るわけやあらへん。数千両もあれば十分じゃ。わたしとしては欲を出して難儀するより、さっさとすませてしまいたいわい。それにしても長助は、わたしをいまのところ意外な悪党やと思うてるやろなあ。

こうして宗太郎の一連の弔いがすみ、忌明けになると、十一屋は大戸を開け、これまで通りの日常に戻っていった。

しかし店にはどことなく緊張が漂っていた。

次にくるのは甥進次郎の養子縁組。町内の年寄を始め、同業者仲間の役付きや年寄衆に、一応の相談を掛け、承諾を得なければならない。それからさまざまな人を招いた進次郎の披露。かれには西陣の高砂屋から、数人の男たちが付いてくるときいていた。

やがてかれらが、番頭の自分や手代頭の長助を押し退《の》け、十一屋を牛耳るに決まっている。

自分の立場は次第に失われていくだろうと、吉兵衛も長助も読んでいた。

それは他の手代も同じはずであった。

店には微妙な雰囲気がいつも漂い、疑心暗鬼を生ずるありさまであった。

こうして十日程を経たある日、吉兵衛は長助に、夕飯をすませたらわたしの長屋にきてくれぬかと声をかけた。

「ば、番頭はんの長屋にどすか――」

かれは声をひそめ、びっくりした顔できいた。

「そうや、きてくれるやろなあ」

「へ、へえ、行かしていただきます」

何を考えてか、長助は大きくうなずいた。

――あいつ、わたしがあの絵を売った分け前を、手渡すと思うてるんやろな。

吉兵衛はそれも当然やと考え、苦笑していた。

その夜、長助は足音をしのばせるようにして、吉兵衛の長屋にやってきた。

「番頭はん、お言葉通り寄せていただきました」

迎えに出た吉兵衛に、長助は鞠躬如《きっきゅうじょ》とした態度であった。

「おお、きてくれたんやな。狭い表の間やけど、ここに坐ってくれるか」

「へえ――」

女房のお里が、すぐ燗付けをした銚子二本と猪口《ちょく》(盃)を二つ運んできた。

「おまえは奥に入っててくんなはれ」

「はい、畏まりました」

彼女が襖を閉めて立ち退く気配を確かめ、吉兵衛は銚子を取り上げた。

「まあ、一口飲みなはれ。それからわたしの話をゆっくりきいて欲しいのじゃ」

「なんどす番頭はん、改まらはって――」

長助は猪口を取り上げながらたずねた。

「若旦那のお通夜の日、おまえにここへ運ばせた絵の経緯《いきさつ》についてやわ。あの三本の絵の中から一本、宗達の『童牛図』を、日頃からわたしを贔屓《ひいき》にしてくださる山城淀藩稲葉長門守《やましろよどはんいなばながとのかみ》さまの、京屋敷留守居役の内田藤兵衛《うちだとうべえ》さまに、あれこれご相談もうし上げたんどす。そして売っていただきました」

「ご相談とは売買についてどすか」

「それもありますけど、おまえも知っての通り、死なはった若旦那の女遊びは、普通ではありまへんなんだわなあ。わたしとおまえが知ってるだけでも、三人の女子はんが若旦那に棄てられ、泣きをみてはります」

「へえ、小料理屋で働いてたお葉《よう》はんと、三条大橋で人足をしてはる竹造《たけぞう》はんの娘お竹《たけ》はん、それに引き売り屋の娘お小夜《さよ》はんどすな」

長助はすらっと三人の女の名を挙げた。

「そのお三人の親御はんたちは、泣き寝入りせんと、若旦那に文句をいうてきはりましたわなあ。そやけど若旦那は、反対に脅《おど》して追い返さはりましたがな。自分には何の覚えもない。考えてみなはれ、第一身分が違いまっしゃろ。あんまりしつこくいちゃもんを付けてきはると、お役人さまに訴えなならんようになりまっせと、その折にいうてはりましたわ。そんなんやさかい、わたしは若旦那に違った軸をあの世に持って行って貰い、摩り替えた本物を売って、償《つぐな》いをさせていただこうと、おまえにもあんな行いをさせたんどす」

吉兵衛は自分で注いだ猪口の酒を一口で飲み、話しつづけた。

「宗達の絵は淀藩のお留守居役さまが、広いお顔を用い、これは義盗の真似じゃなと仰せられ、どこかへ六百両で売ってくれはりました。百両はそのお礼に受け取っていただき、五百両が残ったんどす。それで竹造はんの娘のお竹はんを訪ねたところ、お竹はんは若旦那にそっくりな小さな男の子を胸に抱いてはりました。そやのにそんなこともありましたけど、もう忘れておくれやすと、わたしの言うことをきいてくれはらしまへん。酒に酔うた竹造はんも、差し出した二百両をちらっと見てせせら笑い、小さな男の子のためにどぞ使《つこ》うておくれやすと頼んでも、受け取ってくれはらしまへん。それでわたしは仕方なく、金をそこに置き、さっと逃げ出してきたんどす。竹造はんが後を追うてきはらなんだのは、その金を納める気になってくれはったからどっしゃろ」

かれはまた猪口に酒を注いでつづけた。

「それでここに三百両の金が残ってます。この金はおまえが貰うておきなはれ。これは絵を摩り替えた労賃では決してありまへんえ。十一屋の雰囲気をうこごうてると、半年か一年後には、おまえとわたしは難癖を付けられ、厄介払いされるのが目に見えてます。おまえはそのときに備え、この三百両を持っていなはれ。何屋かわかりまへんけど、小店を出すにしても大いに役立ってくれますさかい」

吉兵衛は小風呂敷を開き、三百両の金を長助に示して勧めた。

「ば、番頭はん、そうやったんどすか」

「そうやったんどすかとは、どないな意味どす」

「こうなったら、そ、そんな意味なんかいえしまへん」

「さてはおまえ、おまえはわたしが、高額に売れそうなあれだけの絵を、二人で猫ばばするつもりだと考えていたんどすな」

「ば、番頭はん、堪忍しとくれやす。わたしが悪うございました」

「おまえも呆れた奴ちゃなあ。わたしにあれほどの物を、猫ばばする度胸なんかありまへんわ。わたしは若旦那がせなならんことを、代わりにしているまでどす。淀藩のお留守居役さまもこの百両、決して私《わたくし》せぬ、施餓鬼会《せがきえ》にでも寄付いたそうと仰せられました」

施餓鬼会とは、飢餓に苦しんで災いをなす鬼衆や無縁の亡者の霊に、飲食を施す法要をいう。

「番頭はん、わたしのことをそんなにまで考えていてくれはって、ありがとうおす。わたしは何とお礼をいうたらええやら――」

「お礼なんか要りまへん。おまえもそろそろ世帯を持たなあかん歳とちゃいますか」

「まあ、そうどすねん。この三百両があれば、近江の朽木《くつき》で兄嫁にいびられてるお母《かん》を京に呼び寄せ、孝行してやれます」

かれは明るい声でいった。

「そうや、おまえは大旦那さまのお世話をしているお千代が、好きやというてたなあ。わたしが見たところ、お千代もおまえを満更でもないように思うてるみたいや。よっしゃ、わたしがお千代に、おまえと夫婦《めおと》になる気はないかとたずねてやろ」

吉兵衛の声が急に弾みを帯びてきた。

「さあ、こうなったらその金を持って、早《はよ》う店に戻りなはれ。お千代との話がうまくいったら、店から暇を出される前に辞め、ひとまずどこぞに立ち退くんや。店を辞めるについては、応援の口を利いてやるさかい」

「番頭はん、そのときには、どうぞお頼みもうします。それにしても売り払った宗達の絵以外の兆殿司、巨勢金岡の二幅は、どうしてあるんどす。それらの売却金が欲しゅうて、たずねているわけではありまへんけど――」

長助には二幅の絵の所在がやはり気になった。

「その二幅は、淀藩のお留守居役さまに預けてあります。いつまでもこんな長屋に置いておき、火事にでも遭うたら大変どすさかい」

吉兵衛はあっさり絵の所在を明かした。

「大旦那さまの許に身内から養子が入り、番頭はんやわたしはそれを踏まえて先々を考えてます。そやけど他の手代の定吉や市蔵は、小僧たちも含め、大丈夫どっしゃろか。わたしがここで三百両を戴《いただ》いてしまわず、もしものときに備え、番頭はんが持ってはるほうが、ええのと違いますやろか」

「おまえは今、自分のことだけを考えてたらよろし。わたしにとっておまえは、実の弟のようなもの。他の手代や小僧も、おまえには弟たちみたいなものかもしれまへん。もしあいつらに厄介が起ったら、十一屋を辞めた後でも、面倒を見てやるぐらいの気構えを、持つのが大事どっせ」

自分の膝許に小風呂敷包みを戻そうとする長助の手を押しとどめ、吉兵衛は小さく笑っていった。

「へえ、店を辞めたらどこかで商いを始め、何人か引き取れるぐらい、手広く出来たらと思うてます」

「若旦那に棄てられたお竹はんのところに二百両置いてきたのは、おまえのことを考え合わせたからどす。淀藩のお留守居役さまが売却の約束をしてくれはった絵は、まだ二幅あります。売れれば大金になり、小料理屋で働いていたお葉はん、引き売り屋の娘のお小夜はん、その二人に大金を貰ってもろうても、残る金は十分。お竹はんが腕に抱いた男の子は、若旦那の子に相違ありまへん。わたしとしてはその子の将来も、遠くから見守ってやりたいんどすわ」

「番頭はんはどうしはるんどす」

「わたしはどうにでもなります。永年、十一屋で真面目に奉公してきたお陰で、誰かがわたし一人の身の振り方ぐらい、相談に乗ってくれはりますやろ」

あれこれの内にその年は暮れ、すでに二月になっていた。

角左衛門の養子として甥の進次郎が、付き添いの男二人を従え、いよいよ十一屋へ入ってきた。

町の年寄衆や同業者仲間への披露は、番頭吉兵衛の采配によってつつがなくすまされた。

「なんやかやと吉兵衛はんも大変どしたなあ。商いのほうは思いのほか順調に行ってますさかい、番頭はんも十日か半月、ゆっくり休まはったらどうどす。わしらも職種は違うもんの、奉公人からいろいろきいて、店のお守りぐらいできますさかい——」

進次郎の付き添いである年嵩《としかさ》の茂兵衛《もへえ》が、笑顔で吉兵衛に勧めた。いよいよきたなとかれは思った。

この甘い言葉は前哨戦に違いなかった。

「それではお言葉に甘えさせていただきます」

長助がお千代と夫婦になる話は内々、円滑に運んでいた。

「一家で城崎《きのさき》温泉にでも出かけ、ゆっくり休養してきはったらいかがどす。費用は新しい若旦那さまが、みんな出してくれはりまっしゃろ」

角左衛門をお千代に代わって看護する、これもまた高砂屋から送り込まれてきた中年の女が、押し付けがましくずけっといった。

「ではいずれそうさせていただきますわ」

吉兵衛は素知らぬ表情で翌日、一日だけ休ませて貰った。

淀藩の内田藤兵衛から、兆殿司の「愛蓮図」が売却でき、五百両の金が届けられたとの連絡があったからだった。

藤兵衛は懇意な諸大名の京屋敷留守居役たちに、売却の相談をかけているときいていたが、吉兵衛が二千両の値を付けた巨勢金岡の来迎図は、物が物だけに、さすがにすぐとはいかないようだった。

諸大名の留守居役たちは、家蔵の名品とするためそれらを買っているのだろう。だがいくら名品でも、あまり高値では手を出しにくい。安く入手すれば自分の手柄になった。

「お留守居役さま、そのうちから三百両をてまえが頂戴し、残りは暫くお預かりいただけまへんか」

「ああ、それはかまわぬが、巨勢金岡の来迎図はどうしても金額がかさみ、なかなか話が進まぬわい」

藤兵衛は苦労人らしい顔に苦笑を浮べて愚痴った。

「いえいえ、急いでいただく必要は、もうこれで無くなったも同然でございます。もしかしたら、あの来迎図は淀藩に寄贈させていただくかもしれませぬ」

「これこれ吉兵衛、相手はわしだからよいものの、迂闊をいうてはなるまいぞ。口は慎しむものじゃ」

かれは厳しい表情で吉兵衛に釘をさした。

三百両の金は、お小夜が引き売り屋をしている父親と住む長屋へ行き、二人に届けた。

父娘は自分たちの前に積まれた金に目を見張り、後は言葉もなく、ただ泣きつづけるばかりであった。

「わたしがこうしたのは、若旦那の罪滅ぼしのつもりどす。お小夜はん、世間には甘い言葉で女子を騙して弄《もてあそ》び、平気でぽいと棄てる男が、身分の上下を問わずいくらでもおります。おまえさまはまだ二十五。ここから遠くへ移り、この金でお父はんが八百屋でも始め、それを手伝ってはったらいかがどす。そのうちええ縁談がどこかから持ち込まれますわ。そうして穏やかに暮らしておくんなはれ」

父娘は吉兵衛を見送りもせず、まだ泣きつづけていた。

三人目の小料理屋で働いていたお葉は、転々と働き先を変え、今は堀川の五条に近い料理屋「桝吾《ますご》」で仲居をしているのを、吉兵衛は突き止めていた。

かれは桝吾を訪れ、案内してくれた仲居にお葉を呼んで貰った。

「わたしを覚えておいでどすか」

かれはお葉にまずたずねた。

「はい、お客はんは扇問屋十一屋の番頭はんどしたなあ」

「その通りでございます。お葉はんにはお元気なごようすで何よりでございます」

「そんなことより番頭はん、あの女誑《たら》しの宗太郎、去年の十二月半ばに新橋の待合茶屋で滑って転び、床柱に頭をぶち付けて死んだそうどすなあ。人の噂にもなって、ふさわしい死にようどした。うちはこれをきいて胸がすっとしましたわ」

彼女は伝法な口調でいった。

「実はその話で寄せていただいたのでございます。わたしは若旦那が手を付けはった女子はんたちを訪ね、お詫びの印に幾らかの金子《きんす》を、それぞれお渡ししているんどす。お葉はんもご存知だと思いますけど、若旦那は扇問屋を営んでいるせいもあり、古い絵が大変お好きで、名品をお持ちどした。その内から一幅、平安時代の絵師巨勢金岡が描いた阿弥陀如来来迎図を処分し、お葉はんにお金をお渡ししたいと思い、いま二千両で買い手を探している最中。そやさかい、お住居《すまい》をお変わりになったらわたしの長屋まで、その都度《つど》知らせていただけないかと、今日はそのお願いにまいった次第どす」

「平安時代の、巨勢金岡が描いた阿弥陀如来来迎図。それは阿弥陀さまがいろいろな菩薩さまを従え、紫雲に乗って死んだ者を極楽に迎えにきはる絵どっしゃろ」

「はい、さようどす」

「そんな目出度い絵を残し、宗太郎の奴、待合茶屋で頓死するとは、けったいな（おかしい）話どすなあ。笑《わろ》うてしまいますわ」

お葉は、吉兵衛が運ばれてきた膳から銚子を取り上げ、猪口で勧めた酒を一口にあおり、声を上げて笑いつづけた。

「おわかりになったんどすか」

「へえ番頭はん、自分が死んだときのそんな話、忘れはしまへん。番頭はんがやらはった通りで、ええのと違いますか。うちは若旦那の懐が淋しいとき、待合茶屋をはじめ、飲み食いの支払いまで何度も身銭を切ってきました。そやさかい、棄てられてあの畜生と歯軋《はぎし》りしましたえ。その二千両で売りに出しているという絵、話がほんまどしたら一度、うちに見せていただけしまへんやろか。それほどの絵どしたら是非、見ておきたいもんどす」

吉兵衛はお葉の求めに従い、阿弥陀如来来迎図を彼女に披露することに決めた。

その日、かれは淀藩の内田藤兵衛に事情を打ち明け、風呂敷にくるんだ画幅の箱を抱え、堀川の桝吾を訪れた。

頼んだ料理が運ばれてきた。

かれは風呂敷包みを解き、中から大きな来迎図を取り出した。

表装は仏画として凝った布でなされていた。

「お葉はん、これが巨勢金岡が描いたといわれる阿弥陀如来来迎図どす」

畳の上にざっと広げられたその絵は、太巻きにされていたためか、長い歳月を経ながら状態がよく、金箔も剝《は》がれていなかった。

やや腰を屈めた阿弥陀仏の尊顔は、慈悲に満ちていた。

「二千両はおろか、欲しいお人になると、一、二万両でも手に入れたい名品だそうでございます」

「ありがたそうに見えますけど、これがどすか。これを持っていたかて、宗太郎の奴は極楽になんか行っていまへんえ。番頭はん、ちょっと待っておくれやす」

お葉は蓮っ葉な口調で吉兵衛にいい、小走りで部屋を出ていった。

次に戻ってきたとき、彼女は口径一尺五寸（約四十五センチ）ほどの甕《かめ》を、右手に抱えていた。

「この絵が一、二万両にもなるのだねえ」

お葉は甕を抱えたままいい、その甕に入れられていたどす黒い液を、いきなりざばっと来迎図の上にぶちまけた。

どす黒い液は何かの垂れ汁であろう。

それは見る間に来迎図の上に広がっていった。

「な、なにをしはりますねん」

吉兵衛は狼狽して腰を浮せかけたが、すぐに落ち着き、坐布団に腰を戻した。

どす黒い液は広い画面に隈なく広がり、どんなに腕のいい表具師が手にかけても、再び元には戻らない状態になっていた。

「十一屋の番頭はん、うちは二千両でも二万両でも欲しくはありまへん。信心深いお人は、地獄や極楽があるというてはりますけど、この世に地獄はあっても、あの世に極楽なんぞありゃしまへんわ。この桝吾にはときどき女好きの偉い坊さんがきて、女子を呼んで抱いていかはります。抱かれた女子はんたちによれば、坊さんたちはこれこそ極楽極楽といてはるそうどっせ。うちのお父はんは、宮門跡《みやもんぜき》さまのお駕籠の前を横切ったとして、目付武士に無礼討ちにされました。それからうちが働きに出た料理茶屋で、あの宗太郎に出会い、口説かれたんどす。仏さまはこの世の初めにはいはったのかもしれまへん。けど人間がやがて好き放題をするようになったさかい、呆れ果ててあの世からどこかへ去《い》んでしまわはったんどす」

お葉の両目にははっきり憎悪がにじんでいた。

空海の妙薬

一

「お加奈《かな》はんは何のつもりなんやろ」

「それもやけど、それで旦那の七五郎《しちごろう》はんは、文句を付けはらへんのやろか」

六角通りの南、寺町通りに面して建つ誓願寺《せいがんじ》裏の長屋の井戸端では、女房たちが夕餉《ゆうげ》の仕度をしながら囁《ささや》き合っていた。

「それが七五郎はんも、承知してはるそうどすわ。まあ、相手は身寄りのなさそうなお年寄り。あんまり手は掛からんやろし、一冬ぐらいうちで世話をしたったらええと、いうてはるらしおす」

「一冬ぐらいというたかて、よぼよぼの年寄りでもご飯は食べるし、何かと物入りなんとちゃいますか」

「お加奈はんとこはどっちの両親《ふたおや》もなく、いるのは五つになる清吉《せいきち》ちゃんだけ。そやさかい七五郎はんは、わしらにどっちかの舅《しゅうと》が出来たと思うたらそれですむ、普段は寝てるか狭い裏庭をぼんやり眺めてて、ときに清吉と遊んでくれてはるのやさかいと、笑っていうてはるらしおすえ」

「七五郎はんは高瀬川の積荷人足やけど、あの夫婦《めおと》は誰が見たかて、人が好さそうやさかいなあ。二人はどっかで知り合い、この長屋に住み始めたんやそうや。ともかく誓願寺の墓地の供え物を食い、吹きさらし同然の墓小屋で寝起きしていた乞丐《かたい》(物乞い)。それを哀れみ、自分の家で世話をするとは、なかなか出来へんことやがな」

「そうどすわなあ。あのお年寄り、当初は乞丐はんみたいやったけど、お加奈はんが着ていた物を、急いで洗い張りして縫い直し、着せてはるのを見ると、ぱりっとした結城紬《ゆうきつむぎ》、頭からかぶってた羽織は縮緬《ちりめん》どしたえ」

「結城紬に縮緬の羽織とは、乞丐にしたら妙どすなあ」

結城紬や縮緬は、およそ貧しい庶民の着るものではなかったからである。

「それにお加奈はんが、長屋へ無理やり連れてきはったとき、あのお年寄りは小さな風呂敷包みを一つ、胸にしっかり抱えてはったそうどすわ」

「風呂敷包みを一つ。どうせ着替えの褌《ふんどし》なんかが、くるんであるんどっしゃろ」

「そやけど近頃、この井戸端へ朝、顔を洗いにきはるのを見ると、痩せてはいるものの、なかなか立派な顔付きをしてはりまっせ。うちにさえ礼儀正しくきちんと挨拶をしはり、うちも思わず丁寧に頭を下げてしまいますがな」

「それにあのお年寄り、お加奈はんとこの清吉ちゃんに、読み書きを教えてはるそうどすなあ。うちの太助《たすけ》がそれをきき、わしも教えて貰いたいというて、うちを困らせてます」

「お常《つね》はんがいわはるんどしたら、打ち明けますけど、うちの安三《やすぞう》も清吉ちゃんとこのご隠居さまに読み書きを教えて貰いたいと駄々をこね、手を焼いてますねん」

「そしたら太助ちゃんも安三ちゃんも、ご隠居さまから読み書きを教えて貰《もろ》うたらええのと違いますか。ご隠居さまがお加奈はんのところに居はることについて、七五郎はんが働いてる積荷屋（倉庫業）の『大岩屋』清兵衛《せいべえ》はんに、相談を掛けたそうどす。清兵衛はんは一度、ご隠居さまとお会いになり、身請人（保証人）になってもええといわはったときました。また河原町で酒屋をしている大家《おおや》の『鞍馬屋《くらまや》』十右衛門《じゅうえもん》はんも、一緒に住んで貰うてかまへん、わたしが町年寄に断っておくさかいと、いわはったそうやわ」

下駄の歯入れ屋の女房のお政《まさ》が、大根を洗いながら話しつづけた。

「ご隠居さまは当初、乞丐らしく見えたうえ、身の上を全く明かさはらしまへんどした。そやけどほんまは、どっかええとこの大旦那かもしれまへんえ。大岩屋や鞍馬屋の旦那はんたちは、一目見てそう思わはったんどっしゃろ。ご隠居さまは小金も幾らか持ってはるそうどす。年を取って惚《ほう》け、帰るところを忘れてしまわはったんと違いますか」

「子どもに読み書きを教えられるんどすさかい、惚けてなんかいいしまへんやろ。そのうちにそろばんまで教えてくれはるかもしれまへん」

大工の女房のお咲《さき》が小声でそうつぶやいた。

「乞丐からお年寄り、それがこうなるとご隠居さまどすか。みんな気楽でよろしゅうおすなあ」

彼女らのかたわらに立ち、それぞれの話を黙ってきいていたお蕗《ふき》が、冷ややかな声をいきなりみんなに浴びせかけた。

お蕗は先斗町《ぽんとちょう》遊廓《ゆうかく》を仕切る五郎蔵《ごろぞう》一家に用心棒として雇われる夫を持ち、まだ三十にもなっていなかった。

子どもに恵まれないため、その顔に羨望の色をかすかに覗かせ、嘲笑する口調でいった。

そして笊《ざる》を抱え、荒々しい足取りで家に向かっていった。

彼女の夫は天野市郎助《あまのいちろうすけ》といい、父萬左衛門《まんざえもん》の代から大垣藩《おおがきはん》京屋敷に仕えていたが、延享四年(一七四七)七月、藩庫不如意を理由に永御暇《ながのおいとま》をもうし付けられていた。

藩の財政が正常に戻ったら、再度召し抱えるとの沙汰が出され、「何方に奉公相勤《あい》め、又は何方に住居仕《つかまつ》り候ても苦しからず候、勝手難儀に之なき刻《とき》、召し帰すべき」を条件にした下命であった。

だが半知借上《はんちかりあ》げ、四分の一上納、知行削減が以後もつづいているからには、再度の召し抱えなどとてもおぼつかなかった。

それでも永御暇を賜った家臣たちは、万に一つの望みを持ち、他藩には容易に仕官しようとしない。尤《もっと》も他藩とて財政困難に陥《おちい》っており、家臣の整理に当っているありさま。新規の召し抱えなど、どの藩でもできようはずがなかったのである。

京都で武士の止住《しじゅう》は禁じられていたが、京屋敷詰めの武士はその限りにあらずとされ、市郎助の父萬左衛門は一旦、下京《しもぎょう》の花屋町の長屋に居を定めた。東西両本願寺の寺侍になるべく懇意に働きかけたが、それも徒労に終り、暮らしの便宜のため、賑やかな町中《まちなか》、誓願寺裏の長屋に移ってきたのだ。

そして間もなく、風邪をこじらせて死んでしまったが、その直前、市郎助に節季には必ず手土産を携えて京藩邸を訪れるのじゃと、遺言していった。

だが藩財政が窮迫している折、小細工に似た挨拶ぐらいで、再度の召し抱えなど叶えられるはずがなかろう。

藁《わら》にでもすがりたい父萬左衛門の気持は理解できるが、市郎助は父より状況を冷静に読み、藩家の京屋敷には一度も訪れなかった。

代わりに弔いの手伝いにきていてくれた父の朋輩《ほうばい》で、やはり永御暇を命じられた坂上半《さかがみはん》兵衛《べえ》の娘お蕗と、夫婦になる約束を早めた。

二人はかねてからやがて夫婦になると決められていたのだ。

一人では食えぬが、二人でなら食うていけるという古来からの言葉を、実行に移したのであった。

そして市郎助の荒《すさ》んだ気持が、安易に食っていく手立てとして、先斗町を仕切る五郎蔵一家の用心棒とさせたのである。

かれはかつて京藩邸の中で、誰もが一目置く相当な遣い手。賄役についていた父萬左衛門とは違い、将来は目付役として登用されるはずだった。

学問についても相当の薀蓄《うんちく》をそなえていた。

それだけに五郎蔵一家の用心棒となり、多くの子分たちから崇《あが》められ、勢いその生活はすぐ不規則と怠惰に陥っていった。

町女房や遊女とたびたびいざこざを起し、博奕《ばくち》にも手を染め、妻のお蕗をひそかに嘆かせている現状だったのである。

勢いよく歩くお蕗の堅い後ろ姿には、長屋の女房たちに対する反発が強くにじんでいた。

井戸端に残った三人の女たちは、興を醒《さ》ましたようすで、互いの顔を眺め合った。

そんな日から間もなく、いろは文字などを習う子どもたちの賑やかな声が、高い石垣と土塀で隔てられた誓願寺の境内まで届いてくるようになったのである。

その誓願寺は深草山と号し、浄土宗西山深草派の総本山。円光大師《えんこう》（法然上人《ほうねん》）二十五霊場の一つで、本尊は阿弥陀如来。現世・来世の二世にかけた抜苦与楽《ばっくよらく》の霊仏として崇められてきた。

開創は古く、天智《てんち》天皇の時代といわれ、寺地を奈良から京、また戦火や火災でたびたび堂宇を焼失させたことから、洛中を転々と移った。

現在地で復興を果したが、ここでも兵火や天明の大火で本堂や三重塔を焼亡させ、伽藍《がらん》は更に小さくなっていた。

だが同寺を有名にしているのは、『嬉遊笑覧《きゆうしょうらん》』に「希世の咄《はなし》上手」と記され、『醒睡笑《せいすいしょう》』を著し、落語の祖ともいわれる安楽庵策伝《あんらくあんさくでん》が、慶長十八年（一六一三）、五十五世の住職として入寺したことだろう。

当時の誓願寺は京では有数の巨刹で、不断念仏の道場として参拝者が絶えなかった。

それに安楽庵策伝の軽妙な語り口を伝統的に受け継ぐ僧たちから、面白い説法がきけるとして、人々が多く集まったのである。

策伝は誓願寺竹林院の住職も兼ねていた。

『醒睡笑』約千話は、かれが七十歳のとき、京都所司代板倉重宗《いたくらしげむね》のために書いたといわれている。

かれは平林平太夫《ひらばやしへいだゆう》とも自称した。『醒睡笑』巻の六に、「一、文《ふみ》の上書《うわがき》に平林とあり、とをる（通る）出家によませたれは（ば）、平林《ひょうりん》か平林《へいりん》か、平林《たいらばやし》か平林《ひらりん》か、一八十《いちはちじゅう》（平）に木木《もうくもく》か、それにてなくは（ば）平林《ひょうばやし》かと――」という笑い話が記されている。

策伝は滑稽味あふれる笑い話から、自らを平林平太夫ともいったのだ。

かれは飛騨高山の城主金森可頼《かなもりよしより》の次男として天文二十三年（一五五四）に生れた。兄の長近《ながちか》は剃髪《ていはつ》後、金森法印《ほういん》と称し、豊臣秀吉のお伽衆《とぎしゅう》となった茶人でもあった。

そんな人物の住んでいた誓願寺界隈の人々は、気のせいか何かにつけて明るく、大家の屋号鞍馬屋をひねり、「天狗長屋」と呼ばれる長屋の住人たちもそうであった。

お加奈の家で暮らす年寄りについて、大家の鞍馬屋十右衛門も積荷屋の大岩屋清兵衛も、ともに鷹揚《おうよう》に構えていた。

「物言いや態度からして、どこかの大旦那かご隠居に相違あらしまへん。誓願寺の墓地には安楽庵策伝はんのほか、医者の山脇東洋《やまわきとうよう》、歌舞伎芝居『桂川連理柵《かつらがわれんりのしがらみ》』で知られるお半《はん》・長右衛門《ちょうえもん》、古学を究めた服部中庸《はっとりなかつね》など、高名なお人たちの墓が多くあります。あのご隠居さまはそれらを見るため、ふらっと墓地にきて、腹が空いてたさかい、ふとお供え物を取らはっただけどっしゃろ。雪がちらついて寒いさかい、墓小屋に入ってそれを食べてはったのを、お加奈はんが乞丐と早とちりし、長屋に連れてきはったんどすわ」

　大家の鞍馬屋十右衛門はこういっていた。

　一方、積荷屋の大岩屋清兵衛は、別の意見を十右衛門に述べていた。

「あのお年寄りについて、木屋町筋の人々によれば、近くの安宿に何日も転々と泊ってて、次第に薄汚れてきたというてました。長屋のお加奈はんが見留めたのは、銭が少のうなったさかい、誓願寺の墓小屋で寝起きし始めた数日後らしおす。それにしてもどこのお年寄りどすやろなあ。どんな理由《わけ》があるのやら、それをたずねると、口を堅く閉ざしてしまわはります。〈たずね人〉の貼り札もどこにも出ておらず、町奉行所に家出人の届けもないそうどす。あるいは洛中のお人ではなく、近江《おうみ》の大津か膳所《ぜぜ》、それとも伏見《ふしみ》のお人かもしれまへん。とにかく、あのお年寄りには何か深い理由がありそうどすわ」

「その理由もやがてはわかりまっしゃろ。一人の立派なお年寄りが、どこかで行方知れずになっているんどす。そっちのほうから詮索の手が、きっと伸ばされてきまっしゃろ」

「そうかも知れまへんけど、あのお年寄りはやっぱり少し惚けてて、自分がどこの誰やら、わからんようになってるのと違いますか。高瀬川筋の町役たちも、いつ自分が同じようになるかしれんといい合《お》うてます。天狗長屋でお世話してくれるお人がいてはったら、お委《まか》せするのが一番と、同情気味に賛成してはりましたわ」

「そうどしたら、どこの町式目にも背かず、近くの町内の年寄衆にも同意していただけますわなあ。家主のわたしにはまことにありがたいお話。七五郎とお加奈に代わり、お礼をもうし上げます」

鞍馬屋の十右衛門は、店を訪れた大岩屋清兵衛に深々と頭を下げた。

これで身許不明の隠居が、お加奈の許に寄寓するのは許されたことになった。

それでもあまりの不可解さに、長屋を始め方々でさまざまな噂や憶測を呼んでいた。

「それで長屋に住み付いてはるご隠居はんは毎日、どないしてはるのや」

「朝から正午《ひる》近くまで、狭い裏庭に降り積んだ淡雪なんぞを、ぼけっと眺めてはるそうや。正午過ぎからは、集まってくる長屋や近所の子どもたちに読み書きを、それは熱心に教えてはるわ。子どもは四つから十くらいまでと、ばらばらやけどなあ」

「だいたいの子どもは八つ前後でどっかへ奉公に出るさかい、四つから十までまとめて教えるのは、大変どっしゃろ」

「それがあんまりそうでもなさそうやわ。急に生き生きとしはって頑張ってはります」

「狭い長屋の部屋でかいな——」

「ほかに適当な場所があらへんさかいなあ。奥の八畳の間を、大家の許しを得て、大工の熊吉《くまきち》はんに二つに割って貰い、寝るときはご隠居さまが仏壇の置かれた奥、七五郎はん夫婦は土間に向かった部屋を使《つこ》うてる。子どもたちが学ぶときには、部屋をもと通り一つにしているそうや。机は熊吉はんを始め、子どもの親たちが古板で六つ作り、それに向かって手習いをさせているそうやわ。いろはにほへと、いろはにほへとと何遍も古紙に書かせ、上手に書いた文字を、みんなの前で大声で読ませたりしてはる。読み書きが十分出来るようになったら、これから奉公に行く先様《さきさま》で重宝されますと諭し、ときには昔話なんかを語ってきかせ、子どもたちが飽きんように工夫してはるそうやわ」

「それは結構やけど、お加奈はんが誓願寺の墓地から連れてきはったとき、ご隠居さまは小さな風呂敷包みを抱えてはったそうや。その中に何か、身許のわかる品は入ってなんだんかいな」

「そんな物は何一つなかったらしいわ。お加奈はんによれば風呂敷包みの中身は、黒塗りの小さく平たい箱。平紐を掛けた細長いものやそうな」

「小さく平たい箱――」

「立派な塗りの箱ときいたわ」

「隠居さまはその箱を大事そうに扱い、どうぞこれを仏壇の下にでも預こうておくんなはれと、お加奈はんに畏《かしこ》まった顔で頼まはったそうやで」

「その箱の中身はなんやろ。仏壇の下といわはるからには、ご先祖さまの位牌でも入っているんやろか」

「位牌が入るほど大きゅうないそうや。なんでもその箱の蓋《ふた》には遍照金剛《へんじょうこんごう》、下に御書《おんしょ》と金文字で書かれていたというわいな」

「へんじょうこんごう。そんな難しい文字を、お加奈はんはよう読めるんやなあ」

「おい熊吉はん、惚けてたらあかんでぇ。お加奈はんはああ見えても、お公家はんの許で六年も台所奉公をしてはったんや。難しい文字かて少々ぐらい読めるはずやわ。へんじょうこんごう、へんじょうこんごう。こう口に出して呟《つぶや》いてみると、わしなにか思い出しそうやわな」

長屋の錠前（鍵）直し屋の末松《すえまつ》が、大工の熊吉の家で酒を酌み交しながら低い天井を見上げ、ふと急に押し黙った。

そしてやがてぱっと表情を輝かした。

末松は長屋の一番奥に住んでいた。

長屋に戻る途中の道で、熊吉に声を掛けられ、かれの家に立ち寄ったのであった。

「熊吉はんにお咲はん、そのへんじょうこんごうというのは、弘法大師空海さまの灌頂《かんじょう》号《ごう》やわ。空海さまはこの国の二大偉人の一人とまでいわれてはる。都が奈良から長岡京、そして京に移されてから間もなく、唐に渡らはった。長安の青竜寺の恵果《けいか》さまから金剛界と胎蔵界《たいぞうかい》という密教の二つの流れを短い間に伝授され、遍照金剛という灌頂号を与えられ、日本に戻ってきはったんや。御書とは空海さまの書のこっちゃで」

「おまえ、お加奈はんやないけど、どえらいことを知ってるのやなあ」

大工の熊吉は、驚いた顔で錠前直し屋の末松を眺めた。

「わしをばかにしたらあかんねんで。これまで誰にも話さなんだけど、わしは嵯峨野《さがの》村の貧しい農家の末っ子に生まれ、口減らしのために六つのとき、近くの寺へ小坊主としてやられたんや。八年もその寺にいてたけど、とうとう辛抱しきれんと、人の手引きで京に逃げ出し、錠前直し屋になったんやわ。わしが奉公していたのは真言宗の寺やったけど、お寺で八年も小坊主をしてたのは、無駄ではなかったわけや」

末松は往時を思い返しているのか、目を宙に浮して話しつづけた。

「和尚《おしょう》は大酒飲みで、空海さまについてよういうてはった。青竜寺の恵果さまには、何千人ものお弟子はんがいてはったそうや。そこへ日本からひょっこりやってきた空海さまに、お師匠の恵果さまが密教の大事を伝授してしまわはったのは、空海さまが恵果さまに怪しい妙薬をこっそり与えていたからに相違ないとなあ。空海さまは頭のいい怪異なお人で、ぱったり消息の知れん謎の七年間があったそうな。その間、どっかに籠《こも》って勉学し、厳しい山岳修行に励み、人を惑わせる妙薬の知識も会得されたんやろと、いうてはったわ」

「それにしても、人は見掛けによらんもんやなあ。末松、おまえはお寺で小坊主を八年間もしていたんかいな」

「ああ、そうや。門前の小僧習わぬ経を読むというけど、それが今の話やわ。わしは錠前直し屋をしているけど、ほんまは時計屋かからくり人形でも拵《こしら》える職人になりたかった」

「貧乏が、おまえを寺の小坊主から錠前直し屋にしてしもうたんやなあ。錠前を直すのとからくり人形を考えて作るのは、似たようなもんやけど、人の引きがないと、貧乏人の子どもはどないにもならへん」

「そんなん、今更の話やわ。それより七五郎の家にいてはるご隠居さまは、いったいどないな名前のどこのお人なんやろ」

末松が銚子を傾けていった。

「お加奈はんによれば、八郎左衛門《はちろうざえもん》という名前で、老けて見えるけど、歳はそれほどいってへんそうやわ」

「八郎左衛門やと。重々しい名前やなあ。わしらのように、親がその場の思い付きでひょいと付けた名前やない。きっと代々襲名されてきた大事な名前なんやろ。とにかく妙なこっちゃ」

末松がぽつんと呟いた。

「戸締り用心、火の用心、火の用心さっしゃりましょう――」

町番屋の夜廻りが拍子木を鳴らし、木戸門の外を通り過ぎていった。

「熊吉はんにお咲はん、もうこんな時刻になってるんどすか。今夜はちょっとのつもりが酒までご馳走になり、すんまへんどした。わしこれで失礼させていただきますわ。家に帰ったらどこで酒を飲んでましたんやと、嬶《かか》の奴に叱られなりまへん」

腰を上げ、末松が熊吉夫婦に礼をいった。

冬の夜が更けていた。

二

「それではお加奈、行ってくるさかいなあ」

七五郎は上がり框《かまち》に腰を下ろして草鞋《わらじ》の紐を結び、長屋の土間に立ち上がった。

「おまえさん、弁当を持たはりましたか――」

奥の台所で洗い物をしていたお加奈が、前掛けで手を拭きながら、急いで表の土間に出てきた。

彼女につづき、清吉も顔をのぞかせた。

「弁当は大切やさかい、そんなもん忘れてへんわい」

七五郎はお加奈に笑いながら答えた。

「へんお父はん、立派な口を利かはって。お父はんが弁当を忘れはったさかい、わしがお母はんにいわれて三度、大岩屋へ届けたのを忘れてしまわはったのかいな」

「ああ、あのときはおおきに。それからわしはそんなことのないように気を付け、今では全く忘れてへんやろ」

「わし、弁当を大岩屋へ届けに行くのはかなわんねん」

「それはどうしてやいな」

「大岩屋へ行くとな、帳場にいてはる番頭はんか手代はんか知らんけど、おまえも早《はよ》う大きくなって、ここへ積荷働きにくるのやといつもいわはる。尻を叩かれているように、思われてならんのやわ。早う大きくなれといわれたかて、人の身体は飴みたいに伸びへん。それにただ伸びただけでは役に立たへんわ。月日が経たなあかんことぐらい、誰にもわかってるのになあ」

「帳場にいてる番頭はんか手代の長吉《ちょうきち》はんが、おまえにそんなことをいうのかいな」

「子どもかて親の仕事を継ぐ者も、他に好きなことがあって、それになろうとする者もいてる。大岩屋の番頭はんや手代はんたちは、ええ大人の癖してからに、それがわからへんのやろか。お父はんが積荷人足やさかい、その子どもも積荷人足になるとは限らへんのやで。わしは家にいてはるご隠居さまに文字を学んでから、いろんな書物を多く読み、自分にどんな仕事が向いてるのか、これからよう考えるねん。お父はんもそうしたらええと思うてくれてはりまっしゃろ」

「ああ、それが一番や。大事なおまえを誰にでも出来る積荷人足なんかにしとうないわい。ついでにいえば、町歩きをして金を稼ぐ暦売りや金魚売り、稲荷寿司売りや甘酒売りにも、なって欲しゅうないわ。お父はんはおまえには、何かしっかり修業して、立派な職人になって貰いたい。それまで身体を大事にして、おまえのために稼いでおいたるさかいなあ」

「お父はんおおきに。わしは学問をして身を立てられへんかと今は思うてるねん」

清吉は声を弾ませていった。

「おまえ、どえらいことを考えてるのやなあ。学問、学問か。わしはそれに反対はせえへんで。積荷人足の子が学者になり、やがて小さくてもええ、大名に取り立てられ、藩校に出仕するというのも悪うないわ。ともかく世間の奴らが目を剝《む》くような男になったれや」

「うん、わしはそうするつもりや」

「賢い子を持って、わしうれしいわ。お母はんも喜んでいはるやろ。ほな、行ってくるで――」

七五郎の足音が家の表からあわただしく遠ざかっていった。

「清吉、おまえ生意気な口を利くのやなあ。大ぼらを吹いてお父はんを喜ばせておき、やがてはがっかりさせたら、あきまへんねんで――」

お加奈が清吉を諭す声が、家の奥、八畳を半分に間仕切りした八郎左衛門の狭い部屋にも、はっきりきこえてきた。

かれはまだ寝間着のままだが、温《ぬく》みの残った布団の上に正座し、働きに出かけた七五郎に対するつもりでゆっくり低頭した。

かれが今いるのは四畳の小部屋。大工の熊吉が、器用に八畳の部屋の両側に柱を立て、鴨居と敷居、新しい板戸で隔ててくれたものだが、居心地は悪くなかった。

長屋の方向から考えると、ここは狭くても奥座敷になる。

乞丐同然の自分を、こんなふうに扱ってくれる七五郎夫婦は、よほどお人好しに違いない。板戸で隔てられた後半分を、かれら夫婦と息子の清吉が使っており、台所の土間に接した部屋も、同じように仕切られていた。

長屋や近所の子どもたちが読み書きを習いにくると、仕切りの板戸をはずして小机を並べる。

その折、八郎左衛門は子どもたちに、部屋に据えられた小さな仏壇に、手を合わさせるのを忘れなかった。

自分を育ててくれている両親への感謝と、祖先への敬《うやま》いが大切だと、そのたびにいいきかせていた。

どの子どもも、ゆっくりした口調でそう説くかれの言葉に素直に従ってくれ、鈴《りん》を叩いて合掌した。

仏壇の下には、八郎左衛門が三十年近く後生大事にしてきた空海の墨跡を納めた小さな箱が入っている。

空海の墨跡は貴重な名筆で広く尊ばれているが、ほとんど民間には存在しなかった。所蔵しているのは、かれと縁の深い東寺《とうじ》や高野山金剛峯寺《こんごうぶじ》の諸寺、神護寺《じんごじ》などだが、断簡にしたところで民間に残っていないのには理由があった。

かれの書は古来から霊妙な効験があるとされ、どんな小文字の書でも食べられてしまうからである。

江戸時代には見て拝むより、食べたほうが霊験があるといわれてきたのだ。小文字で一字千両、大きな文字になると千両箱十個、即ち一万両だと評されていた。

空海は能書家として知られ、村上天皇が小野道風《おののみちかぜ》に、「わが国で書の上手は誰か」とたずねたところ、道風は即座に空海と敏行《としゆき》と答えたとの話が、『江談抄《ごうだんしょう》』(巻三)に記されている。

敏行は歌人として有名な藤原《ふじわらの》敏行のことで、道風より少し前の時代に生きた人物。平安時代末の藤原伊行《これゆき》の『夜鶴庭訓抄《やかくていきんしょう》』には、「弘法(空海)、天神(菅原道真《すがわらのみちざね》)、道風」の三人が書の「三聖」だと書かれている。また鎌倉時代の藤原行能《ゆきよし》の『夜鶴書札抄』にも、この三人を「三賢」といっており、江戸時代の中村富平《なかむらとみへい》の『弁疑書目録』(巻之下)には、空海、小野道風、藤原佐理《すけまさ》、藤原行成《ゆきなり》を指して本朝四墨とたたえている。

このうちどの人物の書も、民間に稀《まれ》に存在したが、空海の書は絶無といってもよかった。八郎左衛門が所持する空海のそれは、天長七年(八三〇)かれが五十七歳のとき著した主書『秘密曼荼羅十住心論』(十巻)を、要約した『秘蔵宝鑰《ひぞうほうやく》』(巻上)の下書きの断簡、小文字の書であった。

近衛前久《このえさきひさ》に書画の鑑定を学んだ初代古筆了佐《こひつりょうさ》と前久自身の「極《きわ》め」のほか、金森宗和《かなもりそうわ》など多くの人々の鑑定書が付いたまぎれもない品だった。

それはたったの十四文字に過ぎなく、二行にわたって書かれていた。

——生　生　生　暗　生　始　死　死　死　死　冥　死　終

こう書かれているだけだが、一字千両とすれば、一万四千両になる代物だった。

しかも空海の主書の一文だけに、下書きの断簡で小文字でも更に貴重で、一字が倍の二千両はするだろうといわれていた。

これを八郎左衛門は、八歳のときから小僧奉公をしていた上京《かみぎょう》の千本釈迦堂《せんぼんしゃかどう》の近くで紙問屋を営む「岡田屋」の三代目の主《あるじ》八郎左衛門から、二十七歳のとき押し付けられるように貰ったのである。

「これは初代の八郎左衛門さまが、何万両もの大金を出して購《あがな》わはった弘法大師空海さまの墨跡どす。おまえに上げますさかい、どうぞ娘お妙《たえ》の婿《むこ》になってくれまへんか。お妙は顔に少し火傷《やけど》を負ってます。それが醜いと思うのか、どこからも縁談はなく、そのうえお妙は一人娘。この岡田屋は婿を取らねばなりまへん」

三代目岡田屋の八郎左衛門は、居間に当時、竹蔵《たけぞう》といっていたかれを呼び寄せ、正座していきなり切り出した。

「店には番頭二人に手代が三人いてますけど、番頭は二人とも世帯《しょたい》持ち。歳もいき過ぎてます。三人の手代の誰かを婿にと思いました。けどその誰もが、四代目をまっとうに継げるとは正直、思えしまへん。わたしの後をしっかり継ぎ、お妙と仲良う夫婦としてやっていけるのは、おそらく手代見習いのおまえ、竹蔵だけどす。そやさかい考えに考え抜いた末、こうして頼んでいるんどす。おまえの故郷《いなか》は近江の朽木村《くつき》。実は故郷にいはるおまえの兄さんにもすでに話をし、旦那さまのよろしいように、竹蔵に勧めてやっておくんなはれとの答えを貰ってます。何卒、わたしの頼みをきいてくれまへんか」

「わ、わたしをこの岡田屋の婿に——」

竹蔵はとんでもない話を突如、いい出され、後の言葉を詰まらせた。

岡田屋の一人娘お妙の火傷など、かれにいわせれば、たいしたものではなかった。右頬に熱湯を浴びたもので、右目の辺りと頬が少し攣《つ》れているだけで、御高祖頭巾《おこそずきん》でもかぶれば十分に隠せた。

しかもお妙は心優しく、十数人いる奉公人の誰にも、一度として荒い言葉を掛けたことがなかった。若い女の奉公人には、前掛けや腰巻を縫って与えるほどであった。

自分の部屋に呼び寄せ、髷《まげ》を結ってやることもしばしばだった。

「お妙さまがうちに足袋《たび》を持ってきなはれといわはりましたさかい、繕《つくろ》いに繕った足袋を恥ずかしながらと持っていったところ、十日も経たんうちに、うちの古い足袋の文数に合わせ、薄鼠《うすねずみ》色と赤い足袋を一足ずつ縫ってくれはりました。ほんまにありがたいことどす」

台所働きの小女が、涙ぐんで明かしたこともあった。

お妙が人知れず施している恩徳は、ほかにも数多かった。

店の前に立つ僧侶や乞丐の声をきき付けると、真っ先に喜捨の銭を与えるのも彼女だった。

「旦那さま、ありがたいお言葉を返すようでございますけど、手代見習いのわたくしより、お嬢さまにはもっとほかにふさわしい男はんが、いてはるのと違いますか。非力《ひりき》な若輩者が僭越《せんえつ》どすけど、わたくしは一生、この店で働かせて貰い、何があってもお嬢さまをお守りさせていただきますさかい」

お妙の母親のおみねは、彼女の行く末を案じながら、すでに三年前に亡くなっていた。

「おまえかて帯に短し襷《たすき》に長しの言葉ぐらい知ってますやろ。実はあれこれ当りましたけど、この岡田屋やお妙にふさわしい婿は一人としていいしまへんどした。おまえは今、わたくしは一生この店で働かせて貰い、何があってもお嬢さまをお守りさせていただきますといいましたわなあ。そうした気持、それが一番大事なんどす」

八郎左衛門はわずかに膝で竹蔵ににじり寄り、語りつづけた。

「祝言を挙げてしばらくはお妙を大切にしていても、わたしが寝付いたり死んだりしたら、商いをほったらかしにして極道三昧、あげく店を潰してしまうような男では困ります。親戚の中にも適当な者はいまへんどした。結果、わたしの目にかのうたのは、手代見習いのおまえだけどす。お妙にも竹蔵が婿になることを承知したらどうすると、たずねてみました。するとお妙はにっこりと頬笑み、竹蔵はんどしたらうちに文句はありまへんと答えました。恥ずかしそうにあの顔を赤らめ、袂《たもと》で覆ったほどどしたわ」

かれは手できものの膝を摑み、なお話しつづけた。

「なあ竹蔵、娘を思う親の哀しい気持を察し、わたしの願いをかなえてくれまへんか。先程わたしは四代目云々《うんぬん》といいましたけど、店の身代《しんだい》なんか今のわたしにはどうでもええのどす。願っているのは娘の幸せだけ。おまえがお妙の婿になるのを承知してくれたら、すぐさま蔵の鍵を渡し、身代を譲ってもかましまへん。そうして早々に親類縁者を集め、町年寄や同業者仲間にも披露させて貰います」

三代目八郎左衛門はひたいに汗をにじませており、懸命に自分を口説いているのがよくわかった。

かれは親の哀しい気持といったが、それが竹蔵にもひしひしと伝わってきた。

八郎左衛門は、すでに朽木村の兄に許しを乞いに出かけている。

兄の六蔵《ろくぞう》がとんでもない相談だと断ってくれていたらともかく、旦那さまのよろしいように竹蔵に勧めてやってくんなはれと答えているからには、自分は窮地に追い詰められた鼠も同然であった。

ましてやお嬢さまのお妙に気に入られている。

自分が彼女から好意を持たれているらしいぐらい、竹蔵はなんとなく感じていた。

ここで自分が八郎左衛門のもうし出を断ったら、かれは店仕舞いをし、高台寺か嵯峨野にでもお妙とひっそり隠世するといい出しかねなかった。

二人が髪を下ろし、僧尼になる恐れもないではなかった。

——わたくしに少し考える猶予《ゆうよ》をお与えくださいませ。

と八郎左衛門にいいたかったが、目の前に置かれた「遍照金剛　御書」と金文字で書かれた小さな文箱《ふばこ》が、竹蔵のそんな気持を鈍らせた。

空海が広めた真言宗は、「大日経」と「金剛頂経《ちょうぎょう》」の両部を根本経典としている。天と地（宇宙）を一体として考える密教の本尊大日如来や空海が、八郎左衛門の悩みを解いてつかわせと、竹蔵にいっているように思われてならなかったのだ。

それは別にして、お妙を哀しませられない思いに駆られていた。

「だ、旦那さま、それなら旦那さまとお妙さまのお思いに従わせていただきます」

竹蔵は声を詰まらせながら、八郎左衛門に平伏した。

「おお、やっとわたしの頼みをきき届けてくれたのだね。お釈迦さまは『賤民経』の中で、人は生れによって賤民たるにあらず、生れによって婆羅門《ばらもん》（高貴な人物）たるのではない。

人は行為によって賤民となり、行為によって婆羅門となるというてはります。空海さまも山高《やま》きが故《ゆえ》に貴《たつと》からず、樹有《きある》を以貴《もつて》しとなす。人肥《こえ》たる故に貴からず、智有《ちある》を以貴しとなすというてはります。竹蔵、どっちの言葉も同じ意味だとは思わしまへんか。おまえから良い返事をきいてうれしゅうおす。これも弘法大師さまが、わたしやお妙に付いていてくださるお陰どっしゃろ。早速、この話をお妙に伝えてやりまひょ。そしたらこの空海さまの書を、手許に仕舞っておいてくんなはれ。これは岡田屋八郎左衛門が、娘の婿となる相手に納める結納どす」

八郎左衛門はほっとした顔でつづけた。

「今夜中に親戚を廻ってこの旨を伝え、明日は店の奉公人のみんなに、おまえがお妙の婿に決まったのを披露します。おまえは明日からわたしのことを旦那さまではなく、お父はんと呼んでくんなはれ。勿論、店へ仕入れにきてる紙屋にも披露させてもらいます。お妙の婿となったら店の立派な若旦那。身形《みなり》もそれらしく改めて貰わななりまへん。さあ、ちょっとの間、わたしもおまえも忙しくなりまっせ。まずは二人の番頭はんたちに、これを伝えておかななりまへんなあ」

八郎左衛門は文箱を竹蔵の手に持たせ、うれしそうに立ち上がった。

それにかれもつづいた。

頭の中がかっと火照《ほて》っている。

どういう経緯《いきさつ》でこうなったのか、その時の竹蔵には自分でもよく理解できなかった。

翌日から紙問屋岡田屋は急にあわただしくなった。

手代見習いの竹蔵に対して、朋輩《ほうばい》たちの態度が一変し、まず口利きが丁寧になった。

総番頭の佐兵衛《さへえ》が、竹蔵にとりあえず帳場に坐っていただきとうございますと告げた。

「どうしてわたくしが帳場に坐るんどす」

「これからは若旦那さまと呼ぶように、大旦那さまからいわれてます。若旦那さまには店の帳簿をすべて頭に叩き込んで貰い、取引きの工合《ぐあい》を確かめていただかなあきまへん」

佐兵衛は丁寧な口調でかれにいった。

「佐兵衛、うちからも頼みますよ」

内暖簾《うちのれん》が少し動き、かれにお妙の声がかけられた。

「これはお嬢さま、このたびはお目出とうございます。ご心配にならんでも、何もかも心得ておりますさかい――」

佐兵衛の言葉は、竹蔵にもお妙にも安心を与えるものだった。

問屋仲間（組合）や町年寄にはその日、当主の八郎左衛門が佐兵衛を従え、直々に手土産をたずさえて挨拶した。

手代見習いの竹蔵を、一人娘のお妙の婿にして後を継がせる。ついては期日を定め、しかるべき料亭で一献さし上げたいと、駕籠に乗って一軒一軒告げて廻った。

七日後、親戚と主だつ取引き先の主たちを招き、早速、祝言が行われた。

お妙の火傷の跡は、白くて深い綿帽子に隠され、全く人目に付かなかった。

披露宴の華やかさにまぎれて傷跡を気にする者もなく、花嫁は早く席から離れていった。

店先にはお祝の朱塗りの角樽《つのだる》がところ狭しと並べられ、町内の人々には大きな紅白饅《まん》頭《じゅう》が配られた。

「紙問屋の岡田屋はんから、こんな大きな紅白饅頭を貰い、子どもたちには習字用の紙十枚と筆が配られましたえ。町内からお返しとして何か、お祝をせなあきまへんなあ」

「お妙はんのお婿はんに選ばれたのは、やっぱり手代見習いの竹蔵はんどした」

「あの竹蔵はんは八つのときに岡田屋はんへ奉公にきて、二つ違いのお妙はんと一緒に大きくならはったんどす。見掛けは不愛想どすけど、ほんまは優しいお人。子どもたちが喧嘩をしていると仲裁に入らはり、自分の金で飴玉を買《こ》うて与え、仲良うせなあきまへんと諭してはりました。うちはそんなんを何遍も見ましたえ」

「道でお年寄りが蹲《うずくま》ったりしていると、お疲れになったんどすか、なんなら背中に負うてお送りしまひょといわはるお人どすえ。一度なんかそんなお年寄りが、釈迦堂へお参りにきはった下京の三条小橋に近いお家のお人やったのに、お家まで背負って送り、店に戻ってからどこに行ってたんやと、番頭はんに叱られたことがあったそうどす」

「へえっ、そうなんどすか。そんなお人どしたら、顔にはっきり火傷の跡をとどめておいやすお妙はんにも優しおすやろなあ」

「岡田屋の身代が目的ではない婿入り。きっとお二人はうまくやっていかはりますわ」

「岡田屋から早う赤ん坊の声がきこえるのが楽しみどすなあ」

誓願寺裏の長屋、そこの布団の上に坐る八郎左衛門の胸裏に、その当時、岡田屋界隈の人々が囁いていた声が小さく甦《よみがえ》っていた。

「八郎左衛門のお爺ちゃん、もう起きてはりますか――」

「清吉の阿呆《あほ》、ご隠居さまはまだ寝てはるかもしれんのに、大きな声を掛けんときなはれ」

お加奈が清吉を叱る声が、かれの耳にはっきり届いてきた。

かれは物思いに耽《ふけ》るため、急いで再び横たわり、頭から布団をかぶった。

三

竹蔵とお妙夫婦の生活は、岡田屋の奥の離れで忙しい中にも穏やかに始まった。

一年がまたたく間に過ぎ、やがて三年四年が経った。

だが夫婦の間に子どもは生れず、父親の八郎左衛門をひそかに嘆かせていた。

竹蔵は店を継ぐため商いに励んでおり、これをさして気にかけていなかった。

「親父さま、案じはるには及びまへん。二人とも健康どすさかい、そのうち赤ん坊は突然恵まれますわ。世の中には五年六年経ってから、つづけて子どもを授かったお人もいるときいてます」

八郎左衛門に赤児はまだかいなとたずねられると、竹蔵は帳簿を付ける筆を置き、かれに笑いかけた。

「それでも孫の顔を見るまで、わたしは心配でなりまへん。一日も早う赤ん坊が授かるように、わたしはお寺や神社へお願いに出かけてます。忙しいやろうけど、おまえもそうしておくんなはれ」

歳なのと心労のせいか近頃、八郎左衛門は気弱になっていた。

竹蔵が岡田屋の婿になって五年目の春、八郎左衛門は何を思ったのか、二番番頭の利吉《りきち》を総番頭に格上げし、今まで長年、総番頭を務めてきた佐兵衛に暖簾分けをした。下京の高倉仏光寺《たかくらぶっこうじ》に小さな紙屋を開かせた。

「大旦那さま、わたしは一生、岡田屋に総番頭として務め、それで十分と思うておりました。一軒、紙屋を持たせていただけるなど、まるで夢を見ているようどす。ありがとうございます」

佐兵衛は八郎左衛門が染屋に拵えさせた三宝《さんぼう》の上の表暖簾と内暖簾を正座して眺め、かれに両手をついた。

新しい店の用意はすべて、八郎左衛門の持ち出しで整えられていた。

「おまえはずっとこの岡田屋で真面目に働いていてくれたんや。自分の店を持ったかて、神さまは叱らはらしまへんやろ。それより新しい小売屋の屋号を、岡田屋と付けてくれておおきに。わたしこそお礼をいわななりまへん」

「大旦那さま、そんな――」

佐兵衛はここではらはらと涙を流した。

これと同時に手代頭の勝三《かつぞう》が二番番頭に格上げされた。

「おまえにもやがては一軒、店を持って貰いたいと、わたしは思うてます。総番頭はんを支え、そのつもりで粗相なく働いてくんなはれ」

これが勝三にかけた八郎左衛門の言葉であった。

「へえ、畏まりました。そのつもりで懸命に働かせていただきます」

「そんなに力《りき》まんと、今まで通りでええのどす」

八郎左衛門が長く働いている主な奉公人に暖簾分けを考えたのは、かれなりに思惑があってであった。

総番頭を筆頭に、何人かに暖簾分けをしておけば、たとえそれが紙の小売屋でも、いずれ本家岡田屋の力になってくれるだろう。

もし本家の跡取りが望めないときには、そんな小売屋をしているかれらに後見を頼むなり、中の一人に本家を与えればいいのだ。

尤もそのときには、親類縁者や同業者仲間から猛烈に反対されるに決まっていた。

それでも自分の目の黒いうちに、こう押し通すつもりだった。

かれは娘夫婦に赤ん坊が生れない場合、こう処置しておけば、竹蔵とお妙夫婦が守られると、苦肉の策として布石を打っておいたのである。

かれやお妙の親類縁者には、信用のおける人物が一人としていなかったからだ。

「大旦那さまはお妙さまご夫婦のため、あれこれ考えてはるようやけど、若旦那の竹蔵はんはしっかり商いをしてはるわ。何が起ったかて、上手にやっていかはるやろ。それはともかく、どうしてお妙さまは身籠られへんのやろなあ。どこぞ、お身体の工合が悪いのとちゃうか」

「そんなことあらへんわいな。どこが悪いときいた覚えはないで――」

「そしたら畑がようても種がないのかいな」

「どっちにしたところで、子どもは神さまからの授かり物。生れるときには生れてくるわい。大旦那さまは神さまにお願いするためか、あれこれ善行を積んではり、わしらの給金もぐっと上げてくれてはるがな」

「持ち長屋に住むお人たちのお世話も、十分にしてはるで」

「あちこちの寺の施餓鬼にも、金を惜しまんと出してはるわ」

「暮らしはつましく、他の人々がようなるようにといつも考えてはる。店で儲けた金は、ほとんど他人のために使い切ってる工合や」

「わしらは高い給金を貰い、盆正月にはまた改めて当座の金や下駄なんかをいただき、結構なこっちゃ。けど若旦那の竹蔵はんやお妙さまにしたら、大旦那さまは若夫婦のためといい、余分なことばかりしてはると、嘆いていはるかもしれへんなあ」

「いやいや、親が子を思う気持はすんなり伝わり、むしろ喜んでいはるやろ。お二人とも欲のないお人やさかい」

「どっちにしたかて、今の心配を解決するには、一日も早うお妙さまに身籠っていただくこっちゃ。わしらも大旦那さまのように、神さまや仏さまにお願いしようやないか。高い給金をくださっているからではないのやで」

「ああ、所詮わしらに出来ることは、お妙さまが早う身籠らはるよう、神さまや仏さまにお祈りするだけやさかいなあ」

「そやけどそないにしたかて、そんなお願いを邪魔する者がいてるかもしれまへんえ――」

「邪魔する者やて。そ、それは誰じゃい」

岡田屋の奉公人たちがひそひそ声で話をしている最中《さなか》、突如、紙蔵番の喜助《きすけ》がそういった五十過ぎの飯炊き女のおしのに、声を荒らげてたずねた。

「やい喜助、他の者にきこえんように、小さな声で問えんのかいな」

手代の一人が喜助を咎《とが》めた。

「これは失敗やった。わしも小声できかないかんかったわい」

喜助は急に潮垂れ、顔を伏せてつぶやいた。

「それでわしらの願いを邪魔する者がいてるとは、どういうこっちゃ」

今度の声は囁くほど低かった。

「喜助はん、お妙さまが身籠らんことを望んでいる人たちが、岡田屋の身内にはいてはりますがな。ここの身代は相当なもの。もしお妙さま夫婦に赤児が生れなんだら、身内から養子を迎えることになり、その身内には福の神が懐に転がり込む結果になりますわなあ。それで身内のうち、それらしい年頃の男の子を考えると、中京《なかぎょう》で紙屋をしてはる大旦那さまの弟六左衛門《ろくざえもん》さまのお子たち、三人の末っ子の卯之助《うのすけ》はん。死なはったお店《たな》さま（女主）の妹で、錦小路の青物問屋に嫁がはったお筆《ふで》さまとこの新太郎《しんたろう》はん。そのお二人どっしゃろ。いうてはなんどすけど、お二人ともお家がそこそこ金持ちどすさかい、好き勝手をして気儘《きまま》なご気性。それでもいざとなれば、そのお二人に白羽の矢が立てられますわなあ。お二人とも早くもそう諭され、近頃では割と真面目に暮らしてはるそうどす」

「なるほどおしのはん、それでおまえはその話を、どこできいてきたんや」

「風の噂、世間には壁に耳あり障子に目ありという言葉がありまっしゃろ。お妙さまが身籠らはらんように、誰かがお百度参りや丑《うし》の刻《こく》（午前二時）参りをしてはるかもわかりまへんわ」

おしのはさらに声を低めていった。

お百度参りは夜中に一定の距離を、百回往復して願いをかけることをいい、丑の刻参りは真夜中、主として神社の森の木に藁で拵えた相手の「人形《ひとがた》」を、呪いをこめて釘で打ち付けに通う行為を指し、日本固有の呪詛《じゅそ》だった。

頭に五徳をのせ、それに大きなろうそくを付ける。白衣を着て、人目に付かぬように行動する。他人に見られたら験《げん》が失せ、それを見た人は死ぬといわれていた。

丑の刻に真っ暗な森の中でそうしている人物を見たら、人は思わず驚きの声を発してしまうだろう。

「おのれ、見たな——」

人に見られた人物は、鬼と化して脱兎の勢いで相手に襲いかかり、ほとんど当人を撲殺してしまう。見た相手を殺せば、験が元通りになると信じられていた。

不幸にも誤ってそれを見た人は、相手に気付かれぬようにその場に蹲り、神仏に加護を願ってひたすら祈りつづけるしかなかった。

「お百度参りや丑の刻参りかいな。おしのはんがいわはる通り、卯之助はんか新太郎はんを岡田屋の養子にしたい身内が、そんなことをしているかもしれへんなあ。人の欲は限りがないというさかい。金持ちやさかい、質《たち》の悪い願人坊主《がんにんぼうず》に事情をこっそり明かし、知らん顔で愛宕山《あたごやま》にでも毎日登らせ、願掛けをしてるかもわからへん」

喜助は高い天井を仰ぎ、大きな溜息をついた。おしのも周りの人々の顔も暗くなっていた。

　こんな状況の中でそれから十年余りが過ぎ、大旦那の八郎左衛門が風邪をこじらせ死んでしまった。

　主な奉公人たちに暖簾分けをするというかれの大きな企みは、結局はかばかしくかなえられないままであった。

　かれの葬儀は身内の言葉に従い盛大に催され、喪主には四代目を継ぐ若旦那の竹蔵が就かされた。

　ついで間もなく竹蔵の襲名披露が行われた。

「目出度いこっちゃ——」

「ほんまにそうどす」

「亡くなった八郎左衛門の兄《あに》さんも、竹蔵はんが店を継いでくれたのやさかい、安心して極楽へ行かはったやろ」

「四代目の八郎左衛門はんは正直で真面目。この岡田屋の婿になってから、店をますます繁盛させてくれてはりますわ」

　亡き八郎左衛門の弟の六左衛門とおみねの妹のお筆は、襲名披露の席で顔を合わせた身内や同業者仲間、招待された町年寄たちに、顔をほころばせそういっていた。

竹蔵とお妙が夫婦になってからすでに十八年が過ぎ、二人に子どもが授からないことはもう確実。弟の六左衛門と妹のお筆は、それを心ひそかに喜んでいると、多くの者が見ていた。

「岡田屋の身内の中であのお二人は、特にうれしそうにしてはるわ。若旦那はんが四代目八郎左衛門を襲名しはったのを、外目には大喜びしてはるようやけど、ほんまのところは何を喜び、どう考えてるか、わかったものやあらへん」

「そらそうや。どっちかの息子を岡田屋の養子にする時期が、ぐっと近づいたのやさかい」

「そのうちあの二人の間に、きっと喧嘩が始まるわいな」

「ご先代さまは後のことが心配で、死ぬにも死に切れへんお気持やったやろなあ」

頼りになる父親を失ったお店さまのお妙は、葬儀のときも夫の跡目相続の披露宴のときも、顔の火傷の跡をもう隠そうともしなかった。

物静かに振る舞い、挨拶も言葉少なであった。

彼女は感情をのぞかせることなく、夫に寄り添って何事もそつなくこなし、誰にもひんやりしたものを感じさせていた。

「わしはこの岡田屋に奉公して長く、お妙さまのお顔を見たのは久々やけど、えらくお老けになられたわ」

「お高祖頭巾をかぶっての外出は時々、店には全く顔を出さはらんと、ずっと奥に引っ込んではったさかいなあ。笛と小鼓《こつづみ》の稽古をしてはる音以外、お声なんかきいた覚えがあらへん」

「お付き女中のお杉《すぎ》はんもいうてはったけど、近頃、なんや影が薄うならはった感じやわ」

「四十過ぎでああやったら、もう絶対赤ん坊なんか産めへん。それは確かや」

「お杉はんの前に付き添いをしてて、嫁入りのため辞めはったお鈴《すず》はんが、飯炊きのおしのはんにいうてはったそうや。お店さまは若旦那の竹蔵はんに、泣くように頼んではったといいます。うちは赤ん坊が産めへん身体のようどす。外に好ましい女子《おなご》はんがいてはったら、そのお人に赤ん坊を産んでいただいたらどうどす。その女子はんが身籠らはったら、うちは高台寺近くの静かなところにでも、付き添いの女子衆《し》と信頼できる男衆との三人で移ってますさかい。親戚には身籠ったさかい、身体をいたわって、出産するまで別々に暮らしていますのやと、いわはったらええのどすと、訴えてはったとききました」

台所働きのお貞《さだ》が、ひと息ついて語りつづけた。

「親戚が見舞いというて、様子を見にきたらどうしますのや。竹蔵はんは声を震わせてそないにきいてはったそうどす」

「そしたらお店さまはどう答えはりました」

「懐妊が本当のように見せかけるため、畳んだ布で腹をふくらませてたらよろしゅうおす。そして外の子が生れたらこっそり引き取り、そのお人を乳母として雇います。方法はなんとでも取れますさかい、どうぞ親戚や世間の目を誤魔化す気になって欲しいと、泣くように頼んではったそうどす」

「それでその話、結果はどうなったんやな」

「若旦那さまはお店さまを諭さはったそうどす。わたしには、外でこっそり女子を拵えるなど、そないな芸当はとても出来しまへん。第一、そういうおまえに悪おすがな。それにそんな芝居をしてまで、おまえも岡田屋の跡目にこだわらんでもええのと違いますか。親父さまも決してお喜びにならしまへんやろ。人はいずれ死ぬもの。それを覚悟して生きなあきまへん。物や身代に執着してたらどうなりますと、静かな口調でいわはったそうどす」

紙蔵番の喜助や飯炊きのおしのたちは、そんな噂話をひそかにしていた。

竹蔵の跡目披露がすんでから、亡き八郎左衛門の弟の六左衛門と先代のお店さまの妹お筆は、たびたび岡田屋を訪れ、お妙たちに養子の件を迫っていた。

お妙はそれには何も答えず、実にひっそりと暮らし、七年後、夫に看取られながら静かに死んでいった。

医者の見立て（診断）によれば、鬱の病が昂じ、食が極度に細くなったための衰死だという。いわば鬱からの餓死であった。

彼女が死んだ後、六左衛門とお筆は岡田屋へ以前にも増して頻繁に出入りし、主八郎左衛門の商いにも口出しするようになってきた。

二人の目に映る八郎左衛門は、岡田屋の主ではなく、依然として手代見習いの竹蔵のまだったのだろう。

しかもかれは五十を過ぎ、老いが忍び寄っていた。

「このままでは、老舗の紙問屋岡田屋がやがて絶えてしまいます。血筋のつながった身内から、誰か養子を早う迎えなりまへん」

最初、口を切ったのは、先代の弟六左衛門だった。

口振りこそ穏やかだったが、それは八郎左衛門を追い詰める内容で、つづいて先代のお店さまの妹のお筆が更に跡目相続について、口喧《やかま》しくかれに決断を迫った。

「竹蔵、おまえは岡田屋の主というても、もとは手代見習い。これからこの岡田屋をどうするか、あんまり深《ふこ》う考えていまへんやろ。それともおまえの里の近江の朽木から、誰か養子を迎えようとでも思うてますのか。うちはそんなことは絶対に承知しまへんさかいなあ。そのつもりでいてなはれ」

お筆は激した口調でかれに言い募った。

岡田屋の奉公人たちが察するところでは、頻繁に出入りしている六左衛門とお筆との間に、それぞれの息子卯之助か新太郎のいずれを店の五代目にするかについて相当、激しい諍《いさか》いがあるようであった。

こうした結果、六左衛門の息子の卯之助が岡田屋八郎左衛門の養子に決められ、弟妹の争いに決着がつけられた。

これには大枚の金が、お筆に渡されたとの噂であった。

父に付いて岡田屋に出入りしていた卯之助は、わが家に戻ったも同然な態度で店に乗り込んできた。

そして若旦那として帳場に坐り、店の商いに強く意見を述べ始め、主八郎左衛門の存在は次第に薄れてきた。

「お義父《とう》はんはこの岡田屋で元はただの手代見習いどしたんやろ。わたしのやることには黙っていておくれやす」

奉公人たちはたびたび八郎左衛門を侮《あなど》るそんな言葉をきくようになった。

こうしてかれは奥の居間に引き籠りがちになり、月日が過ぎた初冬、忽然《こつぜん》とその姿がお妙の位牌とともに岡田屋から消えたのである。

「竹蔵が姿を晦《くら》ませたかてかまへん。それよりあいつが、先代から貰ったという空海さまの尊い書。黒塗りの小箱に入れられ、居間の仏壇の中に納められていたときいてたけど、それがいくら探したかてあらへん。さては竹蔵の奴、あれを持ち出しおったんやな」

八郎左衛門が姿を消したとわかったとき、それが卯之助の発した最初の言葉だった。

かれは空海の書を取り戻すため、義父八郎左衛門の故郷近江の朽木にすぐ人を走らせた。

だが岡田屋へ婿入りして以来、八郎左衛門から一度も実家に音信はないと、炭焼きをしているかれの甥が、戸惑いながら答えるばかりだった。

「畜生、お父はん、空海さまのあの書は、たったの十四文字らしいけど、売れば何万両にもなるそうやがな。竹蔵の奴は京のどこかに好きな女子をこっそり囲い、のほほんと暮らしているに違いあらへん。どうしても奴を探し出し、あれを取り戻さなあきまへん」

卯之助は頰の削げた狡《ずる》そうな顔で、父親六左衛門にわめき立てた。

「そうやなあ。あれは世間にまたとない空海さまの真筆やそうな。竹蔵から取り戻せるのどしたら、そうしておくこっちゃ」

狡い親子の考えることは、どこまでも卑しかった。

四

「寒い冬がどうやら過ぎ、やっと暖こうなりましたなあ」

「梅は咲いたが、桜はまだかどすがな」

「今年も花見に出かけられそうどすわ」

「わしら、あと何回花見に行けまっしゃろ」

「この歳になると、さっぱりわからしまへんなあ」

二人の年寄りが夕陽を浴びながら、河原町通り蛸薬師《たこやくし》の手前を北に向かっていた。

その後を八郎左衛門がやはり夕陽を仰ぎながら、誓願寺裏の長屋に帰るためゆっくりと歩き、その言葉通りだと独りうなずいていた。

かれの手には短い青竹が握られている。

長屋に持ち帰り、清吉たちに竹とんぼを拵えてやるつもりのものだった。

八郎左衛門は気付かずにいたが、そのかれの後ろをお店者らしいものの、どこか横着な感じの二人が、小僧に大風呂敷を背負わせてつづいていた。

「番頭はん、あれは竹蔵の旦那やありまへんか——」

卯之助によって、手代から格上げされた番頭の弥兵衛《やへえ》に声をかけたのは、手代見習いからやはり手代に格上げされた正七《しょうしち》であった。

「ああ、小ざっぱりした身形をしているけど、間違いなく岡田屋の元の旦那や。正七、これはどえらい獲物に出会《でお》うたもんやで――」

弥兵衛は辺りを見廻し、眉をひそめた。

主の卯之助から、どこかで竹蔵を見付けたら強引でもかまへん、町駕籠に押し込んででも連れ戻してこいと、命じられていたからである。

丁度そのとき、前方から五番町遊廓を仕切っている猪造《いぞう》一家のならず者が三人、先斗町へでも女遊びに出かけるのか、肩をそびやかしやってきた。

「正七、これはええ都合やわ。猪造一家には、岡田屋の旦那さまが何かあったときの用心にと、毎月、お手当を出してはる。あの三人はわたしの顔を覚えているはずや。ここであの三人に、元の旦那を無理矢理にでも駕籠で店まで運んでもらお。三人はやくざ者。手荒をしたかて、町筋のお人たちは黙って見ているだけやろ。おまえ、竹蔵に気付かれんように猪造一家の三人に近付き、その旨を頼んできてくれや。これは当座の手当やわ」

番頭の弥兵衛は手早く財布から五両の金を取り出し、手代の正七に握らせた。

「番頭はん、ほな頼んできますわ。河原町蛸薬師の辻に駕籠舁《かごか》きが二人、たばこを吸ってました。その駕籠舁きに声をかけておいておくれやす」

「わかった。おまえは早う行ってくれ」

「へえ、わかりました」

正七は目立たぬよう足早に猪造一家の三人に歩み寄った。

八郎左衛門はそれに全く気付いていなかった。

やがて三人のやくざ者と一挺の町駕籠が、吸い寄せられるように八郎左衛門に近付いていった。

乱暴な話は、金によってすぐさま付けられたのである。

「おい爺《じい》さん、そこに駕籠を用意したるさかい、それに乗ってもらおか――」

若いやくざ者の一人が、ゆっくり歩く八郎左衛門の前に立ちはだかり、いきなり声をかけた。

「な、なんでございますやろ」

「爺《じじい》、そこの町駕籠に早う乗れというてるんじゃ」

「素直に乗らなんだら、手荒なこともせなならんさかいなあ」

「それでわたしをどこへ連れて行かはるんどす」

「千本釈迦堂に近い紙問屋の岡田屋じゃ」

「紙問屋の岡田屋――」

八郎左衛門はその名をきき、ぎょっと身体をすくませた。

容易ならぬ出来事が今、自分に起きかけている。長屋の七五郎の家の仏壇の下に納められた空海の書が瞬間、かれの頭をよぎった。

自分の後に岡田屋の五代目を襲名した卯之助の顔が、脳裏に明滅した。

「さあ、駕籠に乗るのや」

年嵩《としかさ》の男が八郎左衛門の襟首を摑み、険しい声でうながした。

前の住居《すまい》とはいえ、あの岡田屋へ連れて行かれたら、養子とは名ばかりの卯之助に、何をされるか知れたものではない。かれはそんな凶暴な気性を秘めている。

自分が欲しい物を得るためなら、どんな方法でも取るだろう。

恐怖の戦慄《せんりつ》が八郎左衛門の背中を粟立《あわだ》たせた。

「この老《お》い耄《ぼ》れ、早う駕籠に乗らんかいな」

年嵩のやくざ者のそばで、若い男が懐から匕首《あいくち》を抜き出し、八郎左衛門を脅しにかかった。

かれらの近くにいる弥兵衛と正七の顔ぐらい、八郎左衛門ははっきり覚えていた。

「そ、そんな物で脅さんといてくんなはれ」

かれは掠《かす》れた声で哀願した。

「ふん、岡田屋から頼まれたからには、そうもいかへんわい」

年嵩の男が再び険しい声でいったとき、かれの腕がどこからか現れた若い浪人にいきなりむんずと摑まれた。

かれの身体は激しい音を立て、路上に叩き付けられた。

「ぎゃあっ――」

「てめえ、何をしやがる。やってやろうやないか」

若い男が大きな声でわめき、そこに立つ若い浪人に匕首を構えて突進した。

だが素速く腰から刀をひらめかせた浪人によって、かれは峰打ちをくらい、年嵩の男同様、悲鳴を上げて路上に倒れ込んだ。

次の男も同じだった。

八郎左衛門がはっとしてその顔を見ると、長屋に住む大垣藩浪人の天野市郎助であった。

三人のやくざ者がのびる近くで、弥兵衛と正七、供の小僧の三人がおたおたと狼狽《ろうばい》し、身体を震わせている。

「やくざ者をそそのかし、このご老人を駕籠でかどわかそうといたしたのは、そなたたちじゃな」

「い、いや、かどわかそうなんて――」

番頭の弥兵衛は怯《おび》え切っていた。

「そなたはそれがしの目を、節穴とでも思うているのか。このご老人とそれがしが住んでいるのは誓願寺裏の天狗長屋じゃ。何か用がありそうなようすゆえ、そなたたちの主にそこへまいれと伝えるのじゃ。まいらねばこちらから押しかけてくれるぞ」

天野市郎助はこういうやいなや、弥兵衛の鳩尾《みぞおち》にがっと一撃をくれた。

「そこで震えている男、これでよくわかったな。息を失っている男は死んではおらぬ。質《しち》として預かっておくまでじゃ。主に何があったかを伝え、天狗長屋まで引き取りにまいらせるのじゃ。のうご老人――」

市郎助は八郎左衛門に軽く笑いかけた。

かれは呆然としてこの光景を眺めていた。

河原町を通りかかった人々が足を止め、いま目前で展開された一瞬の動きに目を見張り、歓声を上げていた。

「ご老人、さればこ奴を人質として連れ、長屋へ帰りましょうぞよ」

市郎助は八郎左衛門が手から取り落した青竹を腰をかがめて拾い上げ、かれに手渡した。

気を失ったまま路上に横たわる岡田屋の番頭弥兵衛の身体を、ひょいと肩に担ぎ上げ、八郎左衛門に手をのばした。

町駕籠はいつの間にか姿を消していた。

「それがしは昨日から、仏光寺に近い賭場で博奕にふけり、思いがけなく七十五両の金を稼いで胴巻きをふくらませているのだが、そのうえかように重い男を肩に担ぐとは、思いもよりませなんだわい。やい、そこで腰を抜かしている男、早く立ち上がり、店に走り戻るがよい。こんな素浪人が待っていると、主に伝えるのじゃ」

かれは鋭い目になり、正七を一喝した。

河原町で酒屋鞍馬屋の看板をかかげている大家の十右衛門が、店の前を通っていく三人を驚いた顔で眺めていたが、高瀬川筋の大岩屋へ急いで小僧を使いに走らせた。

清兵衛と積荷人足の七五郎を、急遽、長屋へ呼び寄せるためであった。

「七五郎はんのとこにおいでのご隠居さま、こうなったからには、身許を長屋の衆みんなに明かしていただかななりまへんな。また町駕籠を仕度してまで、店へ連れ戻そうとした相手の目的、それも打ち明けて貰いとうおす。なあ、そうどっしゃろ」

長屋の木戸門の前では、たった今、河原町で起った事件をすでに誰かが知らせたのか、長屋の女たちがわいわい騒ぎ、二人の到着を待ち構えていた。

その中には、天野市郎助の妻お蕗の姿も見られた。

その夜、七五郎の家には、八郎左衛門の身請人の大岩屋清兵衛や町年寄、大家の十右衛門、長屋の住民たちが集まり、家の中は人でいっぱいであった。

東町奉行所の町廻り同心二人が、天野市郎助から事情をきき取ったうえ、不埒《ふらち》な点はないとしながらも、まだ立ち去らないでいた。

市郎助から活を入れられ、気の付いた岡田屋の番頭弥兵衛が、奥の部屋の隅でうなだれていた。

先程、町奉行所の同心に何もかも白状させられていたのだ。

「八郎左衛門さまは紙問屋岡田屋の大旦那さまどしたんかいな。これまで何も明かされなんださかい、わしら長屋の一同は、惚けてしまったどっかのご隠居さまやとばかり思うておりました。紙問屋の大旦那さまが小僧上がりのため苛《いじ》め出されたとは、酷《むご》い話どすなあ」

七五郎が呆れた顔でつぶやいた。

「さまざま事情があるとはもうせ、店の主に隠居を強い、苛め出すとは不埒。岡田屋の当主卯之助と実父の六左衛門、並びに親類縁者には無法として、吟味役が明日から商いを停止させ、お取調べになる。その旨の知らせが、間もなく岡田屋の一同や八郎左衛門どのの身請人の清兵衛どのの許に届こう。場合によれば岡田屋は、家財の一切を取り上げられる闕所《けっしょ》になりそうじゃ」

長身痩躯《そうく》の同心が、厳しい声で番頭の弥兵衛にいい渡していた。

「闕所でございますか――」

八郎左衛門が小さな声でつぶやいた。

その口調にはそれも当然との気配がうかがわれた。

「こうなったら、その空海さまの書とやらを一度、拝見したいものでござるな」

無言のまま憮然《ぶぜん》としたようすでそれらの話をきいていた天野市郎助が突然、口を開いた。

「八郎左衛門のご隠居さまから預かっているのは、これどすわいな」

七五郎が小さな仏壇に近付き、その下から黒塗りの小箱を取り出した。

お妙の位牌は去年の末、風呂敷包みの中から発見され、仏壇に祀《まつ》られていた。

市郎助は七五郎が差し出した小箱の平紐を解き、中から現れた空海の書の断簡をすっと広げた。

なぜか険しい目をそれに据え、何か思案しているようすだった。

「その小さな紙には何が書かれておりますのじゃ。天野市郎助どの、それがしどもにもきかせてくださるまいか」

「ああ、さようにいたしましょう。ご一同さまにもきいていただきまする。これは空海さまが著された『秘蔵宝鑰』巻上の一部の下書き。生れ生れ生れ生れて生《しょう》の始めに暗く、死に死に死に死んで死の終りに冥《くら》し——と書かれております。空海さまは小難《こむつ》かしく説いておられますが、要するに人間は何度生れ変わり死に変わってこの世に生きたとて、所詮わからぬ生き物だと仰せられているのだと、それがしは解しまする」

「市郎助の旦那にいわれると、わが身を考え、そうやなあと思いますわいな」

誰からともなくこんな声が発せられた。

「生れ生れ生れ生れて生の始めに暗くか——」

市郎助がどうしたことか沈痛な声でつぶやき、八郎左衛門にじっと目を凝らした。

「ご老人、貴重なものであるのを承知でお願いもうす。この品、それがしにいただけますまいか」

「はい、ようございます。わたしにはもう用のない品どすさかい——」

「ならば早速に頂戴いたしまする」

こういうやいなや、市郎助は空海の書を三つに裂き、それを口の中に放り込み、忙《せわ》しく嚙みくだき始めた。

その場に居合わせた全員があっと驚き、啞然としてその光景を眺めつづけた。

やがて空海の十四文字が、ゆっくりと市郎助の喉に呑み込まれていった。

かれはここで姿勢を正した。

「ご一同さまにもうし上げます。それがしは先斗町遊廓の五郎蔵親分に用心棒として雇われ、ここ何年か妻を泣かせ、自堕落に生きてまいりました。空海さまの書を食べて再び生き直し、生れ変わって生きる覚悟をいたしましてございます」

次いでかれは女たちに向き直った。

「妻のお蕗にお頼みもうす。ここに昨日から今日にかけて賭場で稼いだ七十五両がある。二十五両をそなたの今後の暮らしに役立て、残り五十両を七五郎どのと相談いたし、八左衛門どのがこの長屋で過せるように計ろうてはくれまいか。なお二十五両の一部で、四国行脚《あんぎゃ》の衣装を調えて貰いたい。わしは四国行脚を何度も果して必ず生れ変わり、この長屋に帰ってまいる」

かれの強い決意が、その声にはっきり表れていた。

部屋に居並ぶ人々が、このとき一斉に合掌し、天野市郎助を拝み始めた。

同心の二人と岡田屋の番頭弥兵衛はうなだれ、顔を伏せていた。

真言密教の根本経典、大日経を唱える声が夜気を震わせ、河原町にまでひびいていた。

どこからともなく犬の遠吠えが哀しげにきこえてきた。

四年目の壺

一

「芳助《よしすけ》はん、どうして室町《むろまち》の呉服問屋を急に辞めてしまわはったんどす」

お清《きよ》は哀しそうな顔で、小声ながらはっきりとかれを詰問した。今にもその目から涙があふれてきそうだった。

二人は四条小橋に近い「そば鶴」の暖簾《のれん》を下げた小さなそば屋の飯台で向き合い、そばを湯掻《ゆが》く匂いが店の奥から漂っていた。

正午《ひる》にはまだ時刻が少し早いせいか、狭い店の中に客は他にいなかった。

高瀬川沿いに植えられた柳の枝が青ばみ、もう春であった。

「そないきかれたかて、一口には答えられへんわい。十三のときから呉服問屋の『伊勢屋』に小僧奉公をして七年、芳助、芳助と誰からも呼び棄てにされ、あれこれ面倒な仕事ばかりを命じられ、扱《こ》き使われてきた。飯は米三分麦七分、ろくでもないおかず（副食物）を食わされ、強いていえば、先行きがさっぱりつかめへんからやわ。店の旦那はちっともわしなんか見てくれはらへん。番頭も手代の奴も、きつい声で用をいい付けるばかりで、働き甲斐なんか全くあらへんのや。七年もそんな店で奉公できてたのは、今考えてみると、反物の模様や縞柄が美しく、見るのが楽しかったからやわ。縞物は色や柄の組み合わせがいろいろあって、それはええもんやさかいなあ」

そのときだけ芳助の顔はいくらか和《なご》んだ。

縞物とは二種以上の色糸を経《たて》、緯《よこ》とも筋状に織り出した素朴な織物。室町時代末、交易商人によって南洋諸島から運ばれてきた。格調の高い色合いのものは、金襴《きんらん》や緞子《どんす》と同じように扱われ、茶碗や茶入の仕覆《しふく》（布袋）に用いられるほどであった。

芳助が働いていた呉服問屋の伊勢屋の主力商品は、その縞物だったのである。

女性がきものに用いる縞の反物を、特に多く扱っていた。

「そやけど七年働いているだけどしたら、店のお人たちが芳助、芳助と呼び棄てにするのは、当然なんと違いますか。奉公先で十年以上も扱き使われ、それでも辛抱して、これやったら先の見込みがあると、番頭はんや手代はんたちに認めて貰う。それから大事な仕事を委《まか》され、やがて芳助どんとか芳助はんと呼ばれるようになるんどっしゃろ——」

「ああ、それくらいはわしかて承知してるわい。そやけど十八で前髪を落として、いっぱしも一人の男になったわしを、いつまでも人前で芳助、芳助と呼ばんでもええやろ。わしも一人の男として世間さまへの手前もあるさかい、そんなんに嫌気がさして店を辞めたんや。顔見知りの菊次《きくじ》はんからどうしたんやと声をかけられ、その家に泊めて貰い、祇園宮川町《ぎおんみやかわちょう》を仕切ってはる七兵衛《しちべえ》親分の子分になった次第やわ」

芳助は肩をそびやかすようにして、語りつづけた。

「この京には色町《いろまち》の祇園新地や五番町遊廓、先斗町《ぽんとちょう》だけやなく、町中《まちなか》のあちこちに男伊達を売り物にしてる侠客《きょうかく》の親分はんたちが、十数人もいてはる。強きをくじき弱きを助け、仁義を重んじてそのためなら、身を棄てても惜しまぬお人たちばっかしや。そやのに町の者たちは、そのお人たちをやくざの親分というて怖がっているわ。そらほとんどの親分が博奕場《ばくち》を営み、遊廓の用心棒をしてはる。世間には女遊びの好きなお人も多く、素人の間でも諍《いさか》いが絶えへん。ましてや博奕場や遊廓ではあれこれいざこざが多いわ。そこを円く収めるのが、地廻りの親分衆というわけや」

ここで芳助は、ぐっと居直るような態度でいいつづけた。

「そら任侠の道を踏みはずし、悪さをする親分もいてはるやろ。そやけど大店《おおだな》の商人《あきんど》やお寺の坊さん、またお役人の中にも、弱い立場の者を食い物にしている悪人がいてるのを、世間をいくらかでも見てきたお清ちゃんなら、知ってるはずや。人の皮をかぶった商人や坊主、お役人をなあ。そやのに侠客の親分はんたちだけが、なぜ悪ういわれなならんねん。なあ、そうやろ」

「それは道理にあわへん芳助はんの屁理屈《へりくつ》いうもんどす。やくざ者とは人の道を踏みはずし、堅い仕事を真面目にせんと、遊び暮らしている人をいいますのやろ。今の芳助はんがそうどすわなあ」

お清は芳助が激怒するのを恐れながら、それでも辛うじていった。

その整った白い顔が小さく震えていた。

「な、なんやて――」

大きくはないが、お清の言葉をきいて芳助の声は、やはり激怒の気配をにじませた。

店に客はいなくても奥には人目がある。

もし二人だけだったら、お清の顔に一発、平手打ちが飛んできそうであった。

かれが怒りをぐっと堪《こら》えているのが、彼女にはよくわかった。

「芳助はん、うちは芳助はんが好きで、あんたが京の呉服問屋へ奉公に出かけはった二年後、後を追うようにして、やっと京の川魚料理屋へ女中奉公に出てきたんどす。芳助はんはもううちを嫌いにならはったんどすか」

お清にこういわれ、芳助の顔はいくらか穏やかになっていた。

「お清、おまえ何をいうてるのや。おまえを好きなんはちょっとも変わってえへん。わしは一日でも早う世帯《しょたい》を持ちたいと思うてるわい」

「そやけどうちは、堅気の芳助はんやったらともかく、やくざの親分のところで使い働きをしている芳助はんの女房には、なりとうありまへん。どうぞ、そこをよう承知しておいとくれやす」

お清はきっぱりと芳助にいい切った。

「おまえ、それほどはっきりいうのかいな」

「へえ、そうどす。うちかて強きをくじき弱きを助けるやくざの任侠については、いくらかきいてます。そやけど親分同士の喧嘩出入りで、死人や怪我人も出てますわなあ。また人の弱みに付け込み、強請《ゆすり》やたかりをする人かていてはります。夫婦《めおと》になろうとしている芳助はんが、もしそないなやくざ者になってしもうたら、うち芳助はんには付いていけしまへん。今のうちに宮川町の七兵衛親分に親分子分の盃を返し、きっぱり足を洗い、堅気の仕事に戻っておくれやす」

「わしも正直、そう思わんでもないのやけど、菊次はんがうまく口を利いてくれはるかなあ」

菊次は四十過ぎ、七兵衛親分の賭場で代貸《だいかし》（貸元の代理）を務めていた。

七兵衛一家の身内になれと勧めたのは菊次で、芳助は断りきれず、なんとなく固めの盃を受ける羽目になったのだ。

「てめえがいっぱしのやくざ者になれるとは思われねえが、まあ、固めの盃をやろうやないか」

七兵衛親分はせせら笑いながら、芳助と盃を交してくれた。

「そしたら芳助はん、田舎の親父さまが病気で寝付き、兄《あに》さんが借金のため琵琶湖の船子に取られているさかい、どうしても滋賀里《しがさと》村に戻らなりまへん。どうぞ、盃を返させておくんなはれと親分さまに頼み、一時、田舎に戻ってはったらいかがどす」

芳助となんとしても夫婦になりたく、お清は芳助が奉公にいった二年後、強引に村から京へ出てきた。小さな小間物屋を営む母親の遠縁に頼み、中京《なかぎょう》の川魚料理屋「魚枡《うおます》」でまず下女奉公に雇って貰ったのだ。

お清は今思い付いた妙案を、身を乗り出してかれに勧めた。

「ああ、それがええかもしれへんなあ。とにかく鰊《にしん》そばを温かいうちに食べてしまお。その後ぶらぶら町を歩きながら、二人でゆっくり考えようやないか――」

先程、温かい鰊そばの鉢がすでに運ばれており、店には二人の男客が訪れていた。

それから二人は無言のまま鰊を食べ、そばを啜り終えて店を出た。

外の陽射しは明るく、うらうらと暖かかった。

二人が生れた滋賀里村は、東から北に琵琶湖が大きく広がっている。桓武《かんむ》天皇が曽祖父天智《てんち》天皇を追福するため、近江大津宮《おうみおおつのみや》の故地に建立した「梵釈寺《ぼんしやくじ》」が近くにあったといわれる場所だった。

だが荘厳な七堂伽藍《がらん》をそなえた大寺も、長い時代を経た今ではすっかり消失し、田畑に変わってしまっていた。

村人たちは狭い田畑を耕したり、琵琶湖を運航する荷船に雇われたりする他、西にちょっとした山地を隔てただけの京に、奉公に出るのが普通だった。

「幼馴染みはともかくとして、十そこその頃から親に内緒で夫婦約束をしてるとは、どういうこっちゃ。早熟《ませ》てるにもほどがあるわい。恥ずかしゅうて人にきかせられへん話やわ」

お清が芳助を追って京に出るときいたとき、彼女の父親の文蔵《ぶんぞう》は、怒るよりただ呆れ、母親のお秀《ひで》を睨み付けた。

鼻息も荒々しく炉端に坐り込んだ。

苛々した手付きでキセルの雁首に刻みたばこを詰め込み、囲炉裏の火にそれを近づけた。

二、三服すぱすぱとたばこを吸い、炉端で灰を叩き落し、また雁首に刻みたばこを詰め込んだ。

　妻のお秀は土間で筵《むしろ》を編んでいた。

　かれはそんなお秀をちらちらと見ていた。

「やいお秀、おまえは知らん顔をして、そうして筵を編んでるが、どうせおまえが知恵を授けたんやろ」

　憎々しげな声で文蔵はお秀にいいかけた。

「おまえさまは不服そうどすけど、あの強情者のお清が一旦、決めたら止めても無駄なことぐらい知ってはりますやろ。あと二、三年もしたら、どっかへ奉公に出さなあかんのどすさかい、それが少し早まっただけやと考えたら、それでよろしゅうおすがな」

　彼女は筵を編む手を休めずに答えた。

「それでお清の奉公先はちゃんと決まってるのか」

「又従兄弟《またいとこ》の竹三《たけぞう》はんの紹介で、御池《おいけ》車屋町の川魚料理屋の魚枡へ、台所女中として奉公するそうどす。そこどしたら、芳助はんが奉公している呉服問屋が近いとかで、また魚枡には小間物屋をしてる竹三はんが、ちょいちょい商いに寄せて貰うてるというてはりました」

「このわしに全く相談もせんと、こそこそよう決めたもんや」

「子どもかて、好いた者同士が離ればなれで暮らしとうないのは、おまえさまにもおわかりどっしゃろ。大津や堅田《かたた》の女郎屋へ奉公に出すわけではなし、それでええのちゃいますか」

お秀の言い分に文蔵はぐうの音も出なかった。

川魚料理屋の魚枡へ奉公に出たお清は、すぐ竹三に呉服問屋伊勢屋で奉公している芳助に、連絡を取って貰った。

――わしが十五でお清の奴は十三やないか。なんちゅう思い切ったことをしてくれるのや。わしはまだ海のものとも山のものとも決まってへんのやで。

芳助はひそかに愚痴ったが、自分を慕って京のすぐ近くまで奉公にきてくれたお清の気持がひどくうれしかった。

奉公の励みとなる気がした。

だがかれの奉公の工合《ぐあい》は遅々として進まず、やがて焦《あせ》りだけが募ってきた。

それでも二人は巧みに計らい、月に一度は無事を確かめ合っていた。

一年二年がこうして過ぎた。

お清は魚枡で働きに働き、その働き振りが主《あるじ》の市右衛門《いちえもん》に認められ、三年も経たないうちに座敷働きの手伝いに格上げされた。

盆正月の里帰りには、示し合わせて滋賀里村に帰るようになっていた。

「いつまでも芳助、芳助と追《ぼ》い使われるわけではありまへん。そのうちにきっと芳助はんの働きが認められますさかい、挫《くじ》けんと二人のためにも頑張っておくれやす」

常々、芳助が少しでも愚痴をこぼすと、決まってお清がかれを励ましていたのであった。夫唱婦随の反対の形が出来上がりかけていたのだ。

二人はそば鶴を出た後、人目に付かないように木屋町筋を北に向かい、二条の角倉《すみのくら》屋敷の白壁のそばを過ぎて寺町に入った。

「どこに行くんどす」

「今のわしらが真っ昼間、顔を晒して行けるところは少ないわ。わしが待合茶屋に誘うたら、おまえは嫌がるやろしな。わしかてまだそんな度胸はあらへん。夫婦になるまでお互い大切にしてならんものもあるさかい――」

かれはいささか恥じらい顔でいった。

「それやったらどこに行くんどす」

「どこというて、わしはそこらの寺か革堂《こうどう》にでも行き、もう少し話をして、別れるつもりでいてるねん。先程、おまえがそば屋でいうたことを、よう考えてみるのやわ。おまえに嫌われとうないさかいなあ」

革堂――は寺町竹屋町にあり、寺町通りに西面していた。

正式には霊麀山《れいゆうざん》行願寺《ぎょうがんじ》といい、天台宗に属し、本尊は千手観音。西国三十三所観音霊場の第十九番札所に当った。

この寺を建立した行円《ぎょうえん》は鎮西《ちんぜい》（九州）の出身。『小右記』に「横川皮仙《よかわかわひじり》」とあり、叡《えい》山《ざん》横川に本拠を置いた聖《ひじり》だったようだ。

横川の聖たちは常に皮衣をまとっており、皮（革）聖、皮聖人などと呼ばれていた。

そんな行円が願人《がんにん》となって建立したため、行願寺と名付けられたが、革聖人による一条辺りの堂という意味から、一条革堂と呼ばれるようになったのだろう。

落ちくぼんだ眼窩《がんか》、頬の削げた皮聖たちが、コーン、コーンと金鼓《こんぐ》を鳴らしながら、革堂の門から今も町に散っていった。

「芳助はん、そしたら革堂に行きまひょか」

「ああ、そうしよ」

芳助は寺町筋に建つ革堂の建物を眺め上げたが、そのかれの目が、左側に構えられた立派な道具（美術・骨董品）屋の店内《みせうち》、そこに置かれた一尺五寸（約四十五センチ）ほどの白い壺にふと止まった。

壺の陶胎《とうたい》は白く滑らかで、かすかに青磁色をおびており、肩から胴が豊かにふくらみ、裾《すそ》がすっと細くなっている。

陶胎の肩から胴に大きく楕円が描かれており、その隅に山と月、岩上にひっそり建つ陋《ろう》屋《おく》、下方に一艘の小船が描かれていた。

「どうかしたの、芳助はん――」

「お清、わしはあの白い壺を見てるんや」

「壺、壺を――」

「そうやがな。子どもの時分、滋賀里村で畑を耕していると、たびたび小さなやき物の破片が出てきた。邪魔になるさかい、畑の隅に投げ棄ててたわ。そんなんが一年も経つと、肥桶《こえおけ》一杯ほどの量になってた。大津宮が近くにあった頃に、用いられてた須恵器《すえき》というやき物やったそうな」

芳助は壺に目を投げたまま、熱っぽく語りつづけた。

「あるときわしは、あそこの白い壺に青い色で描かれた絵柄そっくりの陶片を、畑の中から拾い上げたんや。おそらく須恵器よりずっと後の時代に、あの辺りに豪壮な屋敷を構えてた武士か坊さんが、用いてたものが割れて埋もれてたんやろ。わしは今それを急に思い出したんや。そやけどそのときわしは、それをちらっと見ただけで、すぐ畑の隅に投げ棄ててしもうた。後になってあの陶片は妙に美しいものやったなあと、ときどき思い出すことがあるねんやわ。それそっくりの絵の白い壺が、あそこに置いてある。これはわしに買《こ》うて欲しいと、壺がいうてるのとちゃうやろか。畑の隅に棄てた陶片は、もとはあんな形をしてたんやろ。きっとそうやわ」

「芳助はん、何を惚《ほう》けたことをいうてはりますねん」

「いや、わしは惚けてなんかいいへん。今わしはおまえより、あの白い壺を抱きしめたい気持でいるのやわ。琵琶湖を眺めながら畑を耕していた子どもの頃。無垢《むく》なあの頃の自分に戻りたいと、強う思うているからかもしれへんなあ」

かれのこの言葉をきき、お清は急に黙り込んだ。

かれの胸にぐっと迫っているものがあるのを、感じ取っていたのだ。

その店には「昌運堂《しょううんどう》」の看板が揚がっていた。

芳助の目に止まった壺は、現在なら「白磁青花山水文壺」と呼ばれるべき李朝《りちょう》（韓国）中期のものであった。

「わし、あの壺を買いたいわ。ちょっと店に入ってみいへんか――」

芳助はお清の顔色をうかがった。

彼女は強《し》いて止めず、かれの後に恐るおそるつづいた。

近江の村里生れの彼女には、こんな類の店に入るのは初めてであった。

「おいでなされませ──」

突然、店に入ってきた芳助とお清を見て、店の番頭と手代は驚いた。

丁重に迎え入れたものの、相手は見るからに若いやくざ者だったからである。

お清も料理屋で今では女中としていっぱしに働いており、かれらの目に素人娘とは見えなかった。

「何かご用でございましょうか」

番頭の多兵衛《たへえ》が小腰を折って芳助にたずねた。

「そこに置いてある白い壺を見せて貰えしまへんか」

芳助もこの種の店を訪れるのは初めてだけに、必要以上に力《りき》んでいった。

白磁青花の壺は低い飾り棚に据えられていた。

番頭の多兵衛はどうぞといい、身体を退けた。

「ほな、見せて貰いますわ」

芳助はいくらか横柄な口調でいい、白磁青花の壺の前に腰をかがめ、それに見入った。

——やっぱりこの壺やわい。絵もわしが畑の隅にひょいと投げ棄てたものと同じや。

肩から胴に大きく描かれた楕円、その中の側面に青緑色で表された山水図は一見、稚拙なようだが、実に巧みに描かれ、雅致に富んでいた。

かれが好きな縞物とどこか共通する雰囲気をそなえ、抱き寄せたいほどの懐かしさを覚えた。

お清や番頭、それに店の小僧たちに見守られながら、芳助はじっと白磁青花の壺に見入っていた。

お清から加えられた意見が胸に甦《よみがえ》ってくる。

滋賀里村の貧しい暮らし。畑を耕しているたび、再々出てくる古い時代の須恵器の破片。あの頃が思い出され、まともな人間にもう戻らなければと、はっきり自覚できてきた。

かれはゆっくり腰をのばした。

手代の藤助《とうすけ》が二人に茶を運んできた。

「番頭はん、この壺はいったい日本のどこで焼かれたものなんどす」

芳助はいくらか殊勝な態度で相手にたずねた。

「お客はん、これは日本のものではございまへん。お隣の朝鮮のやき物で李朝中期、今からざっと百年ぐらい前に作られた壺でございます」

「ほう、お隣の朝鮮で焼かれたんどすか。すると朝鮮通信使が日本にもたらした壺かも知れまへんなあ」

「それもありますやろけど、九州の博多や堺に交易品としてさまざま運ばれてきてます」

「なるほど、そんなこともあるんどすな」

かれは店先に腰を下ろし、白磁青花の壺に目を這わせたまま、手代の藤助が勧める湯呑みに手をのばした。

朝鮮通信使は朝鮮国王が江戸幕府に派遣した使節。将軍襲職などの慶賀のため、慶長十二年（一六〇七）から文化八年（一八一一）まで、十二回来日している。

「わし、この壺が気に入ったわ。いくらで売ってくれるねん」

湯呑みを茶托に戻し、芳助はいきなり番頭の多兵衛にたずねた。

「こ、この白磁の壺を、お客はんがお買いにならはるのどすか」

多兵衛は驚いた表情でかれを見詰めた。

「買わせて貰いたいさかい、値段をきいているのやがな」

「お買い上げくださいますのはありがとうおすけど、この種の壺はいくら良く出来ていても、まだまだ数寄者《すきしゃ》にはあまり好まれておりまへん。そのわりに値段ばかりは少し高《たこ》うございます。お見受けしたところ、やき物好きになられて日の浅そうなお客はんどすさかい、これはお止《や》めになられたらいかがでございます」

「ど素人やさかい、買うのは止めろと――」

「い、いや、決してさようにはいうておりまへん」

「それやったら売ってくれたらええがな。買うなと止《と》めるのは、わしを若いやくざ者と侮《あなど》っているからやろ」

「いいえ、決してさようなことは――」

番頭の多兵衛は額に汗を浮べ、弁明した。

「そしたら壺の値段をいうてくれや」

「はい、それでは十二両ともうしたいところでございますけど、いくらか値引きをさせていただきます」

「十二両、十二両か。験《げん》の悪いそんな値引きなんぞしてくれんでもええわい。そやけどその十二両の金、今持ち合わせがあらへん。一両二朱持ってるさかい、一両を手付けに置いておくわ。後を半月ほど待っててんか。必ず残りの十一両を持って、取りに寄せて貰うさかい――」

芳助はいささか狼狽《ろうばい》しながらいい、懐の財布から一両小判を取り出し、番頭の膝許に置いた。

金はなんとかするつもりだ。博奕で稼ぐなり、女衒《ぜげん》に借りてもよかった。

この白磁青花の壺が十二両もするとは、かれは思いもしなかったのである。

店の土間でこの成り行きをうかがっていたお清は、壺が十二両ときき、青ざめていた。

「それでは手付けとして一両払ったさかい、あと十一両を半月ほど待っていておくんなはれ」

かれは念を押していい、上がり框《かまち》から腰を上げた。

「へえ、確かに一両お預かりいたしました。またのおいでをお待ちいたしております。ありがとうございました」

番頭の多兵衛は不安そうな顔で、芳助とお清の二人を店から送り出した。

向かいの革堂の門から皮聖が三人、コーン、コーンと金鼓を鳴らしながら出てきた。

「あの若いやくざ者、水っぽい女子《おなご》を連れてたさかい、無理をして見栄《みえ》を張ったんと違いますかいな。番頭はん、きっとそうどっせ。これからどないになりますやら——」

水っぽいとは水商売にたずさわる人を指す言葉であった。

内暖簾の向こうでようすを見守っていた昌運堂の主宗右衛門《そうえもん》が店に現れ、低い声で多兵衛と手代の藤助につぶやいた。

「さあ、どうでございまひょ。厄介な客にならなようございますけど——」

「そういえばあの若い客、どこの誰か名前もいいしまへんどしたなあ」

「はい、わたくしもそれをきくのを、つい迂闊にも忘れておりました」

多兵衛は困惑したようすで主の顔を仰いだ。

二

革堂の境内の桜が蕾《つぼみ》をふくらませていた。

「番頭はん、やっぱり思うた通り、あの客は壺を取りにきいしまへんなあ」

表に立っていた昌運堂の主宗右衛門が、店の土間に戻るなり、番頭の多兵衛にいった。

「あれっ、旦那さまはあの客を待って、外に出てはったんどすか」

「おまえ、阿呆《あほ》なことをいうたらあきまへん。わたしは革堂の桜はいつ咲くのやろと思い、様子を見てきたんどす。あの客など待っていいしまへんえ。そもそもあの客のことなど、つい今しがたまですっかり忘れてましたわ」

宗右衛門は苦笑しながら軽く多兵衛を叱り、店の外に立っていた理由を明かした。

「これは旦那さまに失礼なことをもうし上げました。お詫びいたします。何卒、粗忽《そこつ》なわたくしを許しておくれやす」

「許すも許さぬもありまへんわ。おまえの商売熱心には礼をいわななりまへん。あの白磁青花の壺は箱に入れ、蔵に預こうてあるんどっしゃろ」

「へえ、しっかり仕舞わせて貰《もろ》うてます」

「あれから半月がとっくに過ぎました。買ういうのは、あの客の見栄に過ぎへんと思いますけど、手付け金を置かれた限り商人《あきんど》の約束。取りにくるのが少しぐらい遅れたかて、無断で売ってしまうわけにはいきまへん。もしそんなんしたら、あの客からどんないちゃもん（文句）を付けられるか知れず、それで百両二百両脅し取られたかて、店の信用の手前、町奉行所に訴えもできしまへんさかいなあ。ほんまのところ、相手の狙いは女子の手前の見栄ではなく、そこにあるのかも知れまへん」

「するとどれくらいの間、預こうてたらええのでございまひょ」

「まあ、一年は仕方ありまへんやろ。商売物を店に出さんと、寝かせておくのはもったいのうおすけど、ここは貧乏神に取り憑《つ》かれたと思い、辛抱せななりまへん。こんな商いをしていると、そんなこともありますわ」

「そういたしましたら、一年は蔵の中に仕舞うておきます。実は前に一度、あの白磁青花の壺をご覧になった西本願寺に仕えておいでのお侍さまが、改めてあの壺を所望《しょもう》されたのでございます。そやけど、手付けを置かれて半ば売れたのなら止むを得ぬと、がっかりしてお帰りになりました」

多兵衛は主にそんな話を打ち明けた。

「西本願寺に仕えておいでのお侍さまやと——」

「へえ、竹村五兵衛《たけむらごへえ》さまといわはります。自分は無類のやき物好きでなあと、苦笑しておられました」

「あの白磁青花の壺、そんなお人に買《こ》うて貰いとうおしたなあ」

「へえ、どんな道具でもそれにふさわしいお人に持っていただかな、値打ちがございまへんさかい」

主と番頭の二人は溜息まじりにこういい、肩を落した。

東西両本願寺は、戦国時代の名残をとどめて大名と似た職制を持ち、多くの武士を抱えていた。

塚原卜伝《つかはらぼくでん》や宮本武蔵《みやもとむさし》といった武芸練達の人物にも優る剣の達者も、何人か伝えられている。

だがかれらは、専ら准門跡《じゅんもんぜき》を守ることだけを使命と考え、剣をもって世に出ることを全く望んでいなかった。それどころか剣名の広まるのを、恥とすらする自制心をそなえていた。

「旦那さまと番頭はんにもうし上げますけど――」

このとき、これをきいていた手代の藤助が、二人の前に進み出てきた。

「おまえ、わたしらになんどす」

「何かいいたいことがあるんどしたら、遠慮せんというてみなはれ」

藤助をうながしたのは主の宗右衛門だった。

「はい、それではもうし上げます。あの白磁青花の壺は、誰がどのような高値をお付けになっても、どこにもお売りにならんといていただきたいのでございます」

藤助は時折見せる厳しい目付きで、主の顔をまっすぐ見据えて切り出した。

「あの日から約束した半月はすでに過ぎました。そうどすけど、あのお客はんは必ずあの壺を受け取りに店へきはると、わたくしは考えております。お客はんが壺を見てはる様子を、わたくしはじっとうかごうておりましたけど、そのときの態度や目付きは普通ではございまへんどした。やき物がわかるわからない、好き嫌いなどという問題ではなく、食い入るように眺めてはるあの目は、数寄者が好みの物を見る目付きでもありまへんどした。まるで武芸者が、死ぬ覚悟で相手に刀を構えるような気迫を、わたくしは覚えた次第。相手は若いならず者どすけど、なぜか必死なものを感じたのでございます。あれはあの白磁青花の壺を持つにふさわしいお人の目付きやったと、わたくしは今でもそう思うておりまず」

「藤助、おまえ突然、何をいい出すんどす」

多兵衛が主宗右衛門の顔色をうかがいながら、手代の藤助を叱り付けた。

「多兵衛、おまえはちょっと待ちなはれ。藤助、おまえはあの客の目や態度からそう睨んだのどすな」

「へえ、この人物が本物か贋物かと探る目で見て、ならず者のようどすけど、おそらく壺に対しては本物やろと読みました。誰にも金の都合があるはず。またすぐ取りにこられへん事情が、生じたのかもわかりまへん。そこのところを考え、なんとか待っていただきたいのでございます」

「一年待ってもどすか――」

宗右衛門がたずねた。

「へえ、そうでございます」

「そしたら二年経ってもどすか――」

「一年二年待っても、更に三年四年も同じでございます。なんどしたらわたくしが、お店から頂戴して溜めたお給金の中から八両を差し出し、あとの三両をこれからいただくお給金から、差し引いていただいてもかまいまへん。いっそ、そうしておくんなはれ」

「おまえ、あの若いならず者が壺を見る目に、えらく惚れ込んだもんどすなあ。おまえがそれほどにいうのどしたら、十年に限り、あの白磁青花の壺を売らんことにいたしまひょ。おまえの人や物を見る目が正しいかどうか、わたしにはそれを確かめるつもりもあるんどす。おまえが溜めた八両や、これからのお給金を差し引くつもりはありまへん。まあ、これはおまえとわたしの変わった真剣勝負どすわ」

主の宗右衛門はぴしっと藤助にいい渡した。

「だ、旦那さま――」

番頭の多兵衛が小さな驚きの声を上げた。

「おまえは黙ってたらよろし」

憮然《ぶぜん》とした表情で宗右衛門は内暖簾を撥《は》ね上げ、奥に消えていった。

こうして一ヵ月が経ち、またたく間に一年が過ぎていった。

そして再び革堂の桜の蕾がふくらみ始めた。

そんなある日であった。

ご免なはれといい、あのやくざ者と一緒だった若い女が店に訪れてきたのだ。

「お、おまえさまは――」

驚いた顔でお清を出迎えた番頭の多兵衛が、思わず大きな声を発した。

次の部屋で片付けものをしていた手代の藤助も、彼女の姿を見てすぐさま現れた。

「お久し振りにお訪ねいたします。うちはお清といい、御池車屋町の川魚料理屋魚枡で座敷女中をしている者どす。この昌運堂さまで白い壺を買うといい、手付け金一両を置いていった若いならず者は、うちと子どもの時から夫婦約束をしていた芳助ともうします。あの折、名乗らずにお店を後にし、ご無礼いたしました。半月ほど後に壺の代金の残り十一両をお届けするともうしておきながら、お訪ねもいたさずにほんまに失礼をいたしました」

よどみなくお清は一気に挨拶した。

「おまえさまはあのときの女子はん。まあ、ようきてくれはりましたなあ」

多兵衛は上がり框どすけど、腰をかけておくれやすといい、彼女に笑いかけた。

「はい、ありがとうございます。そやけどどうぞ、このままにさせておいとくれやす。あれから一年余り、白い壺はどうなっておりますやろ」

「へえ、あのまま誰にも売らんと、預からせて貰《もろ》うておりますえ」

多兵衛は膝を進め、うれしそうに答えた。

「それはご迷惑をおかけしております。そやけど、ほんまにありがとうございます。実はこのお店にお邪魔して間もなく、芳助の身に思いがけない出来事が起りました。芳助は親分の指図に従い、遠国《えんごく》にまいったのでございます」

「遠国にまいられたといわはるのどすな。それでその遠国とはどこでございます」

「京から去り際、あわただしく町辻で会い、おまえを必ず迎えにくるといわれただけで、その遠国がどこか、夫婦約束をしたうちにも打ち明けてくれはらしまへんどした。後ほどその理由は人からきかされましたけど、芳助がいつうちを迎えにこられるやら、果敢無《はかな》い約束やと思うております」

「遠国に行かはった理由は、何でございました。やくざ者の間では、そんなんを国を棄てるいうてますわなあ」

「もうしわけございまへんけど、それを明かすのだけはどうぞ、堪忍しておくんなはれ」

お清は泣きそうな顔で多兵衛に断った。

芳助が京から去った理由をお清は知っていたが、口にするのは憚《はばか》られたのだ。

「ああ、埒《らち》もないことをついたずねてしまいました。こちらこそどうぞ、勘弁しておくれやす。それで今日のご用はなんでございましたやろ」

「芳助が京から去り際、寺町の昌運堂、あそこに一両の手付け金を置いてきた壺のことが、どうしても気になる。うちになんとかならんやろかというてました。そやけど十一両もの大金、身体でも売らん限り、うちにかてなんともしようがありまへん。芳助とうちの里は近江の滋賀里村。二人とも貧乏百姓の生れで、うちには妹と弟が三人おり、川魚料理屋で稼いだ金は、家に仕送りしているありさまどす」

多くの田畑を持っている者を大百姓、乙名《おとな》百姓といい、わずかな田畑を耕作する者は小百姓と呼ばれていた。

その下に耕地を持たない下百姓《したびゃくしょう》がおり、かれらは大百姓の田畑を耕し、生業《なりわい》を立てているのが実情だった。

農村には「夫婦《めおと》八反」という言葉がある。八反の田畑があれば、夫婦で耕してなんとか子ども育てられるというのである。

貧乏百姓はいくらかの耕地を持っていても、それだけでは生活が出来ない。やはり大百姓の所有する田畑を耕し、稼いでいるのだった。

「それはご苦労なことどすなあ――」

「それでもお客さまからいただいたお心付けを溜め、ようやく一両の金が出来ました。まだあの壺をどなたさまにもお売りでなかったら、これを芳助が気にしてた代金の足しにしていただけまへんやろか。そう思い、こちらさまに持参した次第どす」

お清は泣き出さんばかりの表情で、白い紙に包んだ一両の金を差し出した。

「それはそれは、わたしらこの店に奉公する者には、まことにありがたいことでございます。手付け金をいただいた白磁青花の壺は十年間、売らんように箱に入れ、蔵に仕舞うてございます。ここにいる手代の藤助が、あのお客はんは必ず壺を取りにきはると強ういい張るもんどすさかい、旦那さまがこれのいうことを許してくれはったんどすわ」

多兵衛は満面に笑みをたたえ、お清に伝えた。

「へえ、あの壺は芳助にとって、どうしても必要な物なんどす」

「それはどうしてどす」

多兵衛の問いにお清はうっと口を覆い、両頰にはらはらと涙を流した。

芳助は祇園宮川町の親分七兵衛の代貸、菊次が犯した人殺しの身代わりにされたのだ。そして当分、逃げていろと脅し付けられ、どこに行ったのかは、お清もきかされていなかった。

もし身代わりを引き受けなければ、おまえが惚れている御池車屋町の川魚料理屋で働いている女子を誘い出し、北野遊廓《きたのゆうかく》の遊女屋にでも売り払うとまでいわれたのである。

「四、五年もしたら、人殺し騒ぎの熱《ほとぼ》りも冷めるやろ。そしたらまた京に戻ってこいや。そのときにはわしの身内で鼻を高くでき、若頭にしてやるわい」

七兵衛親分にそう強くいわれたそうだった。

お清にすれば、そんなことまで昌運堂の番頭や手代たちにとても明かせなかった。

革堂の境内から金鼓の鳴る音が、コーン、コーンと寂しくきこえてきた。

三

二年目、三年目が過ぎていき、四年目の春が到来した。

お清は昌運堂へこの季節になると、いつも一両前後の金を届けにきていた。

彼女は店に現れても、出された茶に手も付けず、ただひたすら頭を下げつづけて去っていった。

「これはもう只事ではございまへんなあ」

「初めてあの女子はんを見たとき、わたしは旦那さまと同じように、水っぽいと思いました。川魚料理屋で働いていたその雰囲気からどすけど、ほんまに失礼なことやったと、今では後悔してますわ」

番頭の多兵衛が手代の藤助に、沈痛な顔でつぶやいていた。

「旦那さまはどうやら川魚料理屋の魚枡へ、ちょいちょい行ってはるようどす。あのお清はんは旦那さまのお顔を知らはらへんさかい、旦那さまはそのたび、きっとお清はんに心付けを弾んでいはりまっしゃろ」

「ああ、旦那さまのしはりそうな粋なお振舞いどすわ。それにしても藤助、おまえ道具を見る目を上げたなあ。箱のないがらくた茶碗の中から、一発で初代長次郎《ちようじろう》の赤楽茶碗《あからく》を探し出し、銀十匁《もんめ》で買い取ってくるとは、たいした目利きになったもんどすがな。旦那さまが裏千家のご当代さまに極《きわ》めと箱書きをお願いしたら、何百両に化けるかわからへんと、驚いていはりましたわ」

多兵衛は急によろこばしげな表情でいった。

当時、腕のいい大工が一日に受け取る手間賃は銀四匁ほどであった。そんな眼力をそなえた藤助が見込んだ通りに、白磁青花の壺の一件は推移しているわけである。

この頃、東町奉行所は宮川町の七兵衛に対して、依然としてひそかに内偵をつづけていた。

芳助によって殺害されたのが、隠居したとはいえ、同心組頭の久賀孝兵衛《くがこうべえ》の実父岩右衛門《いわえもん》だったからである。

宮川町の西に当る五条大橋近くの料理屋「鈴吾屋《すずごや》」で、厠《かわや》の順番をめぐってちょっとしたいざこざが起り、それで岩右衛門が刺殺されたのであった。

「厠の順番をめぐる諍いからとは、仏《ほとけ》には悪いが、とても表沙汰にはできぬ醜態じゃ。それにして若いその芳助とやらが、年寄りの岩右衛門どのに順番を譲れなんだのかのう。

も料理屋の番頭や女子どもは、そんな采配もいたさぬのか」

　東町奉行所の体面や意地もあって、探索は逃亡した芳助が下手人として、適当に終止符が打たれたように見せながら、実はひそかにつづけられていたのである。

　やくざ者に警官を殺害された現代の警察が、執拗に犯人を追うように、江戸時代でもこれは同じと考えてよかろう。

「厠の順番はともかく、実は料理屋の鈴吾屋では、こっそり博奕が行われていたそうでございます」

「それを岩右衛門どのがお知りになった。お上が必要悪として見過しているのをよいことに、決められた島（限られた地域）ではなく、町中《まちなか》の料理屋で行うとは不届きだと、厠近くに代貸の菊次を呼び付け、お叱りになったとか。そのとき代貸のそばにいたのが、使い走りをしていた芳助。思慮もなく口論となり、奴が代貸の制止もきかず、岩右衛門どのを刺して姿を晦《くら》ましたそうでござる」

「その芳助の奴には、親分の七兵衛が急いで仕度した旅手形を渡し、美濃《みの》の岐阜町でやくざ稼業をしている知己の許に身をひそめさせたとの情報もござる」

「三下奴《さんしたやっこ》に親分が、どうしてそうまでいたす必要があるのじゃ」

　三下奴とは、博奕仲間の中で最下位の者をいう蔑称、また岐阜町とは岐阜城下であった。

「七兵衛が芳助にあれこれ手配してやっているのは、芳助が誰かの身代わりだからではないのか。最も怪しいのは七兵衛の代貸菊次。賭場の開催云々《うんぬん》は、三下奴には関わりのない話じゃでなあ。おそらく岩右衛門どのを刺し殺したのは、代貸の菊次であろう。されど菊次が下手人となれば、親分の七兵衛の意向も問われ、一家は解散させられかねぬ。そのためおまえが身代わりになれと、芳助は強要されたに相違ない」

こうして捜査は次第に進み、次には芳助の動きが明らかにされてきた。

岐阜町に住む七兵衛親分の稼業仲間は、住田《すみだ》の吉兵衛《きちべえ》といい、かれは稲葉山麓の伊奈波《いなば》神社の門前町に住んでいた。

岐阜町は慶長五年（一六〇〇）に幕府領となり、大久保長安《おおくぼながやす》が美濃郡代に任ぜられ、米屋町に陣屋を設けた。

その後の元和《げんな》五年（一六一九）、岐阜町は尾張藩領に組み込まれた。同藩は代官を設けて監察や町の治政に当らせ、元禄八年（一六九五）には専任の岐阜町奉行が置かれた。

実際の町政は、二人の総年寄と〈六人役〉といわれる町役人で運営され、各町には年寄と組頭が置かれていた。

岐阜町は刀剣や絹織物を始め、やき物や蛇の目傘など、公家や武士、富商の必要とする品々の生産が盛んで、京都と関わりを持つ者が多かったのである。

「住田の吉兵衛の許に身を寄せた芳助は、何を思ったのか、堅気になりたいといい出したそうじゃ。長良川《ながらがわ》に近い京口のそば屋で働き始め、今ではそこそこ旨いそばを打つまでになったともうす」

「そば屋に奉公してそばを打ち始めたのじゃと。宮川町の七兵衛はそれを知っておるのか」

「はい、七兵衛も住田の吉兵衛も承知の上でござる」

かれの消息は、岐阜町奉行所から尾張藩京屋敷目付を経て逐一、京都東町奉行所に伝えられていた。

またこれを知らされた後、東町奉行所から探索方与力佐藤勝五郎《さとうかつごろう》、同心与田善七郎《よだぜんしちろう》の二人が、尾張藩や岐阜町奉行所の許しを得て、岐阜町に派遣された。

芳助を東町奉行所が直接監視し、場合によれば捕縛し、京へ護送するためであった。

一方、京では代貸の菊次への監視が、ずっと厳しくつづいていた。

「菊次の奴、そのうちどこかで尻尾を出すに決まっておる。こうなれば、もう時がくるのを待つだけよ」

「いかにも、もはや二人は網にかかった魚も同然の身の上じゃ」

東町奉行所では、久賀岩右衛門殺しの探索に関わる与力や同心たちが、ひそかにささやいていた。

その代貸の菊次が尻尾を現したのは、三年目の師走に入ってからであった。

吟味役同心の下っ引きの孫七《まごしち》は、宮川町の七兵衛親分の賭場へ、身許を隠して客となって出入りしていた。その孫七が、酒に酔った菊次が、自慢げに諸国の賭場から賭場へ渡り歩いている壺振りの弥吉《やきち》に、語っているのをきいたのだ。

隠居したとはいえ、町奉行所同心組頭の実父をぶすっと刺し殺し、捕えられずにのうのうと暮らしているのはわし一人だろうよと、菊次は小声ながら辺りも憚らずに豪語したのである。

「代貸の菊次はんは、そんな肝のすわったことをやりなすったんどすか」

「そんなん屁の河童《かっぱ》だわ。それぐらいできなんだら、親分の代貸なんぞ務めてられへんのやわな」

屁の河童とは何があっても平気なことをいい、へっちゃらの意味である。

「大胆なことをやりなすったものだねえ」

「なに、相手が隠居のくせに役人風を吹かせ、文句を付けてきたら、殺《や》らな仕方があるめえ。決められた賭場では、いい客が集まらへんわいな。場所はご法度とされている料理屋の奥座敷。そんな場所には、世間の目を忍ぶ博奕好きの金持ちたちが、こっそり集まってくるんや。懐にごっそり金を抱えてやわ。相手が負けて熱うなったら、どれだけでも札を貸してやる。取りはぐれがないさかいよ」

「それから考えると、普通の賭場でのやり取りは、高《たか》が知れてますわなあ」

「ああ、一両二両のやり取りでは、儲けが少ないさかいなあ。それにくらべ、金持ちのどら息子相手の博奕は大きなもんさ。それを咎《とが》められたら、わしらはぶらぶら極楽蜻蛉《ごくらくとんぼ》をして食っていかれへん。そこでぶすっと一突きというわけやわ」

かれは得意げに語っていたという。

「これまで確証がなかったが、これで菊次の奴をしょっ引けるわい。ついでに旅の壺振りもじゃ。しっかり拷問をいたせば、すぐ犯行を自白いたそう。壺振りは大事な証人じゃ」

東町奉行所の吟味役たちはすぐさま行動した。

同時に、美濃の岐阜町の京口で、芳助を見張っている与力の佐藤勝五郎と同心の与田善七郎に、芳助を捕縛し、岐阜町奉行所の牢舎にぶち込んでおけとの急使を走らせた。

京口は長良川東岸の川湊《かわみなと》として栄え、伊勢湾からさまざまな物資を上流に運んでくる川船で賑わっている。

遊女屋も軒を連ねていた。

東に金華山が聳《そび》え、南には美濃の沃野《よくや》が広がり、北へ次第に深い山が連なっていく場所であった。

京からの急使は翌早朝に京口へ到着し、佐藤勝五郎たちにその旨が伝えられた。

「いよいよ動くのじゃな。されば芳助を逃さぬよう、岐阜町奉行所の応援を仰ぎ、捕り方を出していただこう」

間もなく、芳助が住み込みで働く京口のそば屋は、岐阜町奉行の指図で厳重に包囲された。

「なんや、こんな朝から捕り物かいな」

「物々しい捕り方の数、よっぽどの大泥棒が、この京口の旅籠《はたご》か遊女屋にひそんでいるのやろ。その大泥棒と子分たちが捕えられるのを見物して、末代までの語り草にせなあかんぎゃあ」

佐藤勝五郎と与田善七郎を先頭に立て、刺股《さすまた》や袖搦《そでがら》みをたずさえた捕り方の姿を見て、京口の住民たちは色めき立った。

だがかれらが取り囲んだのは、まだ暖簾も上げていないひっそりとしたそば屋であった。

石臼《いしうす》でそばの実を挽《ひ》いていた芳助は、すぐ外のざわめきに気付いた。

前掛けをかけたまま立ち上がり、店の表障子戸を少し開けて外を覗き、その捕り方たちの目が店に向かっているのに驚いた。

走って裏口も改めたが、ここにも捕り方の姿が十数人見掛けられた。かれらが自分を目ざし、ひしひしと迫っているのは明らかであった。

——これだけ取り囲まれたら、もう逃げられへんわいな。大人しく捕われよう。

芳助は覚悟を決めると、前掛けの結びを解き、それを丁寧に畳んだ。

「芳さん、どうしたんじゃ」

そば屋の主勘助《かんすけ》がかれの動きを見て、不審そうにたずねた。

「へえ、長い間お世話になりました。三年余りここで働かせていただきましたけど、実はわしは京からのおたずね者。町奉行所の捕り方が迎えにきたようどすさかい、手向かいはせんと、召し捕られようと思うてます」

「な、なんやて。大人しく真面目一筋に、そばを打ったり茹でたりしてくれたおまえが、おたずね者なんやて。そ、そんなこと嘘やろ」

「いや、実はそうなんどす。長い間ほんまにお世話になりました。お陰さまでそば打ちだけは、一人前にならせていただきましたわ」

「阿呆なことをいうてたらあかんがな」

そば屋の主の勘助が表障子戸を開いてみると、そこにはすでに十手を握り陣笠をかぶった佐藤勝五郎を先頭にした捕り方が、ずらっと居並んでいた。

着流し尻端折《しりぱしょ》りの男たちの姿もみられた。

「こ、これは本当やわ。芳助、いったいおまえは何をしたんやな」

「これにはいろいろ事情があって、一口にはいえしまへん。どうぞ、堪忍しておくんなはれ」

芳助は主に詫び、かれの制止の手を振り除《の》け、表障子戸を大きく開けた。

外に一歩、足を踏み出した。

「わしが京者の芳助でございます。何卒、お召し捕りをお願いもうし上げます」

芳助は一同の前に名乗り出てうなだれた。

「おお、そなたが宮川町の七兵衛一家の芳助じゃな。殊勝な態度まことに結構。ここで逃げられたらわしらの面目が立たぬゆえ、一応、捕り縄をかけさせてもらうぞ」

佐藤勝五郎が一声いうと、岐阜町奉行所の捕り方たち五人がばらばらとかれに近づいた。

芳助の両手を後ろに廻し、捕り縄で堅く縛り付けた。

あっけない幕切れであった。

物見高い人々に見守られながら、岐阜町奉行所に連行されたかれは、その後、縛られた捕り縄を解かれ、頑丈な牢屋に放り込まれた。

岐阜町奉行所吟味役の形式的な尋問を受けた上、芳助は京へ押送《おうそう》されることになっていた。

押送は明日、かれは牢屋の中で両膝をかかえて蹲《うずくま》っていた。

——おまえさまに人を殺す度胸なんかあるはずがありまへん。これでよかったんどす。やっと京へ帰ってこられるんどすさかい。

耳許でお清がささやいているように思われた。

それにしても、これから自分はどうなるのだろう。

七兵衛一家の代貸菊次はどうしているのか。まさか自分が、真犯人として捕えられたわけではあるまい。だがそうでないにしても、東町奉行所の探索を攪乱《かくらん》した罪を、問われるのだけは間違いなかった。

真犯人でないとわかったら、打ち首にはなるまいが、隠岐島《おきのしま》にでも流されるのは確実であった。

自分が無理をして買おうとしたあの白磁青花の壺は、おそらく誰かにもう買われてしまっているだろう。

さまざまな記憶の底から、常に消え去ることのなかった白磁青花の壺の姿が浮んでくる。堅気になろうとしていた己《おのれ》が、急に遠くに行ってしまったように、芳助にはしきりに感じられてならなかった。

この頃、京の東町奉行所の拷問蔵では、吟味役に捕えられた七兵衛一家の代貸菊次に、酷い拷問が加えられていた。

そばで壺振りの弥吉が吊し責めにされ、宮川町の七兵衛親分だけが床几《しょうぎ》に腰掛けさせられ、二人の拷問を見させられているありさまだった。

菊次の責め問いは、別名〈石抱き〉ともいわれるもので、鋸状《のこぎりじょう》の厚い板の上に正座させられ、重くて平たい石を膝の上に一枚、二枚と乗せられるのだ。

菊次の両膝には、すでに二枚の重石が置かれていた。

石の重みで鋸状の厚板の先が臑《すね》にぐぐっと食い込み、その骨が砕けそうに痛んでいる。

「菊次、さあ正直に白状いたすのじゃ。久賀岩右衛門どのを刺し殺したのは、己であろうが。素直に吐けば、責め石はすぐ取り除いてつかわす」

菊次は必死に石の重さと臑の痛みに耐えつづけていた。

「わ、わしでは、ご、ございまへん」

「わしではないのだと。そこで吊し責めに遭《お》うた壺振りの弥吉は、そなたが酒に酔うて自慢げにそういうていたとあっさり吐いたぞよ」

「い、いや、それでもわしではございまへん。殺《や》ったのは三下奴の芳助でございます」

「弥吉が証言しておるのに、そなたはまだ強情を張るのじゃな。さればもう一枚、平石を抱かせてくれようぞ」

　吟味役の一人が牢番の下男に顎をしゃくった。

　重い平石を二人の牢番が左右からそれぞれ持ち、菊次の膝に置かれた二枚の平石の上に、三枚目を重ねた。

「ぐ、ぐわあっ――」

　すでに額から脂汗を流して耐えていた菊次は、また悲痛な悲鳴を迸《ほとばし》らせた。顔を濡らしているのは、血の汗といえないでもなかった。

　十数貫の平石を両膝に乗せられているのだ。

　臑の骨が砕けないのが不思議なほどで、痛みに耐えかね気絶や悶死する者が、続出するのが普通であった。

「七兵衛、どうじゃこの眺めは。それでそなたに何かいうことはないのか――」

　吟味役の別の一人が、床几に腰を下ろさせた七兵衛にたずねた。

　宮川町のかれの広い家は、町奉行所の与力や同心、捕り方たちによって厳重に取り囲まれている。多くの子分たちは、家の中で息をひそめているはずであった。

　東町奉行所はこの際、七兵衛一家を解散させるつもりで、この拷問に臨んでいたのである。

「吟味役さま、菊次の膝からもう石を取り除いてやってくだされ。わしは覚悟を決めました。わしからもうし上げますが、久賀岩右衛門さまを刺したのはこの菊次。わしはそれをきき、三下奴の芳助に罪をなすり付け、指図して美濃の岐阜町へ逃がしました。菊次が岩右衛門さまを刺したのは、七兵衛一家を守るつもりもあったからどす。こうなったら、七兵衛一家はお手上げ。どのようなお沙汰もお受けいたします。菊次とてもうそれを承知しているはずでございます」

すぐさま三枚の平石を取り除かれた菊次は膝を崩し、荒い息を吐いていた。

「水を飲ませてつかわせ」

吟味役の声に応え、牢番の一人が、手桶から柄杓《ひしゃく》で水を汲み、かれに手渡した。

菊次は喉を鳴らして一気にそれを飲み、からっと柄杓を脇に投げ置いた。

「お、おおそれ入りました。久賀、久賀岩右衛門さまを刺し殺したのは、確かにこのわしでございます。長い間、嘘をついていてもうしわけございまへん。こうなったらもうどのようなお仕置きも覚悟しております」

「確かにそうだな――」

「はい、さようでございます」

「ならばそれでよい。さしずめそなたは、お白洲で改めてお調べの上で斬首。芳助に罪をきせて逃がした七兵衛は永代遠島、壺振りの弥吉もおそらく遠島に処せられよう。これで七兵衛一家は終りじゃな」

「念のためにもうしておくが、美濃の岐阜町に逃がした芳助は、そば屋で働いているのを、東町奉行所の探索方に見張られていた末、すでに岐阜町奉行所の与力や同心たちによって捕えられた。唐丸籠《とうまるかご》に乗せられ、今頃、この京へ向かっているところじゃ」

吟味役の二人が次々とかれらにいい渡した。

唐丸籠はもともと別名を唐丸といわれる長鳴鶏《ながなきどり》などを飼育する円筒形の竹籠。上に網をかぶせたさまが似ていることからいわれる、罪人を護送するための籠である。

「どうか水をもう一杯くだせえ――」

菊次の弱々しい声が吟味役にかけられた。

壺振りの弥吉はすでに吊し責めの梁《はり》から下ろされ、拷問蔵の中は急にひっそり静まっていた。

四

関ヶ原を過ぎ、唐丸籠が山峡《やまかい》の中山道を通って米原《まいばら》湊に近づくと、右に琵琶湖が見えた。

比良《ひら》の山脈や比叡山の頂が遠くに小さく望めた。

「唐丸籠の罪人は、いったい何をやらかしたのやろ」

「どうやら京へ運ばれるようやけど、警護が八人とは物々しいこっちゃ」

「それにしては、籠の前を馬に乗っていく陣羽織姿の二人は、なんや穏やかな顔をしているなあ」

「唐丸籠に乗せられた罪人も、落ち着いたようすやがな」

「自分がやっと捕えられ、ほっとしているのかもしれへんで。そんな罪人もいると、人からきいた覚えがあるわい」

「唐丸籠の中の奴、あんまり悪人面やないけど、それでもまあ、よっぽど悪いことをしたんやろなあ」

街道を往来する老若男女が、立ち止まって唐丸籠を見送り、あれこれいい合っていた。

唐丸籠に入れられた罪人は、これから京に運ばれ、斬首に処せられるのかもしれない。

街道にたたずむ老婆がそう考えたのか、芳助に向かい手を合わせていた。

死ねば善人でも悪人でもみんな仏になるのだ。それが日本人の宗教観で、咎めるべきことではなかった。

「おい芳助、これが冬でなくてよかったのう。冬なれば、美濃の関ヶ原からこの辺りには雪が多く降り積もり、寒くてわしらは難儀だったわ。そなたも凍え死にそうになっていたはずじゃ。それがこの暖かい陽気、山桜があちこちにまだ咲いておる。皮肉ではないが、そなたは唐丸籠とはもうせ乗り物での旅。街道の人々には奇異な目で眺められるが、さようなことなど気にいたすには及ばぬぞ。平気な顔で、のんびり奴らを見返しておればよいのじゃ」

「どうじゃ、尿《いばり》を堪《こら》えているのではあるまいな。さような辛抱はせぬに限るぞよ。喉が渇いたり腹が空いたら、わしらに遠慮なくもうすのじゃ」

探索方の佐藤勝五郎につづき、与田善七郎も岐阜町奉行所の与力や同心たちの耳に届けとばかり、わざと馬の脚を遅らせ、大声で芳助に伝えた。

「ありがとうございます。今はなんの不足もございまへん」

「後ろ手に縛った縄を解いてつかわしたいが、役目柄からそれだけは出来かねるゆえ、許せよ」

「とんでもございまへん。このように多くのお人たちのお手を煩わせ、もうしわけないことでございます」

「気遣いには及ばぬわい。岐阜町奉行所のお人たちには、二、三日東町奉行所の客間に滞在して、京見物の上、岐阜町に戻っていただくつもりじゃ。すでにそんな指図を京から受

けていたした

「今日は鳥居本宿《とりいもと》で泊り、明日は一気に京まで急ぐ。夜までに東町奉行所に到着いたしたいのでなあ」

「そなたは盗賊ではなし、奪い返しにくる仲間もおらぬ。やくざの三下奴で幸いだったのう。それで京のありさまを伝えれば、宮川町の七兵衛親分と代貸の菊次、真相の決め手をくれた壺振りの弥吉の三人は捕えられておる。久賀岩右衛門どのを刺し殺したのは自分だと、菊次の奴が拷問の末に白状したそうじゃ。三下奴のそなたを下手人の身代わりにした宮川町の七兵衛にも、相当の処罰がお奉行さまからいい渡されよう。ともかく迷惑な苦労の三年だったのう」

「あれもこれもすべて、わしの思慮が足りなかったせいでございます」

「そなたには人を刺し殺す度胸などからっきしないはずじゃ。尤《もっと》もそれを度胸とはもうさぬがなあ。やくざ者とはいえ、かぎりなく素人に近い三下奴で幸い。堅気にすぐ手が届くからのう。京に戻ってお裁きがすんだら、必ず堅気になるのだぞ。岐阜の京口でそなたを見張っていた間、そばを打つ姿や店での働き振りをとくと見せて貰《もろ》うたが、あれでいいのじゃ、あれで――」

探索方の二人が、代わるがわる芳助にいった。

その夜はやはり鳥居本の脇本陣に一泊し、唐丸籠はそのまま牢造りされた部屋に運ばれた。

芳助の両手を縛った縄は解かれ、狭い籠の中に薄布団が何枚も差し入れられた。

夕食はすでに佐藤勝五郎たちと向かい合わせですませていた。

脇本陣の奉公人たちは、こんな扱いを受ける囚人は何者だろうと、奇異な目で芳助を眺めるほどであった。

「そなたはわしらの手を煩わせておるが、まことのところ罪人ではないのじゃ。牢部屋に入れられ、籠の中で寝てもらうが、決して逃げようとしてはならぬぞ。逃げれば今度こそ罪人になると思うがよい。そこをよく心得ておいてくれ」

「やくざ者たちが、己の縄張りの中で博奕をいたすのはともかく、その外の豪壮な料理屋に金を持った道楽者を集め、大金を賭けさせていたのがそもそも無法。それに厳しい目を光らせていなかった町奉行所も誤っておる。大きな落度はここにあり、町奉行所は役目の懈怠《けたい》をそなたに謝らねばならぬと、わしは考えておる。京に着いたとて、そなたに悪いようには決してなされぬはずじゃ。今夜は狭い唐丸籠で手足はのばせぬが、安心して眠るがよいぞ。わしらは東町奉行所のお白洲で、そなたを十分に弁護してつかわす」

これも佐藤勝五郎たち探索方二人の言葉であった。

「牢部屋には一応、不寝《ねず》の番《ばん》を二人付けておるが、これは岐阜町奉行所の体面からのもの。尿意をもよおしたら、遠慮なくもうすのじゃ。わかったな――」

「へえ、まことにご厄介をおかけいたします」

芳助は二人に深々と頭を下げた。

翌日、かれを乗せた唐丸籠は急ぎに急ぎ、暮れ六つ（午後六時）頃に三条大橋を渡り、西町奉行所に運び込まれた。

籠が管轄の東町奉行所に向かわなかったのは、そこの牢屋に宮川町の七兵衛と代貸の菊次たちが収容されていたからである。

二つの町奉行所は、小さな溝川《どぶがわ》を隔てただけで、ほとんど隣り合わせに構えられていた。

牢屋は独牢、新しい布団と籾《もみ》枕が用意され、誰の指図でか小鯛の塩焼きと一汁が付けられ、罪人とは思われぬ丁重な扱いであった。

芳助は薄汚れた獄衣のままだったが、ふんわりとした布団に横たわり、翌朝遅くまでぐっすり眠った。

朝食には温かい御飯が御櫃《おひつ》ごと運ばれ、味噌汁に三菜、生卵がそえられていた。

牢番たちの言葉遣いも丁寧であった。

正午前に湯浴みをさせられ、さっぱりしたきものに着替えさせられた。

そうして正午過ぎ、探索方の佐藤勝五郎と与田善七郎がかれを迎えにやってきた。

「芳助、これから東町奉行所のお白洲にまいる。わしらは付き添いじゃ。お白洲では何も怯《ひる》むことはないぞ。そなたは以前、少し気が弱かっただけで、今ではやくざの三下奴でもなんでもない。善良な京の町の住人じゃ。丹田《たんでん》にぐっと力を入れてまいれ」

丹田は臍《へそ》の下に当るところで、ここに力を入れると、健康と勇気を得るといわれている。

「わかりましてございます」

芳助はそう答え、二人に両手を差し出した。

縄をかけられると思ったからだった。

「芳助、それはもう要らぬのだわ。すでにそなたは無辜《むこ》の民。罪は晴れているのも同然じゃ」

湯浴みをしたとき、牢屋の下男が背中を流して髪を洗い、月代《さかやき》まで剃《そ》ってくれた。

そのときから何となく感じていた通りであった。

京都東西両町奉行所を隔てた溝川を渡り、厚い塗り壁がのびる東町奉行所のお白洲に向かって歩いた。

多くの者にとって初めて見る奉行所の内部、辺りは厳粛な佇《たたず》まいであった。

「こちらがお白洲じゃ」

佐藤勝五郎にいわれ、もう一つの築地塀《ついじべい》の小さな木戸門をくぐった。目の前に白い砂を一面に敷き詰めた庭が広がり、十五人余りの与力や同心が床几に腰を下ろし、険しい顔でひかえていた。

ここで芳助はあっと驚きの声を上げた。お白洲の正面に、腰縄を打たれた七兵衛親分と代貸の菊次、それに壺振りの弥吉が、髭《ひげ》ののびた顔でうなだれていたからであった。

「芳助、そなたはわしらのそばにまいるがよい」

佐藤勝五郎がかれを導いたのは、白洲に正座した三人の横に据えられた床几の一つだった。

芳助は丹田にぐっと力を込めた。

「筆頭吟味役さまのお出ましでござる」

書き役が小机に向かったまま、一同にもうし渡した。

松に鋭い目をした鷹の止まる絵柄の大きな衝立《ついたて》が、ようやく芳助の目に付いた。

今日のいい渡しには町奉行ではなく、精悍《せいかん》な顔をした筆頭吟味役の田原九衛門《たはらきゅうえもん》が当るようだった。

町奉行所の懈怠や落度をいくらかでも軽く見せるためだと、芳助にも読める処置であった。

「そこにひかえる七兵衛と代貸の菊次、それに壺振りの弥吉にもうし渡す。すでに沙汰した通り菊次は斬首、宮川町の七兵衛は隠岐島に永代流罪、壺振りの弥吉は横着な稼業を何年もつづけていた廉《かど》が不埒として、同じく隠岐島に七年の流罪を、改めて芳助の前でもうし渡す。七兵衛と弥吉は隠岐島で達者に暮らすのじゃ。代貸の菊次は冥土へ行くことになるが、いずれわしらもそなたの許にまいる。これは当然の理《ことわり》で、わしらの坐る席の塵《ちり》を払い、待っておるがよい。それにもう一つ、そなたたちによって三年にわたり逃亡生活を強いられたそこにいる芳助に、一言すまなんだと詫びて貰いたい。芳助は無罪放免。東西両町奉行所とてそなたには、一言詫びねばならぬわい」

田原九衛門は急にしみじみとした口調になり、三人に語りかけた。

白洲にひかえた一同が、うっと声を漏らすほど情に満ちた声色であった。

「芳、芳助はん、わ、わしはほんまにおまえにすまんことをしてしもうたわ。どうぞ、こんなわしを許しておくんなはれ。許してくれはるやろなあ。この通り頼むわ」

代貸の菊次が白洲に額をこすり付け、芳助に謝りつづけた。

髭ののびた両頬に滂沱《ぼうだ》と涙を流していた。

宮川町の七兵衛も自分の処置を芳助に詫び、わしは若い者の一生を台無しにしてしもうたわとつぶやき、大声で泣き始めた。

「これ七兵衛、宮川町で親分と呼ばれていた男が、白洲で泣き喚《わめ》くのはみっともないぞよ。この者たちの態度を見て、これでわしは観念いたしした。斬首にいたすはずの菊次の罪を改め、七兵衛と同様、隠岐島へ永代流罪といたしてくれる。久賀岩右衛門どのも、こんなわしの処置をお許しくださろう。悔いている下手人を、強いて殺すこともなかろうでなあ。江戸の老中や町奉行さまに、処罰を変えたことを咎められたら、わしが腹を切ればすむことじゃ。人は己を変えることが出来ぬでもない。七兵衛に菊次、壺振りの弥吉も自分のこれまでを恥じ、隠岐島で長生きしてまっとうに暮らせ。ちぇっ、人などに人が裁けようか。こんな自分が洒落臭《しゃらくさ》いぞ。全くだわ」

九衛門は急に伝法な口調でいい、舌打ちをして立ち上がると、長袴《ながばかま》をさばいて衝立の向こうに消えていった。

東町奉行所の白洲には、どよめきが起っていた。

代貸の菊次が号泣している。

「覆水盆に返らずともうすが、人なら出来ることもないではないわさ」

誰かが大きな声でいっていた。

覆水とは入れ物からひっくり返した水、こぼした水をいう。

「田原九衛門さまのお裁きは末代まで語りつがれよう」

「人の首を無闇に斬ればよいともうすものでもないしなあ」

「改悟じゃ。改悟させることが肝要なのじゃ。人が人を罰するために殺してよい道理がない。優しさが人の世を正しく改めさせるのじゃ。尤もこれは、これからもなかなか望めぬことだがのう」

あちこちでこんな声がきかれた。

「されば芳助、後は他の者たちに委《まか》せ、わしらはそなたを東町奉行所の表門まで送って行こう。そこに迎えの者がきているのでな」

勝五郎が笑顔でかれにささやいた。

「迎えの者――」

「そなたは幸せな奴じゃ。御池車屋町の魚枡で座敷女中として働くお清じゃわ」

「お清が――」

芳助は顔を赤くさせて絶句した。

「佐藤さま、わしはお清の迎えもうれしゅうおすけど、真っ先に行きたいところがございます」

「お清と一緒にまいればどうじゃ。なんならわしらが供をいたしてもよいぞよ。そなたが岐阜町のそば屋で稼いだ持ち金は六両三朱だったな。まずこれを返しておこう」

佐藤勝五郎が奉書紙に包んだそれを芳助に手渡した。

かれは芳助がどこに出かけるつもりなのか、すでにお清からきいて察していた。

「まっとうになるつもりでの買い物か。悪くない話じゃな」

「今なんと仰せられました——」

「いや、わしは何もいうておらぬぞ。そなたの空耳であろう」

勝五郎は芳助に惚《とぼ》けて見せた。

寺町の革堂の前、昌運堂の看板が、芳助の胸裏に大きく浮んでいた。

白い壺はもう人に売られてしまっているかもしれない。それでも良しとしなければならなかった。

白磁青花の壺。小さな店でもいい。あれを店に置き、お清と一緒にそば屋を営むことができたら、どれだけ幸せであろう。

そば屋は「美濃屋」と名付けることに決めていた。

その折、あの白磁青花の壺を、暖簾に紺色で染め出したらいいと思ったが、それはやはり変で、稚拙に見えながら、どこか優れている山水と月なら図柄になるのではないかと、芳助はあれこれ考えたりしていた。

――四年目の壺か。売られずに残されているやろか。一両の手付けを置いてきたけど、こない月日が経ってるのやさかい、やっぱり無理やろなあ。

芳助は逸《はや》る心を抑え、胸裏で思っていた。

――おまえはこれからまっすぐ、曰《いわ》くの深い壺を買いに行くのじゃな。それはどんな壺か、わしらも是非、見たいものじゃ。

勝五郎は満面に笑みをたたえ、ひそかに心を弾ませていた。

東町奉行所の門前で、芳助はお清と強く抱き合った。

お清の号泣が長くつづき、二条城のお堀では、大きな鯉が幾度も高く飛び跳ねていた。

青玉《せいぎょく》の笛

一

北山の雪が消え、京では梅についで桜が咲き、季節は足早に移っていた。子どもたちの遊び声が賑やかにきこえてくる。その中には、五つになるわが子修平《しゅうへい》の声も混じっていた。

お紀勢《きせ》は西陣の出機《でばた》を織る手を止め、かれの声に耳を傾け目を閉じると、ふと感慨に耽《ふけ》った。

今日、夫の佐七《さしち》は朝早くに畑仕事をすませ、浄土寺《じようどじ》村の村役の一つとして課せられる出役《しゆつやく》のため、俗に銀閣寺といわれる慈照寺《じしようじ》に出かけている。

浄土寺村のこの住居《すまい》から、如意ケ岳《によいがだけ》は背後に聳《そび》えるが、それでも毎年七月十六日に点《とも》される「大」の送り火ははっきり見えた。

子どもたちの遊び声は、その山にかすかに谺《こだま》しているようだった。

佐七の銀閣寺への出役とは、銀閣の北に広がる錦鏡池《きんきようち》に溜《たま》った白砂を浚《さら》い上げる作業。今日も村人十人ほどがそれに当っていた。

銀閣寺東側の月待山《つきまちやま》や大文字山ともいわれる如意ヶ岳など比叡山《ひえいざん》一帯は、花崗岩《かこうがん》とその風化した土砂で成っている。そのため山渓から流出するのは、すべてこの花崗岩の土砂。谷川は白く美しいが、錦鏡池は白い流砂ですぐ埋《うま》ってしまうのである。

元和《げんな》元年（一六一五）、宮城丹波守豊盛《みやぎたんばのかみとよもり》が、荒廃していた銀閣寺を整備したとき、池泉は谷からのこの白い流砂でほとんど埋っていた。『鹿苑日録《ろくおんにちろく》』は池泉を鑿《うが》ち、庭を掃除したと記しており、これは恐らく池を埋めていた流砂を掘り上げたことだろう。

その結果、境内は一新した。錦鏡池から浚い上げられた白砂を盛り上げ、有名な向月台《こうげつだい》と銀沙灘《ぎんしやだん》が拵《こしら》え上げられたのだ。

そしてこの二つの砂盛りの醸し出す幽玄な景趣が、銀閣寺庭園の最大の特色となってきたのである。

足利義政《あしかがよしまさ》がこの庭を築造した当初、勿論、二つの砂盛りはなかった。豊盛が庭園を修復してから二十四年ほどして、方丈・客殿・玄関・庫裡《くり》・中門などが建立され、このときにはほぼ現在の白砂の空間が出来上がっていた。

こうした白砂を、銀閣寺から長い参道を抜け、浄土寺村の西端の道まで運び出してくるのには、相当な労力が要る。

五、六年に一回行われるこの白砂の浚い上げは、厄介な出役であった。

「面倒なこの白砂、いつも畚《もつこ》で村の外まで運び出してる。そやけど昔会所のあった池のそばの空地にきれいに敷き詰め、一つ洒落《しやれ》た山盛りでも拵えたらどうやろなあ」

優れた創意工夫に富む村人か、銀閣寺に止住《しじゆう》する人物が、かつていたと考えられる。

「そらええ思案やわ。村役か丹波守さまのお奉行さまに一応、おたずねして拵えてしまおうやないか」

こうしてかれらが作り上げた二つに、弊衣《へいい》をまとった寺僧が、高い砂盛りを向月台、広いそれを銀沙灘と名付けた。

「この名でどうじゃ。銀沙灘は砂紋をもって波の趣《おもむき》を表し、中国の西湖を象《かたど》っているともうせば、尤《もつと》もらしく見えよう。向月台は月待山から姿をのぞかせる月を、待つ構えとすればよい」

出来上がった大きな砂盛りに砂紋を入れると、まこと雅趣に富んでいた。

「これはええ景色やわ」

みんなは二つを眺め、背後の月待山に目を移した。

これで厄介が一つなくなり、銀閣寺に美しい物が出来上がった。

「考えてみれば、伝統とはいつかの時代に誰かの思案によって作られたものなんじゃ」

「いわれたらそうやわなあ」

一人がいい、みんながうなずいた。

銀閣寺の庭に銀沙灘、向月台と名付けられた白砂の庭が出来たとの評判は、たちまち洛中に広がった。

「戦国時代、あの銀閣寺は無住で、お屋敷を戦でなくさはった近衛《このえ》信尹《のぶただ》さまが、一時期、自分とこの別業だったさかいやろけど、強引に住み始められた。それからあれこれお寺の什器《じゅうき》を勝手に売り払い、暮らしてはったそうやないか――」

「そんな気儘《きまま》が許されるのも、摂家筆頭の近衛さまやさかいやろなあ」

「売り払って飲み食いしてしまわはった品々の中には、八代将軍足利義政さまが集めはった貴重なものもあったやろ」

「そらそうや。牧谿《もっけい》の描いた猿の絵、唐の珍しい焼きものも、あったに相違あらへん」

「能阿弥《のうあみ》・芸阿弥《げいあみ》・相阿弥《そうあみ》といった目利きの同朋衆《どうぼうしゅう》が、選ばはった唐物が仰山《ぎょうさん》あったはずやわ」

「それだけのものを売り食いしたとは、豪勢なこっちゃ」

「そやけどそれはそれとして今度、銀閣寺に拵えられた銀沙灘、向月台の庭は、もっと素晴らしいらしいで。白川砂《しらかわ》だけですかっと作られているそうやわ」

「銀閣寺は何もない貧乏寺で、見るべきものは義政さまが別荘の一つとして建てはった銀閣だけ。参拝する人も少ない寂しい寺やときいてたけど、そしたらその銀沙灘と向月台の庭を見に行かなならんなあ」

京は手工業生産の町。座職の人々が多く、足腰を鍛えるためにも遠出を厭《いと》わなかった。同寺には連日人が押しかけ、長くて狭い参道の脇にたちまち茶屋が建ち、団子を焼く芳ばしい匂いが、辺りに漂うようになってきた。

お紀勢は夫の佐七が銀閣寺へ村の出役に行くたび、同寺に二つの砂盛りが出来た当初のこんな光景を、しばしば思い浮べたりしていたのであった。

しばらく物思いに耽っていた彼女は、再び筬《おさ》の音をひびかせ始めた。

筬は長方形の框《わく》の中に、竹の薄い小片を櫛の歯状に並べた織機の付属具。機《はた》に張った経《たて》糸に、緯《よこ》糸を打ち込むのに用い、それを動かすと、軽い音が辺りにひびいた。

浄土寺村は東に如意ヶ岳を負い、西は神楽岡《かぐらおか》の吉田村、南は鹿ケ谷《ししがたに》村と接しており、南西に向かってゆるやかに傾斜した高燥な農村だった。

応仁年間（一四六七―六九）以後に村落が形成され、村名はこの地にあった浄土寺に因《ちな》んだ。真如堂《しんにょどう》、知恩院、青蓮院《しょうれんいん》など十一の寺院領や公家領に分かれ、村高は四百四十三石。稲作のほか畑地では粟《あわ》、きびを植え、物産として菜種、南瓜《カボチャ》、西瓜《すいか》、茶などで知られ、山中から産する石も庭石として好まれた。

元亀四年（一五七三）四月の織田信長による上京《かみぎょう》焼打ちの際には、全村が徹底的に破壊された。更に宝永二年（一七〇五）、村内三十五軒が焼亡する火事に見舞われ、残ったのは二十軒余りだったと伝えられている。

お紀勢がこの村の親許から嫁いだ佐七の家は、すぐ近所の中百姓。かれは少々の田畑と公家領の土地を委《まか》され、耕作に励んでいた。

二人は幼馴染みであった。

幼いときからかれともう一人彦次郎《ひこじろう》との三人が、どこか気が合うのか、大勢の子どもの中で特に親しくしてきた。

佐七と彦次郎は同い年。お紀勢は一つ年下だった。

「大人になったら、わしはお紀勢ちゃんを嫁はんにするのや」

「わしかてそのつもりでいるのやわい。横から邪魔せんときや」

彦次郎がいえば、佐七はこう応じた。

だがお互い幼いだけに、それ以上の争いには発展しなかった。

「あの三人はややこしい関係やわ。そやけどお紀勢ちゃんは結局のところ、佐七の嫁はんになるやろ」

「それはなんでやねん」

「決まってるがな。佐七んとこは中百姓。彦次郎の家は小百姓やさかい。いくらお紀勢ちゃんが彦次郎が好きでも、親が許さへん」

年嵩《としかさ》の子どもたちが、ませた口調でこう噂していた。

小百姓はわずかな田畑を耕作する農民をいい、乙名《おとな》百姓に従属してやっと暮らしを立てている。

「中百姓だの小百姓だのというたかて、目糞が鼻糞を笑っているようなもんとちゃうか」

「それでも当人はともかく、親にすれば大変な違いやわいさ」

「そやけど二人はあないにいうてるもんの、これからもっと大きくなったら、女子《おなご》の好みも変わり、誰を好きになるかわからへん。あんな幼い餓鬼たちのいうことをまともにきいてたら、阿呆《あほ》みるわいな」

「それでも佐七と彦次郎は、ともに跡取り息子やさかいなあ」

「それがどうしたんやな。この村は東以外、北白川《きたしらかわ》村や吉田村などに接してる。年頃になったらあちこちの村から、二人に縁談が持ち込まれてくるやろ。お紀勢ちゃんかて同じこっちゃ。わしらが心配せんかて、なるようになるわいさ。お紀勢ちゃんの器量《きりょう》やったら、京の町方《まちかた》から思い掛けんええ縁談がきて、お紀勢ちゃんは玉の輿《こし》に乗るかもわからへん。そんなんはお天道様《てんとうさま》（太陽）が決めはるこっちゃ。いくらか年上でも、わしら子どもがあれこれ案じるものやないねんで。黙って見てたらええのやわいさ」

餓鬼大将の重松《しげまつ》の一声で、他の子どもは急に黙り込んでしまった。

こうした中で村の子どもたちはすくすくと育ち、やがて毎年、数人がつづけざまに小僧として京へお店《たな》奉公に出かけた。

佐七と彦次郎は、村童の中での立場が次第に高くなってきた。

浄土寺村に課せられた最も大切な行事は、なんといっても毎年、七月十六日に行われる如意ヶ岳における精霊の送り火（大文字の送り火）であった。

死者供養の施餓鬼《せがき》として催されるこれについては、江戸時代の名所記や見聞記などに数多く記されている。

黒川道祐《くろかわどうゆう》も『東北歴覧之記』で、「毎年七月六日の晩、浄土寺村の村民は慈照寺山の松の木を伐《き》って薪《たきぎ》となし、十六日の晩、浄土寺山腹に右の薪で火を点じ、大文字の形を作る」と記している。

大文字の送り火は、村人の労による京洛の一大奇観であった。

家を継ぐため村に残った佐七や彦次郎始め七、八歳以上の子どもたちは、送り火のための薪作りに従った。

標高四百六十六メートルの山に、幾度も薪の束を背負って登らされた。

これは女子もであった。

「汗びっしょりやけど、ここに立つと胸がすかっとするなあ。吉田山はほんの目の下、御《ご》陵《りょう》らしい木々の繁みがはっきり見えるわ。京の町も御所も一望でき、摂津《せっつ》の山崎も手に取るようやがな。お山の大将とはこんな気分をいうのやろ」

大文字山の山頂で佐七がいい、彦次郎がそうやろなあとうなずいた。

二人は十四歳だったが、この頃にはお紀勢の話はお互い口にしなくなっていた。

足許には「大」の火床が下にとのびていた。

「佐七、もう一度ぐらい薪を運んでこられるさかい、早《はよ》う山を降りよか――」

「ああ、そうしよ」

彦次郎にうながされ、佐七は猿《ましら》の速さでかれの後に従い、馴れた山を下った。

こうしたとき、しばしば鹿に出会い、山の谷川には小さな沢蟹《さわがに》もいた。

麓の道のかたわらでは、村人たちが大勢で薪を作り、それを束にしている。

「お紀勢、おまえたち女子は、大人について七、八本の薪を背負うて登ったらええんじゃぞ」

「勝手に横道にそれ、みんなからはぐれんとけや。わかったなあ」

度々、そんな声をかけられた。

如意ヶ岳の山頂には、小さなお堂が建っている。

「お山の中の細道を東に行くと、近江《おうみ》の三井寺《みいでら》や園城寺《おんじようじ》に着くんやて。昔はこの山中にお侍さま方の籠《こも》らはる小さなお城が構えられ、幾度も戦が行われたそうえ」

「織田信長さまの上京焼打ちのとき、うちらの村はほとんど焼き払われてしもうたらしいなあ」

「今は穏やかな時代でよかったわ」

「貧乏してても穏やかなのが一番や」

「どうして人は偉《えろ》うなりたがらはるのやろ」

「それは大きな権力を持って、他人を従わせたいからやろ。権力いうもんは大小にかかわらず、それはええもんらしいえ」

「そんなもん、うち持ちとうないわ」

「うちかて同じじゃ。権力を持つために多くの人を殺したり疵《きず》付けたりしても、人は生身、自分もいつかは死ななあかんさかいなあ。権力を握ってはるお人は、どうしてそんなんを

ていた。

「大きな声ではいえへんけど、ほんまは阿呆やからやわ。これ誰にもいうたらあかんえ」

機を織りつづけるお紀勢に、如意ヶ岳の山頂で仲良したちと交した会話の記憶が甦《よみがえ》っていた。

あれから何年経ったことやら。

機を織るお紀勢の手が再び止まっていた。

彼女が佐七の許に嫁いできてから五年半近く、すぐ懐妊して産んだ修平は五歳になる。

だがそれにしても、彦次郎はいったいどこに行ってしまったのだろう。

かれについて語るのは、夫婦の間ではなんとなく憚《はばか》られる雰囲気であった。

彦次郎の家は、両親はすでに亡くなっており、突然、かれが行方不明になったため、廃屋と化していた。

かれがどこかで生きていれば、夫の佐七と同じで二十五、お紀勢は二十四歳であった。

彦次郎が行方知れずになった後、佐七の両親は村の年寄を通じ、彼女を佐七の嫁にともうし入れてきた。

お紀勢の両親にはなんの異論もなかった。

婚礼は村年寄と数少ない両家の身内を集め、滞《とどこお》りなくすまされた。


考えはらへんのやろ」

そして間もなく彼女は懐妊し、修平は早産のわりに丈夫で生れた。

次の年、舅《しゆうと》と姑《しゆうとめ》が悪い流行病《はやりやまい》に罹り、あっけなくつづいて死んでしまった。

「二人とも初孫の顔を見て死んだのやさかい、極楽往生といえるのと違いますか――」

次々に行われた簡素な二人の葬式に参列し、野辺送りに加わった人々は、生れて半年にもならない修平を胸に抱えて挨拶するお紀勢を、そういって慰めた。

これで親子三人だけ。一面、彼女は気兼ねなく暮らせるようになった。

夫の佐七は彼女に優しかった。

だがお紀勢の胸の底には、絶えず彦次郎の面影が重く沈んでおり、彼女は以前とはすっかり人が変わっていた。

「紀勢、おまえどこか悪いのとちゃうか――」

佐七がときどきたずねてくれたが、お紀勢はいつもその問い掛けに首を横に振った。

「うちは元々、あんまり丈夫やなかったさかい――」

「子どもの頃はそう見えなんだけどなあ。おまえは相当のおきゃんやったはずやで」

おきゃんの〈きゃん〉は唐音。「俠」を女の名のように用い、女の活発な行動や態度をいい、おてんば娘を指していた。

「おまえさまの目にそう映っただけどっしゃろ」

「まあ、そうかもしれへん。そしたらわしの嬶《かかあ》になって、落ち着いてきたのかなあ」

佐七は深く考えもせず、呑気《のんき》にいっていた。

生垣の外を通る村人たちの耳に、機の音がずっと平和そうにきこえつづけていた。

このとき、誰かが粗末な冠木門《かぶきもん》を潜り、敷石伝いに訪れる気配が伝わってきた。

「ごめんやす」

声は隣に住むお千江《ちえ》のものだった。

「お千江はんか――」

「ああ、お紀勢はんは相変わらず、精を出してはるのやなあ」

「いわれるほどでもないいえ」

「そやけどいつも機の音がきこえるさかい、感心しているのやがな」

幼馴染みのお千江は、隣家の松蔵《まつぞう》の許に嫁いできていた。

「陽の暮れかけた今頃、いったい何の用え」

「京へ出かけた親戚が、饅頭《まんじゆう》を買《こ》うてきてくれたさかい、それを三つだけお裾分《すそわ》けに持ってきたんやわ」

土間に立ったまま、お千江は小さな紙包みをお紀勢に手渡した。

「それはおおきに。修平は甘いものが好きやさかい、よろこぶわ」

「修平ちゃんはいつも元気そうでええなあ。ところでこの間、お美津《みつ》ちゃんが赤ちゃんを産んだやろ」

「へえ、男の子やったらしいやないか」

「それがあの家は難儀なんやわ」

「そんなん、どうして――」

「姑はんがお美津ちゃんの子育てに一つひとつ口出ししはるんやて。それでお美津ちゃん、お義母《かあ》はんの子育てはもうすんだのやさかい、うちにあれこれ指図するのは止《や》めてくんなはれと、強い口調でいうたそうなんや」

お千江は愁い顔で語った。

「お美津ちゃんは小さな時分から気が強かったさかいなあ」

「そんなことから姑のお竹《たけ》はんが、お美津ちゃんの拵えた御飯を、ろくに食べんようになってしもうたそうなんや。それどころか外で知り合いに会うと、嫁がわしに御飯を食べさせてくれへんとぼやくんやて」

「お竹のお婆ちゃん、少し惚《ぼ》けてきはったのとちゃうやろか」

「そうかも知れへんなあ。それはそうとして、饅頭やというのに、修平ちゃんは奥から飛び出してきいへんの――」

お千江が囲炉裏の作られた部屋を覗き込んだ。

「あれっ――」

お紀勢は思わず声を上げ、外に耳を欹《そばだ》てた。

先程までひびいていた子どもたちの騒ぎ声が、いつの間にか絶えている。

彼女は土間にお千江を残したまま、あわてて表に飛び出した。

それから村は大騒ぎになった。

一緒に遊んでいた子どもたちにきく限り、修平は何者かに連れ去られたと思われるからであった。

「これはきっと人攫《ひとさら》いに誘拐《かどわか》されてしもうたんやわ」

村年寄の許に人が走り、かれを探すため多くの村人たちが南北や西にと散っていった。

「修平――」

土間に頽《くずお》れたお紀勢は、上がり框《かまち》に顔を伏せて嗚咽《おえつ》しつづけた。

外では薄暮が這い始めていた。

二

その夜、浄土寺村の入口に当る白川橋の近くでは、大きな焚火が焚かれつづけた。周りに数人の村人が詰め、村から運ばれてきた薪が、爆《は》ぜながら激しく燃え上がり、その火は下鴨神社の辺りからでもはっきり見えた。

神社の東を流れる高野川、西の賀茂川は、下鴨神社の南で合流して鴨川となる。だが両川とも実は伏流水。川とは呼ばれていたが、普段、水はほとんど流れていなかった。下鴨神社の南、二川の合流点の辺りで水が湧き上がり、鴨川となって南に流れ下っていたのである。

尤も、大雨が降ったときには、この限りではなかった。

「あの大きな焚火はなんやろ」

高野川の東に当る田中村の村人が、東の遠くに黒々と見える如意ヶ岳を目の隅に入れながらつぶやいた。

「なんや、村の子どもが人攫いに誘拐されたそうやわ」

「そら大変なことやないか」

「浄土寺村では四方八方に人を出し、その子を必死に探してる。丹波《たんば》口や長坂《ながさか》口、五条橋口など京の七口に人をやり、その子を京から外に連れ出されんように見張っているはずや」

「洛外に連れ出されてしもうたら、もうわからんようになるさかいな」

京の七口は他に三条口、大原口、鞍馬《くらま》口、東寺《とうじ》口などである。

「近頃、子攫いの話はちょっときかなんだけど、またそんなことが起ったのかいな。わしらは助っ人に出んでもええのやろか――」

「北白川村と吉田村のお人たちは、早くから応援に駆け付けているらしいわ。そやけどこの田中村の村年寄は、そこまで考えてへん。人攫いはまだ京域にいてるかもしれへん。明日、京へ働きに行く男たちに、子ども連れの不審な男に、注意して貰《もろ》うたらええというてはるようや」

「不人情な態度やなあ」

「浄土寺村の年寄は、東西両町奉行所にすぐさまこの件を訴え出て、京の七口には、厳重に監視せよとのお達しがもう届いているからやろ」

「そうならそれでええけど、ともかく気の揉めるこっちゃ。けど浄土寺村の北は北白川村、更には一乗寺《いちじょうじ》村。野道はその先も北にのびてて山端《やまばな》村につづき、若狭《わかさ》街道となるわなあ。

京の七口を見張ってたかて、役に立たんのとちゃうか」

「ああ、子どもの一人ぐらい、京口を通らんかてどのようにでも洛外に連れ出せるわ」

「そうやろ。そしたらわしらは、ただ焦《じ》れているしかないというわけか」

「残念ながらそういうこっちゃ」

焦れる子持ちの男と話す村人も、ともに苦々しい顔付きであった。

各村は決して仲良く過しているわけではなく、近くに鴨川が流れていたが、それでもしばしば水相論（水争い）を起していた。

だがこうした災厄には一致して当り、それはどの土地でも同じであった。

白川橋の近くでは、薪がまた新たに火の中に放り込まれたのか、火の粉がぱちぱちと盛んに飛んでいた。

そこでは東町奉行所の与力が同心を二人従え、床几《しょうぎ》に腰を下ろしたところだった。

「すでに京の七口には手配したものの、後《おく》れ馳《ば》せながらその子どもが誘拐されたときの状況を、きき取っておかねばならぬ」

「ご尤もでございます」

お千江の夫の松蔵が、股《もも》引《ひ》きの片膝をついて与力に頭を下げた。

「一緒に遊んでいた子どもたちは夕飯を食い、もう寝入ったはずじゃ。だがそのときのようすをその子らにたずねたい。気の毒だが、起してここまで連れてきて貰えぬか」

与力の求めに従い、何人かが村に向かって走った。

やがて迎えにいった村人や親たちにあやされ、五、六歳の子どもたちがむずかりながら、焚火の近くにやってきた。

「おお、良い子ばかりじゃのう。寝入ったところを起し、まことにすまぬことじゃ。修平ともうすそなたたちの仲間が、誘拐されたらしいのでなあ。小父《おじ》さんたちはその子を探し出せと、お奉行さまから仰せ付かったのよ」

与力の水野伝兵衛《みずのでんべえ》が、猫撫で声でかれらに伝えた。

集められたのは、男の子四人に女の子三人だった。

「これからそなたたちがちょっとした悪戯《いたずら》をしたとて、親父どのに叱ってはならぬと、わしらが代わりに謝ってやるからなあ」

「それだけはしっかり約束してとらせる」

二人の同心がかれや彼女たちに飴玉を配り、笑顔で話しかけた。

「誘拐されたのは、修平ともうす五つの男の子じゃな」

「へえ、修平ちゃんは賢い子やで——」

「おお、そうなのか。それでわしらが知りたいのは、どんな人相の男にどこで声をかけられたのかじゃ」

同心の一人が、ませた顔付きをした男の子にたずねかけた。

「その人は膝切りに股引き姿、笠をかぶってはったわ」

「場所はどこじゃ」

「銀閣寺の参道近くのお地蔵さまのそばやった。大きな石に腰を下ろし、わしらを見てはったんや」

「うちらがな、人当て鬼遊びをしてたら、そのお人がみんなに楽しそうじゃなあと、声をかけてきはったんやわ」

その遊びとは、鬼になった一人が両目を覆って蹲《うずくま》る。その周りを手をつないだ子どもたちが、鬼遊び歌を唄いながら廻るのであった。

「京の京の　大仏つぁんは　天火で　焼けてな　三十三間堂が　焼けのこった　アラ　どんどんどん　コラ　どんどんどんどん　うしろの正面　どなた　おさる　キャッ　キャッ　キャッ」

と一斉に唄うのだ。

鬼が誰々ちゃんという。

違ったときは、「違いました　違いました　松の影」と答える。

当ったときには、「ようさいた　ようさいた」と答えて立ち上がる。

そして今度は、鬼から名前を当てられた子が鬼になる遊びであった。

「それでどうしたのじゃ」

「修平ちゃんが鬼になったとき、なんでかなかなか当てられへなんだ。いつもやったら修平ちゃんは賢いさかい、一度で間違いのう当てはるのに、今日は駄目どしたんや」

「わしらはどうしたわけやろなあと思うてました」

「今日は何遍も間違えはったんえ」

「お糸《いと》ちゃんがもう止めたあといわはり、陽が西に傾いてたさかい、みんな散りぢりに家に帰ったんどす」

「修平を一人残してか」

「へえ、そうどした」

「それはどうしてなのじゃ」

「修平ちゃんがいつかいうてはったけど、修平ちゃんはどうしてか、野良仕事から家に戻ってきて、いつもすぐ自分を抱き上げようとしはる親父はんを、あんまり好きやないのやそうどす。そやさかい、早《はよ》う家へ帰りたくないのとちゃいますか」

佐七にはきかせたくない話だった。

その佐七は今頃、修平を探して暗い京の町中《まちなか》を走り廻っているはずだった。

「それでその膝切りに股引き姿の男、笠をかぶっていたとはいえ、少しぐらい人相を見たのではないのかな」

「人当て鬼遊びをしてたとき、奴髭《やっこひげ》を生やしているのを、わしは見た覚えがあるわ。かぶっていた笠を一度、脱がはったときや」

多助《たすけ》と呼ばれる中百姓の子どもが、はっと思い出したように同心に伝えた。

「奴髭というたかて、子どもを誘拐すような悪党、多助ちゃん、それは付け髭やったかもしれへんえ」

「お糸ちゃんにいわれたら、そうかもわからへん」

多助は自信なさそうにつぶやいた。

「水野伝兵衛さま、子どもたちの証言から考えると、修平はその男に声をかけられ、さしたる恐れもなく、付いていったようでございますなあ」

「ああ、わしらは誘拐しと決め付けているが、修平は父親に抱かれるのがなぜか嫌いで、奴髭の男にふと誘われ、何となく付いていったとも考えられる」

「修平はなにゆえ父親に抱き上げられるのを嫌っていたのでございましょう」

「世の中には、そんな癖のある子どももいるわさ。冷酒《ひやざけ》と親の小言は後から効くといわれており、親のありがたみは、子どもにはなかなかわからぬものじゃでなあ。こうなると、子どもたちからこれ以上、手掛かりを得ようとするのは無駄のようじゃ。もう引き取って貰うとするか。焚火の中で芋が旨そうに焼けておる。村人からそれを分けて貰い、子どもたちに持たせて帰すといたそう」

　水野伝兵衛が懐から印伝革の財布を取り出しながらいった。

　この探索は、村年寄と関わりの深い用人を通じ、町奉行から命じられたものであった。

　それにしても、賢いときいた修平が奴髭の男に誘われ、何気なく付いていってしまった。家は中百姓。父親と母親、かれの三人だけの家庭。伝兵衛はそこに何か冷えびえとしたものを感じた。

「ありがたいことでございます」

　伝兵衛から小粒銀を三つ受け取った村人たちは、暗闇の中に消えていくかれらに深々と頭を下げ、礼をいっていた。

　翌早朝、浄土寺村の村年寄の許に、修平が三条麩屋町《ふやちょう》の旅籠《はたご》「但馬屋《たじまや》」で発見されたとの知らせが、町奉行所からもたらされた。

　かれを誘拐したと考えられている奴髭の男と、一緒だったという。

　これはすぐ佐七の家に知らされ、噂はたちまち村人たちの耳に届いた。

「修平ちゃん、無事でよかったなあ」

「誘拐した奴髭の男も一緒なんやて——」

「なんでも三条麩屋町の但馬屋いう旅籠にひそんでいるところを、お調べに当ってた奉行所のお役人さまに発見されたそうやわ。奴髭の男は、修平ちゃんを誘拐した廉《かど》で両手を後ろで縛られ、腰縄をうたれ、月番の東町奉行所に引っ立てられていったらしいで」

「それから修平ちゃんはどうしたんやな」

「そら奴髭の男と一緒に、町奉行所へ連れていかれたに違いないわい」

「それはどうしてなんや——」

「そんなこともわからへんのか。町奉行所は誘拐された経緯《いきさつ》やさまざまな事情を、きき取らなあかんやろな」

「ああ、そうやなあ。きっと奴髭の男、修平ちゃんを旅役者の一行か傀儡師《くぐつし》にでも、売り渡そうとしてたんやろ。ともかく早う発見されて幸いやったがな。奴髭の男には、ざまをみろと唾を吐きかけてやりたいわ」

昨夜、一睡もしなかったお紀勢は、彼女を案じて家に泊り込んでいたお千江に抱き付き、大声で泣きつづけた。

「お紀勢はん、もうこれで心配することはありまへんえ。修平ちゃんが無事でほんまによかったわ。旅芸人にでも売り飛ばされてたら、修平ちゃんは賢いけどまだ小さいさかい、すぐ何もわからんようになるとこどした」

お千江も目をうるませていった。

東町奉行所では、奴髭の男を一旦、牢舎に放り込んだ。

修平を同心部屋の隅に坐らせ、取りあえず朝食を摂らせた。

「さあ修平とやら、膳の一汁三菜を食うがよい。幼いとはもうせ、この部屋に連れてこられるまで、町奉行所とはどのようなところか見たであろう。それだけでも十分何かが学べたはずじゃ。飯はどれだけ食うてもかまわぬぞ」

かれを旅籠但馬屋から保護してきた同心の甘利新四郎《あまりしんしろう》が、一言添えてうながした。

飯は丁寧にも御櫃《おひつ》ごとであった。

同心部屋には机がずらっと並べられ、背後に棚が据えられ、調べ書きとみられる帳面が納められていた。

部屋の正面は同心組頭の席。背後の床《とこ》には、文字は読めないが、大きな軸物がかけられ、厳粛な雰囲気であった。

外に歩廊がつづき、庭が朝の陽に映えて美しかった。

「甘利どの、今牢舎へ行き、その童《わっぱ》を誘拐した奴髭の男を見てまいった。奴髭はともかく、さして悪党とも思われぬ男でござるな」

「いかにも、歳は六十すぎ、われらに腰縄をうたれたとて、さして驚きもせず、その修平をむしろ労《いたわ》るような目で見詰めておった。道脇で見物いたす町の人々を平然と眺め返し、三条麩屋町からここまできた次第じゃ」

「相当、腹の据わった悪党だろうかのう」

「いや、わしはそうとは思わぬ。旅籠の但馬屋を出るとき、見送る主《あるじ》や番頭に宿代をとたずねていたくらいじゃでなあ」

「それで甘利どのはどういたされた」

「宿代は後で町奉行所が払ってつかわす。そなたは黙ってわしらに引っ立てられてくればよいのじゃといい、黙らせたわい。そのとき奴はあっけらかんとした顔で、お手数をおかけいたしますなあともうしおった」

「お手数をだと。ふむ、あれは並みの悪党ではございませぬな。叩けば埃《ほこり》が山と出る大盗賊の首領。あるいは幾らかわけはあるものの、全くなんでもないただの老人ではございませぬかな」

「いかにも、わしは盗賊の首領とも、子どもを平気で誘拐す悪党とも思うておりませぬわい。ご吟味役さま方はどうお調べになられようかなあ」

伝兵衛たちの吟味には当然、甘利新四郎たちも立ち会うのであった。

浄土寺村の村年寄や但馬屋の主、番頭、それに修平の歳を考え、父親の佐七もだった。そして四つ（午前十時）過ぎ頃、拷問蔵に隣接する小さな取調べの間で、それが始められた。

その上段に数人の吟味役が並び、土間に奴髭の男と修平が坐らされた。修平には特別に敷き物が宛《あて》がわれ、但馬屋の主従と佐七はその後ろにひかえさせられ、甘利新四郎たちは修平の近くに置かれた床几に腰を下ろした。

「これより吟味役さまのお調べが始まりまする」

書き役の声に従い、筆頭吟味役の五味靭負《ごみゆきえ》と下役の二人が現れた。

「これなる奴髭の男が、そこにひかえる男の子を誘拐したのでございます」

新四郎が筆頭吟味役の五味靭負にもうし立てた。

「その奴髭、今時なかなか立派なものじゃのう。そなたは自分を捕えた同心衆に、頑《かたくな》に名を明かさぬそうだが、それはどうしてなのじゃ。吟味役のわしがたずねたとて、やはり同様にいたすのか――」

「いや、そうではございませぬ。わしは下桂《しもかつら》村で庭師をしている播磨屋重左衛門《はりまやじゆうざえもん》といい、子どもを誘拐して売り払うつもりなど、端《はな》からいささかもございませなんだ」

かれは正座から急に胡坐《あぐら》になり、靭負にのべ立てた。

その急変ぶりに取調べの間がざわめいた。

播磨屋重左衛門の身体が、一廻りも二廻りも大きく見えた気がしたからである。

「下桂村の庭師で播磨屋重左衛門。わしはその名に覚えがあるわい。そなたは専《もっぱ》ら仙洞《せんとう》御所さまの庭木の手入れに当っている庭師じゃな」

「はい、さようでございます。突然、右足の塩梅《あんばい》が悪くなりましたゆえ、このような場で胡坐をかきましたことをお許し下さりませ」

「おう、配慮をいたさなんだこちらこそ、許してもらいたい。それで播磨屋どのは、なにゆえ下桂村から遠い浄土寺村にまいられたのじゃ」

「ご吟味役さまは、浄土寺村に構えられている銀閣寺をご存じでございましょう」

「ああ、よく存じておるが、その銀閣寺がどうかいたしたのか」

「銀閣寺には、錦鏡池から浚い上げられた白川砂で作られた向月台と銀沙灘がございます。何年かに一度、古くなった二つを崩して外に運び、新しい白砂をもって作り替えるのですが、今それが行われているときき、見物にきたのでございます。いやはや、その戻り道でこんな厄介に遭《あ》う羽目となり、いささか迷惑しております」

「さもあろうが、村人たちはそなたが子どもを誘拐したと騒いでおった。それゆえこちらとしては、詮議をせねばならぬのだが、そもそもどうしてこんなことになったのじゃ」

「わしが銀閣寺の参道近くに祀《まつ》られた地蔵の前で一休みしていると、目の前で村の子どもたちが人当て鬼遊びをしておりました。やがて陽が西に傾き、子どもたちは遊びに飽きたのか解散して、それぞれの家に走って消えました。しかしそこにいる修平という子どもだけが、その場から立ち去らず、わしをじっと見詰めておりました」

「どうしたのじゃ、坊主――」

そのとき、播磨屋重左衛門は子どものようすに不審を覚え、声をかけた。

かれから家に戻るのを躊躇《ためら》う気配を、濃厚に感じたからだ。

「わしにそうきくおっちゃんは、どうしてそんなところに腰を下ろしてはるねん」

「わしの仕事は庭師。銀閣寺の向月台と銀沙灘の白砂が取り替えられるときき、それを西の下桂村から見にきたのじゃ」

近くに畚で銀閣寺から運び出されてきた白砂が、山のように積まれていた。

「なんや、そうかいな。今日はわしんとこのお父はんも砂盛りをするため、銀閣寺へ出役に出かけてはるわ」

「そなたはどうして他の子どもたちのように家へ帰らぬのじゃ」

「わし、あんまり早う家に帰りたくないねん」

修平は足許の石を蹴っていった。

「それはなんでじゃ」

「わしのお父はんは、畑仕事や山仕事をして家に戻ってくると、すぐわしを抱き上げはる。わしそれが好きやないねん」

「親父どのとそなたは不仲なのか」

「そうやないけど、わしはなんでか、お父はんを好きになれへんのやわ。ほんまはこんなことではあかんのやけどな」

「父親が好きになれぬとは、困った坊主じゃな。ほな、まだ陽があるさかい、わしを百《ひゃく》万遍《まんべん》知恩寺か、鴨川に近い長徳寺まで送ってくれるか。あの辺りの辻茶屋で団子でもご馳走してやろう」

播磨屋重左衛門は途中、修平と名乗ったかれに、子は親を敬《うやま》い、親に尽さねばならぬのだと、孝について説くつもりだった。

事実、歩きながらそう諭した。

「おっちゃんとこのお子たちは、元気でいてはりますのか」

「修平、わしをおっちゃんおっちゃんと気安く呼ぶではないわ。わしはすでに六十を幾つか過ぎた爺《じじい》なのじゃぞ」

「そしたら重左衛門のお爺さまと呼んだらええのどすか」

「重左衛門のお爺さまか。それは悪くないのう。そしたら今後、わしをそう呼んでくれい」

「庭師いう仕事は楽しおすか——」

「さして楽しくはないが、この松の枝を剪《き》ったら周りの眺めはどうなるやろと考え、庭木を剪ったりするのは、やっぱり楽しいわ。あの銀閣寺の向月台や銀沙灘を拵えた人物は、なかなかの知恵者だぞ。池から浚い上げた白川砂で、あれだけの景観を工夫するとは、容易でないお人のはずじゃ」

「へえ、わしらの目にも確かにきれいに見えますわ」

「きれいどころではない。その意匠の巧みさが、ぐっと心に迫ってまいるのよ」

「わしはあの高い向月台を崩し、平らに広がった銀沙灘の模様を歩いて乱してやったら、胸がどれだけすかっとするやろと、いつも思うてますねん」

「修平は面白いことを考える奴じゃな。先程、庭師という仕事は楽しいかときいたが、さようにあれこれ考えて新しい庭を工夫いたせば、まことにやり甲斐のある楽しい仕事じゃ」

「重左衛門のお爺さまは、このまま下桂村にまっすぐお戻りどすか——」

修平はませた口振りでかれにたずねた。

「迷っておるが、夜も賑わう木屋町筋の居酒屋にでも立ち寄り、旨い酒など飲んで近くの安宿に泊り、明日、ゆっくり村に戻ろうかとも考えているところじゃ」

「そしたら重左衛門のお爺さま、今夜はわしを連れて、そうして貰えしまへんやろか」

「わしを連れてだと。そなたが家に戻らねば、両親《ふたおや》が心配されるであろうが——」

「そんなん、ときどき友だちの家で遊び呆けて泊ってくることもありますさかい、かましまへん」

「わしはおまえを連れて酒を飲むのか」

「わしは酒を飲めまへんさかい、お菜をいただいたら結構どす。お爺さまからもっと庭の話をききたいのどすわ」

これは五、六歳の童子がいう言葉ではなかった。

長徳寺脇の辻茶屋を出た重左衛門は、洛中に入ると、まず今夜二人が泊る宿として、三条麩屋町の但馬屋を選んだ。

先銭として宿賃の半分を払い、宿帳に下桂村住、庭師播磨屋重左衛門、他童子一人——と記した。

「わしは同心衆が宿帳も改めずにわしに縄をかけ、牢舎に放り込んだのをあきれてますわ。尤もそこにおいでの同心どのは、心急《せ》いたあまりで、手荒はなさいませなんだがな。吟味役さまにお願いしておきますが、決してお咎《とが》めになってはなりませぬぞ。良吏にも過ちはあるものでございますれば。わしが身許を明かさなんだのは、まあこんなわけで少々、ふて腐れていたのでございますわい」

重左衛門はすぐ近くにひかえる甘利新四郎ににやっと笑いかけ、奴髭をひねった。

「一応、修平なる童《わっぱ》にたずねるが、ただ今庭師の重左衛門どのが仰せられた通りに相違あるまいな」

五味靭負の言葉遣いや態度は、もう筆頭吟味役が被疑者に対するものではなかった。

小さな取調べの間の土間では、佐七が複雑な表情でひかえていた。

かれはわが子の修平を見るたび、いつも胸のどこかでおかしな奴だと思っていた。

可愛いと思い、抱き上げようとすると、修平は決まって不快な顔をした。

そうしたとき、佐七は胸が疼いてならなかった。

それは忌まわしいあの石の感触が、手に甦ってくるからであった。

三

その石の感触は五年半ほど前のことだった。

勿論、彦次郎は当時、村に健在であった。

二人はお互いお紀勢の名は一切口にせず、子どもの頃同様、何気ない顔を装って暮らしていた。

天候を案じたりしながら両親を手伝い、農耕に励む毎日だった。

やがて村の寄合に父親に代わって出席し、その後には村の男たちとともに酒を飲むようになってきた。送り火の折には小さな子どもたちを励まし、大文字山へ薪を運び上げたりしていた。

林道や山道で行き違うお紀勢は、匂うばかりに美しくなり、二人も逞《たくま》しく変わっていた。隣の鹿ヶ谷村との水相論でも、負けるような弱腰の口は利かなかった。

銀閣寺・錦鏡池の砂浚いに際しては、それまであった向月台と銀沙灘が取り崩される。そんなとき佐七と彦次郎は、まっ先に大きな畚に古くなった白砂を入れた。長い天秤棒を前と後で担ぎ、白川の辻まで何往復もして運び出していた。

さすがに向月台と銀沙灘は村の長老たちによって作られる。

二人は白砂を運び片付けるのがせいぜいだったが、長老たちが横板に長柄を付けた杷《さらい》で、代わるがわる銀沙灘に砂紋を付けるときには、他の若い衆とともに膝切りの片膝をつき、それをじっと見詰めていた。

そのうち自分たちがしなければならないからだ。

「佐七、こつをよう見覚えておくのやぞ」

「ああ、わかってる。杷の使いようで、砂紋の付き方が違うてくるのやなあ」

彦次郎の言葉に佐七が答えていた。

「十五、六人いる若い衆の中で、佐七と彦次郎の二人が一番頼もしいわ」

村の人々は二人をこう評していた。

前年は冷夏で不作。その年は不運にも旱魃《かんばつ》となり、不作がつづいていた。

東北や西国も同じで、六月には西国で何千人もの餓死者が出ているとの噂が、京まで届いてきた。西国でそうなら、東北や陸奥《みちのく》ではもっと悲惨なありさまに違いなかった。

陸奥は古称。磐城《いわき》・岩代・陸前・陸中・陸奥《むつ》――の五ヵ国をいう。

「どこの田圃《たんぼ》にも水がなく、折角、穂を出した稲にもあんまり実が入ってへんわ」

「この冬は大変なことになるかも知れんなあ」

「秋になったら山に入り、椎《しい》や団栗《どんぐり》の実を拾い集め、冬に備えなあかんぞ」

椎の実は殻を破れば生《なま》でも食べられるが、団栗は苦《にが》くてそのままでは食べられない。乾かして石臼で粉にしたうえ、水に晒して少量の澱粉を取る。他の穀物と混ぜて団子にするのだ。

飢饉《ききん》のとき農民は口に入るものは何でも食べ、飢えを凌《しの》がねばならなかった。

こうした中で彦次郎は父母を亡くした。

「二人は食う物も食わんと死んだんやないやろか。京の町の左官屋に嫁いでいる彦次郎の姉さんが、野辺送りのとき泣きに泣いてたわ」

「一人を生かすため、他の二人三人が食を断って死ぬ場合もあるさかいなあ」

「京の町中に捨て子が増えたというがな」

「京では米が高騰している。丹波や丹後から北野《きたの》遊廓《ゆうかく》や島原へ、身売りしてくる娘が多うなったときくわ」

「この村でも若い衆は嫁取りどころではないわさ。嬶が子を産んだはずなのに、いつの間にやらその子がいいへん。間引きも仕方がないさかい、見て見ぬふりをしてるこっちゃ。天候だけはどうにもならへん」

間引きは口べらしのため、親が生れて間もない子を殺すことであった。

そんな話も村では日常化していた。

それでも大文字の送り火だけは、特別な精霊送りとして、京の町衆の供御《くご》料を当て込んで行われた。

その頃から佐七は、彦次郎の行動に不審を覚え始めていた。

彦次郎が夜遅く人目を忍ぶようにひっそり、西の神楽岡（吉田山）に向かうのを見たからであった。

かれは手に農具らしい物を握っていた。

――あいつ、神楽岡になんの用やろ。あそこの東に人家はなく、こんな夜中に野良仕事でもあるまい。

佐七はそれに気付いて以来、彦次郎の動きから目を離せなくなった。

夜中にどうして神楽岡に向かっていたのか。

さほど高くもない神楽岡を越えれば、東側に吉田神社が構えられ、そこには神官たちが住んでいる。だがそんな時刻、かれらの一人に用があるとは、とても思えなかった。

どうしてなのか。なんでだろうと考えると、佐七の思案はやがて一つのことに逢着《ほうちやく》した。

神楽岡には各時代の陵墓が多数営まれている。

正確な数は不明だが、平安時代中期に生きた後一条《ごいちじよう》天皇の陵墓だけは、大きいためはっきりしていた。

その他に、高貴な人物の墳墓だったといわれる山の傾斜の小さなふくらみや、それらしい土盛りは幾つかあった。

天皇の陵墓や高貴な人々の墳墓は、室町時代末までだいたいわかっていたが、戦国時代、武士の勃興に従って次第に忘れ去られ、天皇家の衰微《すいび》によって、全く顧《かえり》みられなくなっていた。

祭事も行われないまま、百年二百年と歳月が過ぎた。更に歳月を重ねることで荒廃し、樹木の成長や山肌の崩落などに遭い、それらの陵墓や墳墓は、正確には比定出来なくなっていたのである。

幕末、大政奉還が果された後、明治政府は各時代の天皇の陵墓を明らかにする困難に直面した。

確かなものは別にして、伝聞やそれらしいというだけで、各天皇の陵墓を急いで定めてしまった。

明治政府の内部では、桓武《かんむ》天皇の陵墓をいっそ大文字山に営んだらいいとの珍論まで出されたそうだった。

現在、後一条天皇の陵墓は神楽岡通りに沿い、宮内庁によって立派に整えられ、管理されている。

昭和初年、この陵墓の北半町程の場所で、大掛かりな土木工事が行われ、そのとき土中から、高貴な人物の埋葬に添えられたとしか考えられない相当な品々が、多数発掘されたそうだ。

だがそれらは工事関係者や近くの人々に持ち去られ、四散してしまったという。

京都盆地の周辺部に営まれる各天皇の陵墓は、明治初期、急いで整えられたため、必ずしも正確ではないのである。

佐七の頭によぎったのは、彦次郎が天皇か高貴な人物の墳墓の一つを、こっそり暴《あば》いているのではないかとの疑いだった。

天皇の陵墓を暴けば、金に換えられる貴重な品々が多く出てくるに決まっている。かれの行動はそうとしか考えられなかった。

翌日、ようやく空が曇り、雨がぽつぽつと降り始め、やがて本格的な雨降りになった。

これを見て、家々から村人が飛び出してきた。

「雨や、雨やわ——」

「これで稲の実りも少しはようなるやろ」

「あちこちの神社や寺で雨乞いをつづけたさかい、それが験《げん》を表したんやわ」

村人たちは雨に濡れるのも厭わず、外でよろこび跳ねていた。

雨はこうして降り、田畑や山々をすっかり蘇生させて止んだ。

その夜更け、佐七は家から抜け出すと、彦次郎の家を遠くからそっとうかがった。

時刻はすでに四つ半（午後十一時）に近かった。

空では星がきらきらとまたたいていた。

——やっと出てきよったぞ。

彦次郎は辺りに警戒の目を配った後、神楽岡に向かい足早に歩き始めた。

気付かれぬように、佐七も身体を低くして野道を急いだ。

遠くで犬が吠え、夜鴉《よがらす》が怪鳥のように鳴き、暗い夜空をかすめていった。

神楽岡まではさして時を要さない。すぐといえるほどの距離であった。

やがて鴨川に流れ込む白川を過ぎると、辺りは雑木林で、それから少しずつ登り傾斜になってきた。もう神楽岡といってもよく、山が目の前にぐっと迫っていた。

彦次郎の姿を見失うまいと追ってきた佐七は、かれが山中へ足を速めていくのを斜《なぞ》え道から眺め、自分も足音をひそめ、一気にそこへと進んだ。

ここにくるまで誰にも会わなかった。

山中に踏み込んだ佐七の耳に、土を掘る音がかすかにきこえ始めた。

夜空に月は昇っていたが、山の中は漆黒の闇。その音を頼りに、佐七は足音を忍ばせじりじりとそこへ近づいた。

彦次郎が龕灯《がんどう》で足許を照らし、穴を掘っている。

龕灯は強盗提灯《がんどうちょうちん》。釣鐘形の外枠の中に、自由に回転する円形の金具が止め込まれている。円筒の先をどこに向けてもその金具が回転し、中央に立てられた太ろうそくが、相手を照らす一種の照明具であった。

土を掘る音が間断なくつづいている。

彦次郎はおそらく村に戻るときには、人に気付かれないよう、落葉などで隠しているのだろうが、その穴は相当深く大きいようであった。

――こ、これはやっぱり御陵を暴いているのやわ。彦次郎の奴は大人しそうな顔をして、ほんまは何をさらすかわからん奴ちゃ。貧窮するあまり、こんな悪党になってしもうたんやろ。これではお紀勢はんを嫁に迎えられへんわなあ。

佐七は胸でつぶやき、じっとかれの動きに目を凝らした。

彦次郎の息が弾んでいる。

かれはときどき手を止め、大きな息を吐いて東の山裾に目を投げていた。

そこには浄土寺村や鹿ヶ谷村の藁《わら》屋根が望めるはずだが、明かりらしいものは何一つ見えなかった。

――よっしゃ、彦次郎の奴が何をしているのか、これでようわかったわい。後は村年寄に訴え出るか、どうするかの問題だけや。そやけどそれは、いい逃れが出来ん状況に追い込んでからやなあ。こうなったら、お紀勢はんはもうわしのものや。

佐七は胸で快哉《かいさい》を叫んでいた。

翌夜から、佐七は先に穴の近くにひそみ、彦次郎の現れるのを待った。

それは数回に及び、念のため自分も龕灯を携え、火種を用意していた。

彦次郎に諫言《かんげん》する気持など少しもなかった。

かれが掘る穴は夜毎に大きくなり、どうやら今、掘り先を阻む石を取り除くのに苦労しているようだった。

かれの身体はすっぽり穴の中に入っている。

中にはかなりの斜めの空洞ができているようすだった。

——今夜が勝負どころやな。

佐七は自分の胸の声を確かにきいていた。

かれは携えている龕灯に、火種から太ろうそくに火を付けた。

尻を地面につけたままゆっくり神楽岡の斜面を下り、彦次郎が掘っている穴に近づいた。

穴の中で彦次郎の龕灯の火が動いている。

中はどうなっているかわかるべくもないが、龕灯の火が大きく動き、かれが穴の外に這い出てくる気配であった。

佐七は斜えに置いていた龕灯を、ぱっと穴に向けた。

「おまえは彦次郎やな――」

「おお、その声は佐七か。これ、これを受け取ってくれや」

彦次郎は身体がやっと這い出るほど掘り広げた穴から、左手に龕灯を摑み、右手に持った細長くて硬いものを、佐七に差し出した。

相手が懇意にしている佐七だと知り、一瞬、驚いたものの、用心するようすはなかった。

「こ、これやな――」

佐七はかれを安心させるよう落ち着いた声を返し、それを受け取った。

「この穴の中は御陵で、相当な宝物があるようやわ」

彦次郎が無警戒に佐七に伝えた。

細長いものを摑んだ佐七の胸に、今だ、とそそのかす声がひびいた。

佐七は急に気持を凶暴にさせ、辺りを見廻した。

近くにある手ごろな石が一つ目に付いた。

かれはそれを両手で持ち上げ、穴から這い出てくる彦次郎の頭に力いっぱい叩き付けた。

「ぎゃあ――」

彦次郎は悲痛な叫び声を上げ、腹からずるずると穴の奥に吸い込まれていき、龕灯の火がふと消えた。

――どうなったんやろ。

佐七は穴の奥にきき耳を立て、中をうかがった。重い石を頭に力いっぱい叩き付けられた彦次郎は、どうやらその一撃で即死したようだった。

そう確かめた佐七は、猛然と周りの大きな石を次々に放り込み、土や落葉を集めて穴を埋め始めた。

途中、がさっと音を立て、穴の周りの土がいきなり凹んだ。

佐七はこれにはぎょっとしたが、穴を四半刻《しはんとき》（三十分）ほどで塞ぎ、周りを平常の斜えに戻し、ようやく息をついた。

すっかり汗だくになっていた。

土に汚れた手拭いで、彦次郎から手渡された細長いものを拭って改めた。

それは硬い石を穿《うが》って作られた笛であった。

後になって青玉《せいぎょく》の笛だとわかった。

青玉はサファイアの漢名。鋼玉の一種で、ガラス光沢を持ち、青藍《せいらん》色で透明。宝石の一つだが、日本ではサファイアでなくても、青みがかった色の石を青玉と呼んでいた。

これほど立派な笛を墓に納めて貰える者は、相当な地位にあった人物に違いなかった。

平安時代、笛の名手として源《みなもとの》博雅《ひろまさ》がいた。

かれが笛を吹くと、周りの草はみんな枯れてしまったという。

どういう方法で硬い石に穴を穿ったのか知らないが、佐七はどこかできいた源博雅の名前を急に思い出した。

彦次郎を埋め込んだ穴を改めて眺め、背筋をぞっと粟立たせた。

これから自分はどうすればいいのだ。

まっ先に胸に浮んだのは、お紀勢の美しい顔であった。彦次郎がこの世にもう決して現れないことによって、彼女を堂々と嫁に迎えられる。

浄土寺村の人々はいずれかれのことなど忘れてしまうだろう。

罪の意識など全く感じなかった。

東の空が少し白みかけていた。

四

――こいつ、どないなつもりでいるのやろ。

東町奉行所から村年寄と一緒に修平を村に連れ帰ってきてから、佐七は前とは違った目で、かれを見るようになっていた。

可愛いためかれを抱き上げようとすれば、嫌な目で自分を見て、それを拒む。そのくせ会ったばかりの下桂村の庭師播磨屋重左衛門には、それらしいいい訳をして、のこのこ京まで付いていった。居酒屋にも従い、平気で旅籠に泊ったのだ。

まだ五歳だが、どこかまともでないところがあるのだろう。将来は家を飛び出し、ならず者か盗賊にでもなるかも知れない。そんな疑いの目で、佐七は修平を眺めるようになっていたのであった。

それでも佐七は、どんな激しい衝動に駆られても、修平を荒い言葉で叱ったり、撲《なぐ》ったりしないと固く心に決めていた。

なぜならかれは、彦次郎を暴殺してまでお紀勢を嫁に迎えて産ませたわが子だからだ。世間にあり勝ちな一時的な子どもの反抗期が、賢い修平には早くきたのだと、自らを納得させていた。

若葉の季節が過ぎ、梅雨の煩しさもすんで、浄土寺村は少しずつ慌《あわただ》しくなってくる。この時期に、大文字の送り火の仕度を始めるからだ。

人攫いの一件以来、お紀勢は佐七と修平のようすをいつもおどおどした目で眺め、二人の機嫌を取るようにして日々を過していた。

「お紀勢、今日は村の衆と一緒に、送り火に使う松の木を伐りに、山仕事へ行ってくるでなあ。おまえは修平と北白川天神社のそばの畑から、食べ頃の西瓜を採ってきてくれへんか。去年は西瓜泥棒に荒らされ、丸損やったけど、今年はなんとか大丈夫なようじゃ」

かれは土間に腰を下ろし、両足に脛巾《はばき》を付けながらお紀勢にいった。

すでに彼女は台所の片付けを終えていた。

熟した西瓜を選ぶお紀勢、それを抱えて大きな籠に入れる修平の姿が、かれの脳裏に浮び、朝からの強い陽射しがふと気になった。

「あんまり暑かったら日陰で休むんじゃぞ。修平、わかったなあ」

「それくらい心得てます」

一発、頰を撲りたくなる生意気な返事だったが、佐七はそれをぐっと堪えた。

おまえがやがてはこの家を継いでいかななららんのやさかいと、穏やかにいいきかせた。

それは修平が、しばしば下桂村の庭師重左衛門の話をお紀勢に出し、将来、播磨屋へ奉公に出て、庭師になりたいといっているのをきいていたからであった。

浄土寺村や鹿ヶ谷村には、銀閣寺や法然院《ほうねんいん》など名刹は構えられているものの、その庭の手入れをする専属の庭師は一人もいない。修平が播磨屋重左衛門の許で修業し、一人前の庭師になって村に戻れば、相当の仕事が欠かさずにあるに違いなかった。

百姓仕事をしているより、どれほどましだろう。

だが佐七は、その収入の大きさがわかっていても、修平を庭師にするのはなぜか気が進まなかった。

「播磨屋重左衛門さまは、仙洞御所に出入りを許されてはる庭師どす。修平が将来、御所さまや摂関家のいずれかに出入りを許される庭師に、ならんとも限りまへん。そやのにおまえさまは、どうして修平の望みを、かなえてやらへんのどす」

お紀勢が不満そうにいったことがあった。

「おまえには庭師いう仕事がわかってへんのや。高い木に登り、二股に分れた松の葉を、手で一つひとつ摘《つま》まなならんのやで。そんな危険な仕事をしてて、高いところから足を踏みはずして落ち、怪我や頭をぶって死んだりしたらどうするんや。あいつはこれからどんどん育ち、やがては大柄になるはず。身軽でないと、庭師は出来へんのやわ」

「そうどすやろか。修平がそう大柄になるとは思えしまへん。毎日見てると、修平は身軽に動き、庭師に向いてるようどすえ」

「おまえは修平に甘いさかい、そう思うんやわ。貧乏でもこの村で、自分とこの田畑とご領家さまから預かる田畑をしっかり耕し、平穏に暮らすのが一番なのやわいさ」

わが子の修平が、子どもながら庭師になりたいと希望するのになぜ反対するのか。自分の気持が解せないまま、佐七はお紀勢との話がそれに及ぶと、決まって苦い顔を見せた。

そんなときどうしてなのか、神楽岡の陵墓から這い出しかけた彦次郎の頭に、大きな石を叩き付けた感触が、いつも手に甦ってきた。

――わしは庭には石が配されたりするさかい、修平が庭師になりたいというのに、反対しているのかもしれへんなあ。銀閣寺の向月台や銀沙灘、大勢の人たちが美しい庭やと褒めているけど、わしにはなんでかあの庭も好きになれへんわい。

佐七は自分がどうしてそうなのか、胸の秘奥で薄々感じながら、敢えて深く考えまいとしていた。

送り火に用いられる松の木の伐採は、一定の量になるまで、村の男たちによってずっとつづけられる。

そのためこの時期、村の野良仕事は女子どもばかりでなされているありさまだった。

東町奉行所から修平を連れ帰った後、佐七は修平を探すため一晩中、協力してくれた吉田村と北白川村に米を二斗《と》携え、礼の挨拶に出かけていた。

「ほう、これは米やないか。こんな貴重な物を無理して持ってきはらんでも、困ったときはお互いさまや。そしたら気持だけいただき、一斗貰うとくさかい、後は持ち帰ってくんなはれ。おそらく親戚から借り集めてきた米なんやろ」

「実はそうどすねん。ありがたいご配慮をたまわります」

「そんなんしたら、親戚に余分な義理を作りますがな。それでおまえさまからいただいた米は、半分を濁酒《どぶろく》にして村の集まりで飲み、後の半分を握り飯にして、村の衆に配らせて貰います」

北白川村の村年寄や村長《むらおさ》はそういってくれた。

吉田村ではお互いさまのこっちゃといわれ、米を受け取って貰えなかった。

以来、佐七は修平の父親として、吉田村や北白川村の人たちに頭が上がらない気持だった。

浄土寺村の人たちには、礼などせんかてよろしと断られた。その代わりに佐七は、村役ではいつも率先して働いていた。

「佐七の奴は幸せなのか不幸なのかようわからんけど、子どもを持ったのは因果やったなあ」

「なんで因果なんどす」

「行方の知れん彦次郎と佐七は、子どもの時分からお紀勢はんを嫁はんにするのやと、いつもいい争うていた。そんな気分が影響したのか、修平はふと彦次郎を思い出させるような面差しを見せ、佐七の奴とは親子仲があんまりうまくいってへんらしいさかいやわ」

「そんな風には見えへんけどなあ」

「それはお紀勢はんが一生懸命、世間の目から隠しているからとちゃうか」

村人たちはそう噂していた。

佐七が村役に向かった後、お紀勢は修平を連れ、野良仕事に出かけた。

ご領家から委されている田畑は、北白川村との境を流れる白川より、東に多く広がっていた。

二人は西瓜の採り入れに励み、お紀勢が実が熟しているかを慎重に確かめ、修平が畑の隅に運んでいた。

どこの野良でも姿を見るのは、女子どもばかりであった。

「お母はん、陽がかんかん照ってるせいか、わしなんや頭が痛うなってきたわ。家に戻り、少し横になったらいかんか——」

修平が首筋の汗を拭いながらお紀勢にたずねた。

「頭が痛いのやと。どう痛いのや」

「なんやずきんずきんと疼くのやわ」

「そら、かないまへんなあ。風邪でもひいたのやろか」

「そうかもわからへん」

「そしたらすぐ家に戻り、涼しいところで横になっていよし。お母はんも早う帰るさかい」

お紀勢の言葉に従い、家に戻ってきた修平は、井戸から釣瓶《つるべ》で水を汲み、冷たいそれをぐっと飲んだ。

頭の痛みは間もなく不思議に治まってきた。

鼠《ねずみ》が竹天井で騒ぎ廻っている。

「うるさい奴ちゃなあ。廻り蛇でも這《ほ》うてるのやろか」

廻り蛇とは青大将。村の家々を廻り、鼠を獲るのに役立ち、別名、家（屋敷）廻りともいわれている。いわば村の守護神のような蛇だった。

一旦、大声を上げて鼠を静まらせたものの、かれらはまた騒ぎ、竹天井の上を走り廻り始めた。

「これは廻り蛇に追われているからやないなあ。ちょっと竹天井の上を見てみよ」

修平は納屋から梯子《はしご》を持ってくると、納戸部屋の隅にそれを立てて登った。

竹天井の端を持ち上げ、天井裏を覗き込んだ。そこは薄暗かったが、鼠の走り廻るのは止み、蛇の姿もなかった。

しかし妙なものが修平の目に止まった。

かれは手をのばしてそれを掴み取り、梯子から部屋に降りてきた。

――なんやろ。細長うて硬いものやなあ。

それは煤《すす》で黒ずんだ布に包まれていた。

なんの躊躇《ためらい》もなく、修平はその布を開いた。

中から現れたのは、青い石で作られた笛であった。

――こんなもの、どうして天井裏に隠してあるのやろ。買《こ》うたら高そうな笛やわ。尤もこんな笛、どこにも売ってへんやろけどなあ。

かれはそんなことを考えながら、笛の吹き口に唇を当てた。

最初の一吹きで笛がぼっと短く鳴り、その穴から埃《ほこり》が勢いよく吹き上がってきた。

修平に笛を吹く心得はなかったが、かれの後を追うように畑から戻ってきたお紀勢には、普通の笛とは違い、それは妙に好ましい音にきこえた。

「修平、その笛はなんえ――」

「ああお母はん、鼠の走り廻る音があんまりやかましいさかい、天井裏を覗いたら、布に包んだこの笛が出てきたんやわ」

かれは青い石で作られた笛を、お紀勢に手渡した。

「こ、これは天皇《みかど》さまや高貴なお人たちが吹かはる青玉の笛というものかもしれへん。こんな笛がどうしてうちの天井裏にあったのやろ」

彼女は眉を暗くひそめてつぶやいた。

その夜、修平はまた頭が痛み出し、早く寝させられた。

だが急に起され、村の南はずれにあるお紀勢の実家へ使いにやらされた。

「そのままお婆ちゃんの家で泊らせて貰いなはれ」

「わし、こんな夜更けに行きたくないがな」

「あれこれいわんと、黙って行くんどす」

お紀勢に強い口調で命じられ、修平は渋々出かけた。

囲炉裏を構えた部屋で、父親の佐七と母親のお紀勢が、一管の笛をめぐって何か険呑《けんのん》なやり取りをしている。それに修平は気付いていたのだ。

すでに佐七はお紀勢に問い詰められるまま、半ば彦次郎の殺害を白状していた。

「おまえがどうしても好きで、娼にしたかったからやわ」

佐七はうなだれ、お紀勢に許しを乞うた。

「それで御陵を掘っていた彦次郎はんから、青玉の笛だけ受け取り、石で頭を撲って穴に落し込み、殺したのどすな――」

「確かにそ、そうなんや。咄嗟《とっさ》に何も考えんと悪いことをしてしもうたと、今では深く後悔していはるんどすか。おまえさまがそうど悔していいるんじゃ」

「へえっ、悪いことをしてしもうたと深く後悔していはるんどすか。おまえさまがそうどしたら、うちかて打ち明けななりまへんけど、実は修平はおまえさまのお子ではなく、殺された彦次郎はんの子どもどすわ。彦次郎はんが半月待っても一月経っても村に戻ってきいへんさかい、両親から強くいわれ、心が咎めるまま、おまえさまの許に嫁いできたのどす。こうなったらうちは、おまえさまに殺された彦次郎はんと修平のために、何かせなあきまへん」

「お紀勢、おまえはわしを騙《だま》してきたんやな——」

二人が裸で縺《もつ》れ合う姿が一瞬、胸をかすめ、かれは急に熱《いき》り立った。

「それはおまえさまも同じことどすがな」

彼女の声が鋭く佐七の胸を抉《えぐ》った。

お紀勢も激昂し、自分の考えがどこか理不尽なのも、わからなくなっていた。

「何かせなあかんとはどういうこっちゃ」

「そ、それはこうすることどす。一途な女心やと思うてくんなはれ」

そういいながらお紀勢は、その激しい口調にふとたじろいだ佐七に、身体ごとぶち当っていった。

両の眦《まなじり》を吊り上げた彼女の手には、鋭利な出刃包丁が握られていた。

佐七の身体から辺りに鮮血がぱっと飛び、かれはゆっくり囲炉裏端に崩れ込んでいった。

「ぐわあっ、お、お紀勢、や、やりおったな」

かれの声はこれで絶え、あとは重いうめき声に変わった。

しばらく後、佐七の家から大きな火の手が上がった。お紀勢が藁束を積み上げ、その中に横たわる佐七の上に覆いかぶさり、火を放ったのである。

村の火の見櫓《やぐら》から、半鐘の音が激しく鳴りひびいた。

佐七の家は激しく燃え上がって全焼。肝心の青玉の笛は、お紀勢がどう始末したものか、焼け跡からついに発見されなかった。


翌年、銀閣寺では錦鏡池の底浚えに際し、向月台と銀沙灘が取り崩された。新たに池から浚え上げた白川砂で、再び二つの景観を拵えるためであった。

これまでの古い白川砂は、白川橋の袂まで畚で運びつづけられた。

少しも残すまいとしてか、村人の一人が砂のすっかり消え去った向月台の土を、少し深く削り取った。

「こ、これはなんやろ」

土の中から小さな木簡《もっかん》が出てきたのだ。

木簡は木札に文字などを記したもので、中国では戦国時代から用いられ、日本でも平城宮跡などから多く出土している。

その木簡にはこう書かれていた。

——此ノ庭、浄土寺村百姓彦兵衛《ひこべえ》ノ考案セシ物也。勝《すぐ》レタル庭ノタメ、其ノ名ヲ記シ、後世ニ伝エントス。向月台、銀沙灘ト名付クルハ、慈照寺止住《しじゅう》僧　妙恵《みょうけい》也。

彦兵衛とは、佐七の手で御陵に埋め込まれた彦次郎の何代か前の先祖の名前であった。

「どこに行ってしまったのやら、彦次郎の奴のご先祖さまが、この庭を考えはったのやて」

浄土寺村の人々は遠い空を見上げ、暗然としてつぶやいていた。

彦兵衛が庭を考え出したときから、妙な因縁が佐七と彦次郎、お紀勢にはまとわり付いていたのである。

両親を火事で失った修平は、その年、下桂村の播磨屋重左衛門の許に引き取られ、やがて立派な庭師になったと村の人々はきいていた。

解説

末國《すえくに》 善己《よしみ》
（文芸評論家）

江戸時代は、将軍が暮らす江戸が政治の中心だったが、経済は大坂の商人が動かしていた。また江戸は徳川家康《とくがわいえやす》が作った新興の都市だっただけに、衣食住から、能、狂言、文楽、歌舞伎、絵画、文学といった芸術まで、文化全体は、長い歴史が息づく京、大坂には及ぶべくもなかった。文化芸術の中心地だった京の重要性は、政治の江戸、経済の大坂と並び、多くの大名家が藩邸を置いたことからも分かるだろう。江戸が、上方《かみがた》と並ぶ文化の発信地になったのは、化政《かせい》文化が華開いた江戸後期以降のことである。

これだけ重要な場所でありながら、幕末の騒乱期を除けば、あまり取り上げられることの少ない京にこだわり続けているのは、澤田《さわだ》ふじ子《こ》である。

代表作の〈京都市井図絵〉も京を舞台にした市井人情もので、やむにやまれぬ理由で関所を破ったお八重《やえ》にかかわる人たちの人生を切り取った第一弾『花籠《はなかご》の櫛《くし》』、名家の庶子で眉目秀麗《びもくしゅうれい》、武術の達人でもある猿投十四郎《さなげじゅうしろう》と、按摩の彦市《ひこいち》の交流を軸にした第二弾

『やがての螢』、主人の善左衛門《ぜんざえもん》と娘のお稀世《きよ》、番頭の竹次郎《たけじろう》が営む茶道具屋「柊屋《ひいらぎや》」の周囲で起こる六つの事件を描く第三弾『短夜の髪《みじかよ》』と書き継がれてきた。

これまでのシリーズは、核になる人物がいて、そこを起点に物語を派生させる連作形式になっていたが、第四弾の本書『青玉の笛』は、全六話を繋《つな》ぐような登場人物やエピソードがないので、短編集としての色彩が濃い。ただ最後まで読むと、骨董が全体を貫くモチーフになっていることが浮かび上がってくるようになっているのだ。物語の構成を変えたのは、シリーズをマンネリ化させないための著者の決意のようにも感じられる。

前作『短夜の髪』も骨董を題材にしていた。ただ前作が、商品としての骨董に着目していたのに対し、本書ではコレクターの〝業《ごう》〟をクローズアップした作品が多い。コレクションは、好きな物を集めるのが楽しいという純粋な気持ちから始まるが、趣味が高じてくると、蒐集《しゅうしゅう》自体が目的になり、同好の士がうらやましがる高価な物、珍しい物を手に入れたいと考えるマニアも出てくる。一方で、どれだけ立派なコレクションでも、その品物に興味がなければ、ただのゴミに映ることもある。そのため、美術品の蒐集で身上《しんしょう》を潰した豪商がいたとか、親や配偶者が集めた物の価値が分らず、没後に遺族が売ったり、捨てたりして貴重なコレクションが散逸したとかいった話を耳にすることがある。

本書も、骨董を手にしたいという〝業〟が、悲喜こもごもの人間ドラマを生み出している。人生で一度もコレクションした経験はない、という人は少ないはずなので、作中のエピソードが身近に感じられるのではないだろうか。

巻頭の「因果な茶杓《ちゃしゃく》」は、女衒《ぜげん》に北野遊廓《きたのゆうかく》に売られた女を主人公にしている。女衒の七蔵《しちぞう》は、五人の女を連れて京へ向かう途中、僧に呼び止められ奇妙な話を聞く。女の一人、お佳《けい》には「邪悪を退け、多くの人々に幸せや益」をもたらすので、変人の楼主に三十両で売れというのだ。そこで七蔵は、骨董を持っていけば遊ばせてくれる冨士屋《ふじや》の主・徳右衛門《とくえもん》に、お佳を売ることにする。篠山藩《ささやま》の御納戸奉行のもとで奉公した経験のあるお佳が、骨董の目利きだと知った徳右衛門はお佳を買い、上客向けの茶会では道具一式を選ばせるなど、大切に育てていく。

やがてお佳は、本当に「邪悪を退け」る活躍をするのだが、その意外な方法と胸がすく痛快な結末は、実際に読んで確認して欲しい。

「紙背《しはい》の帯」は、運命の変転に見舞われた家族の物語である。

大店《おおだな》のお店《たな》さま（女主）だったお盈《えい》だが、大儲けを目論《もくろ》んだ主人が、幕府が禁じる取引きに手を出し、商い停止、闕所《けっしょ》（財産没収）に処せられてしまった。しかも詮議の途中で主人が急死し、お盈と嫡男の新助《しんすけ》、娘のお雪《ゆき》は、陋屋《ろうおく》で暮らすことになる。

一獲千金を狙って投機的な商売に走り、すべてを失ったお盈の主人は、バブル崩壊によって長い不況に見舞われた日本と重なる。どん底まで落ちたお盈たちは、日銭貸しになった元の奉公人・彦太郎《ひこたろう》の助言を聞きながら、地道に働いて生活の再建をはかり、思わぬお宝を発見しても浮かれることはなかった。この展開は、バブルの痛手を忘れ、すぐに楽して金を稼ぐ方向へと進もうとする現代人への戒《いまし》めと考えて間違いあるまい。

店の古い帳簿を裂いて紙撚《こより》を作り、それで帯を織る仕事を始めるお盈の姿は、大量生産、大量消費を続ける現代への警鐘にもなっている。その作業の途中で、お宝を見つけるところは、大切なものは何気ない場所にあることを示しているように思えた。

「因果な茶杓」「紙背の帯」は心温まる物語だが、続く「来迎図焼亡《らいごうずしょうぼう》」は、タイトルが暗示しているように、人間の心の闇に迫っている。

扇問屋「十一屋《じゅういちや》」の若旦那・宗太郎《そうたろう》は、大の骨董好きで女好き。京の数寄者《すきしゃ》がうらやむ名品を数多く所有する宗太郎は、自分が死んだら、巨勢金岡《こせのかなおか》が描いた「阿弥陀如来来迎《あみだにょらいらいごう》図《ず》」など三幅の画幅を棺に入れて欲しいと公言していた。そんな宗太郎が、待合茶屋で同業者の末亡人と逢瀬《おうせ》をしている最中に、女に突き飛ばされ死んでしまう。父親の角左衛門《かくざえもん》は、宗太郎の願い通り三幅を棺に入れようとするが、番頭の吉兵衛《きちべえ》は秘かに画幅を盗み出す。

江戸時代の商家には、長年務めた奉公人をのれん分けして独立させる慣習があったが、宗太郎は、吉兵衛に自分の店を持たせる気などなく、飼い殺しにしようと考えていた。やがて、どれだけ店に尽くしても報われないという想いが、いわば退職金代わりに三幅を持ち出す吉兵衛の動機になったことが判明する。宗太郎は、社員を低賃金で長時間使おうとする現代の企業経営者に近いので、過酷な労働を強いられる吉兵衛に我が身を重ねる読者も多いはずだ。

だが、吉兵衛は私利私欲だけで三幅を持ち出したのではない。画幅を売った金で、宗太郎が弄《もてあそ》び傷つけた女性たちも救おうとする。後半がハートウォーミングな展開になっているだけに、この世には癒せぬ恨みがあるという現実を突き付けるラストが、心に重く響いてくる。残酷な現実を隠さず描くところも、澤田作品の魅力なのである。

「空海の妙薬」は、誓願寺《せいがんじ》裏の長屋を舞台に、一見「物乞い」のようだが、汚れている着物は高価で、惚《ほう》けているようで子供に読み書きを教える謎の老人、高瀬川《たかせがわ》の積荷人足をしている七五郎《しちごろう》一家、父の代から大垣藩《おおがき》京屋敷に仕えていたが、財政難を理由に解雇され、やくざの用心棒になった天野市郎助《あまのいちろうすけ》の運命の交錯を描いている。

老人の過去が明らかになるにつれ浮かび上がるのは、下の者を蔑み、生活を維持するためなら手段を選ばない豊かな人間と、少しでも生活をよくしようと懸命に努力をする貧しき人たちのコントラストである。七五郎の息子・清吉《せいきち》は、謎の老人に文字を教わったことで、学問に励めば立身出世も夢でないことを理解する。明るい未来に向けて一歩を踏み出す清吉のエピソードは、格差の解消に最も有効なのは、子供の教育であるという事実を教えてくれるのである。

「四年目の壺」も、人生を立て直そうとあがく人たちの物語である。

呉服問屋で奉公していた芳助《よしすけ》は、七年経っても面倒な仕事ばかりを押し付けられるのに嫌気が差し、店を飛び出してやくざの盃を受ける。芳助は、自分の親分は、強きをくじき弱きを助ける任侠道に生きているというが、幼馴染みで将来を約束しているお清《きよ》は、その言葉が信用できず、堅気になってもらいたいと考えていた。

ある日、芳助は、骨董屋にあった李朝中期の壺に魅了される。どうしても壺が欲しい芳助は、代金十二両のうち手付けとして一両を払い、残りは半月後にもって来るといって店を後にする。だが芳助は、やくざ社会の事情で京を離れることになる。

芳助は、人と人との不思議な繋がりによって救われるが、その過程で出会ったある人物は「優しさが人の世を正しく改めさせる」と語る。これは効率化を推し進めるあまり、人の気持ちを汲み取ることができなくなりつつある現代への批判なのである。

また芳助の言葉を信じ、壺を売らずに待ち続けた骨董屋は、金儲けよりも顧客を大事にする商売の原点を思い出させてくれるだろう。

現在も、銀閣寺《ぎんかくじ》の庭園に行くと、白砂で波紋を表現した「銀沙灘《ぎんしゃだん》」、砂を盛った「向月台《こうげつだい》」の美しい風景を見ることができる。「青玉の笛」は、この砂を運んだり、送り火の「大」の字を燃やすために薪を山頂に上げたりする仕事をしている近くの農村で起きる事件を描いている。

佐七《さしち》と彦次郎《ひこじろう》は、お紀勢《きせ》をめぐって争っていたが、彦次郎が行方不明になったため、佐七がお紀勢と結婚する。二人の間には修平《しゅうへい》が生まれるが、なぜか修平は佐七になつかなかった。やがて五つになった修平が何者かに誘拐されるが、すぐに戻ってくる事件が発生。この事件を切っ掛けにして、夫婦それぞれが隠していた秘密が浮き彫りになってくる。

織田信長《おだのぶなが》の上京焼き打ちの時に、焼かれた過去がある村に住むお紀勢は、信長のように「権力を持つために多くの人を殺したり疵《きず》付けたり」することが理解できず、「貧乏してても穏やかなのが一番や」という。この一言は、本書全体の主題を端的に表現しており、「青玉の笛」が表題作に選ばれた理由が納得できるはずだ。

現代は、信長が生きた戦国時代のように、弱者を蹴落としてでも競争に勝ち抜けば楽な生活ができるが、一度でも敗れると再挑戦するのが難しく、転落するしかない状況が続いている。このような時代だからこそ、従来通り弱肉強食の世を続けるのか、別の社会を作るべきかを問う著者のメッセージを、真摯《しんし》に受け止める必要がある。

初出誌「小説宝石」（光文社）
「因果な茶杓」　二〇一三年九月号
「紙背の帯」　二〇一三年十月号
「来迎図焼亡」　二〇一三年十一月号
「空海の妙薬」　二〇一三年十二月号
「四年目の壺」　二〇一四年一月号
「青玉の笛」　二〇一四年二月号

単行本　二〇一四年四月　光文社刊

光文社文庫

傑作時代小説
青《せい》玉《ぎょく》の笛《ふえ》　京都《きょうと》市井《しせい》図絵《ずえ》
著者　澤田《さわだ》ふじ子《こ》

2016年4月20日　初版1刷発行

発行者　鈴木広和
印刷　慶昌堂印刷
製本　榎本製本

発行所　株式会社光文社
〒112-8011　東京都文京区音羽1-16-6
電話（03）5395-8149　編集部
8116　書籍販売部
8125　業務部

ISBN978-4-334-77279-6　Printed in Japan

組版　萩原印刷

お願い　光文社文庫をお読みになって、いかがでございましたか。「読後の感想」を編集部あてに、ぜひお送りください。

　このほか光文社文庫では、どんな本をお読みになりましたか。これから、どういう本をご希望ですか。

　どの本も、誤植がないようつとめていますが、もしお気づきの点がございましたら、お教えください。ご職業、ご年齢などもお書きそえいただければ幸いです。当社の規定により本来の目的以外に使用せず、大切に扱わせていただきます。

光文社文庫編集部

光文社時代小説文庫　好評既刊

光文社時代小説文庫　好評既刊